# 依旧相信

陈平原 著

**新地文丛** 主编 郭 枫

江苏凤凰文艺出版社

# "新地文丛"前记

郭 枫

我在1956年设立新地文学出版社,创办以纯文学为内容的《新地文学》月刊,并联合纯文学刊物《文学季刊》《笔汇》,汇集了台静农、徐复观、王梦鸥、何欣、郭枫、陈映真、齐益寿、黄春明、蒋勋等三十多位前辈与后进作家,创作写实作品,传递中国新文学薪火。

1983年"新地"又创办《文季》双月刊,刊出许多反映现实的作品。如陈映真的《华盛顿大楼》系列小说,反映美日在台企业劳工生活的情景;郭枫散文《老家的树》反映祖国人民抗战期间生活的情景(此书多篇被收入大陆各版本中小学教科书)。1986年新地文学出版社又在台湾印行《当代中国大陆作家丛刊》,分七卷,收书七十部,包括:汪曾祺、王蒙、莫言、铁凝、王安忆、张承志等数十人的小说集,北岛、顾城、舒婷等人的诗集。对台湾文学承接祖国文学风格,产生相当的影响。

二十世纪九十年代,"新地"创办《新地文学》季刊,专登各地华文作家作品,又主办"21世纪世界华文文学高峰会议",2010年在台湾大学、2012年在东海大学、2014年在南京大学、2016年在马来西亚南方大学;另主办"世界华文古典文学会议",2015年在南京大学;"鲁迅文学国际研讨会",2015年在台北教育大学。

"新地"从上世纪五十年代到新世纪当下,做了一些文学人生该做的工作,达成一些少年憧憬的文学梦想。说起来这条路崎岖坎坷,走了七十年差不多心力俱竭。然而,结识了许多杰出的好友,写出了一些时代的踪影;日之夕矣,犹能在文学园地干点活儿,实在得感谢苍天厚爱护佑。

江苏凤凰文艺出版社,有意出版"新地文丛"套书,不仅在大陆出版界是饶有意义的壮举,也为两岸文学交流工作加上美好的一笔。我衷心敬佩,欣然同意主编丛书,并表示义务工作。承蒙海内外文友热情协助,半年时间"新地文丛"第一辑,已由江苏凤凰文艺同仁勤奋编制中。让我不禁赞叹,古城南京为中国文学名都,江苏凤凰文艺出版社驰名全国,盛誉非虚,其来有自。

——郭枫2018年10月9日深夜　南京

## 简介

郭枫(1930—　)江苏徐州人,1949年羁泊台湾。诗人、散文家、文学评论家、著作28部。2016年定居南京,偶为报刊写稿,担任全国台湾同胞联合会会刊《台声》杂志专栏作家,为南京大学特聘文学院客座教授。

# 目录

1 小引

## 第一辑 文学教育

3 作为物质文化的"中国现代文学"
7 今天怎样"教文学"
10 "胡适人文讲座"的背后
13 代际交接的接力棒
16 作为一种精神气质的"游侠"
21 "今古"何以"齐观"
25 "国学"如何"新视野"
28 大一统教学的弊端要反省
35 "小书"说"大事"
38 与高雅擦身而过
42 与人论刊书
44 依旧相信文字的魅力
46 如何谈论"文学教育"
58 "大美"与"大爱"
65 人文学·语文课·演讲术
77 名刊的责任与困境

| | |
|---|---|
| 80 | 散淡中的坚守 |
| 84 | 追记王富仁兄的三句话 |
| 87 | 编一册少数民族文学读本，如何？ |

## 第二辑　学术评论

| | |
|---|---|
| 103 | 评价的标准与研究者的心态 |
| 109 | 传统文学的创造性转化 |
| 112 | 走出"现代文学" |
| 116 | 传统文化的复兴及其面临的困境 |
| 120 | "事事不关心"？ |
| 123 | 与学者结缘 |
| 126 | 晚清的魅力 |
| 130 | 学会做梦 |
| 133 | 给人民文学出版社出谋划策 |
| 135 | 与对话者同在 |
| 139 | 中国小说中的人神之恋 |
| 144 | 关于"学术文化随笔" |
| 147 | 千年文脉的接续 |
| 152 | 哪个"东方"？谁在"崛起"？ |
| 155 | 作为"文章"的"著述" |
| 161 | 关于"小说"的命运 |
| 163 | 关于"小引" |
| 165 | 我看俗文学研究 |
| 170 | 走出"话本正脉" |

173　历史需要细节,但不等于只是细节
175　现代史视野中的教育与文化
179　"未刊稿"及其他
184　知识生产与文学教育

## 第三辑　序跋与书评

193　《诗界十记》小引
196　《晚清文人妇女观》序
200　《旧年人物》小引
202　《晚清社会与文化》序
205　《返回现场——晚清人物寻踪》小引
208　研究视点与理论设计
212　文学意趣与史学品格
215　走向苦涩的成熟
218　《清代长篇讽刺小说研究》序
222　1996年大陆图书掠影
226　如何面对先贤
230　汉学家眼中的中国学者
234　众声喧哗与想象中国
237　小扣大鸣与莫逆于心
244　仪态万方的《点石斋画报》
252　书品二则
255　民间的记忆
257　过去的大学

262　"大家"与"全集"
272　学者也诗人
277　《新时期学术发展的回瞻》序
279　《中国民间文学研究的现代轨辙》序
282　《诗界革命与文学转型》序
285　南洋大学的故事
291　《小说新论——以微篇小说为重点》序
294　《茶人茶话》序
297　不同,乃所以讲学
301　另一种学术史

# 小引

在一个充满不确定性、失望远大于希望的时代,还依旧葆有某种"相信",这已经很不容易了。至于你问相信什么,是民主与科学,是公平与正义,还是权力与金钱?我既不那么崇高,也没那么势利,因眼光及本书论题所限,我"依旧相信"的,是人文学的未来、文学教育的意义,以及文字本身的魅力。

前年为《文汇报》"笔会"七十周年撰写贺词,题为《依旧相信文字的魅力》,文末提及:"在一个风云变幻、浮躁喧嚣的时代,依旧体贴作者的'文心',坚信文字的魅力,'笔会'的此等坚守,令人敬佩。"①对我而言,文字以及文字所建构的世界、传递的情感、表达的思考等,依旧很有魅力,绝非仅仅是工具或素材。本想将书名定为《文字的魅力》,借以表达自己的偏好,因怕被误读为自我表彰,只好作罢。

鲁迅曾将"语丝文体"概括为"任意而谈,无所顾忌"(《我和〈语丝〉的始终》),我则略为延伸:"这种以知性为主,而又强调笔墨情趣的'学者之文',半个世纪后,由于另一个杂志的出现,而被发扬

---

① 见本书《依旧相信文字的魅力》篇。

光大——我指的是创刊于1979年的《读书》。"[1]至于什么是《读书》文体,其历史演变与利弊得失,以及本人如何介入、怎样观察,参见我的《〈读书〉的文体》[2]及《与〈读书〉结缘》[3]。

最初因《读书》杂志的邀约而撰写短文,因出版社的怂恿而加盟"学术小品"丛书,使得我有机会在专业研究之外,关注社会与人生,表达某种"学者的人间情怀"。此等专著与散文之外的"第三种笔墨",对我眼界的拓展及心境的澄清,起很大作用。也正因此,我并不独尊厚重的专著,有时甚至偏爱有趣的小书。

既然喜欢《语丝》与《读书》的文体,所撰随笔,自然倾向于论学或说理,而不是叙事与抒情。本书也不例外,主要着眼点在文章、教育与学术,前两辑包含散文、随笔、短论、演说,差别仅在于,第一辑新近出炉,第二辑旧作翻新。第三辑的序跋与书评,涉及书与人,只不过一序在前,一评于后,立场及趣味没有变化。各辑文章,全按写作或发表时间排列,为夏晓虹所撰五序放在一起,是个特例。至于自著的序跋,此前已入三联书店版《自序自跋》(2014),可参阅。

本书所收短文,写作时间跨度很大,最早1988年,最迟2017年。三十年间所撰随笔,当然不只这些。已刊小书中,增订重版的一律不动,只从绝版且不再重印的《大书小书》《书生意气》《掬水集》《茱萸集》《学术随感录》中选取若干,以留雪泥鸿爪。

本就是散乱篇什,并无中心意旨,因"新地文丛"之邀,聚集在

---

[1] 见本书《关于"学术文化随笔"》篇。
[2] 陈平原:《〈读书〉的文体》,《南方周末》,2006年2月16日。
[3] 陈平原:《与〈读书〉结缘》,《读书》,1999年,第4期。

一起,也是一种缘分。本书《与学者结缘》一文,写于二十多年前,结尾处谈及周作人的《风雨谈》:"我与周氏一样,很有点喜欢'这题目的三个字'。风雨凄凄而得见君子,不必深究其是否'设辞'。有此心境,自能遭遇故人——不管在人世间,还是在书本上。"

2018年6月30日于京西圆明园花园

第一辑

# 文学教育

陈平原　依旧相信

# 作为物质文化的"中国现代文学"
## ——为香港中文大学图书馆"中国现代文学珍本展"而作

  阅读"中国现代文学",可以有很多角度;从"物质文化"入手,不仅合情合理,而且颇有新意。所谓"文学"的"物质性",不外乎作为文字载体的报刊、书籍,作为生产者的报社、出版社,以及作为流通环节的书店、图书馆等。最近二十年,做文学史研究,多有从新闻出版切入者。比如,借阅读报刊,得以返回历史现场;借考稽书局,从中辨析文学思潮;还有借报刊书局谈论"公共空间"或"文学场"的。除此之外,还有一点,那就是在对于古旧书籍的沉潜把玩中,增长见识,提升品位,进而养成学问的兴趣。

  经由阿英、唐弢等老一辈学者的努力,新文学也有珍本、善本,这个观念,已经得到学界乃至市场的认同;若初版《域外小说集》等堂而皇之地进入拍卖场,已充分证明这一点。现在,从事现代文学研究的,逛旧书店或上"孔夫子旧书网"抢购"现代文学珍本",已经成为一种小小的时尚。年长的,像北京的姜德明,中年的,像上海的陈子善,固然有让人歆羡的"宝贝";年轻一辈,也多能从自家书柜里,掏出几册像模像样的"旧藏"。至于各图书馆,更是在传统的宋椠元刊外,另辟展室专门收藏晚清及民国年间的"新善本"。

我对"中国现代文学珍本"之作为藏品,并不担忧;我关注的是,这些"珍本"如何有效地服务于教学与研究。为了保护藏品,很多图书馆都采取这么一种策略,同一种书刊,只要有新的,就不借旧的;只要有缩微,就不让看原刊。一般读者无所谓,可对于专业研究者来说,新刊、旧刊就是不一样。除了版本学的意义,更有其中隐含的历史气息。让大学生、研究生直接面对甚至亲手摩挲那些储存着丰富历史信息的旧书刊,是十分重要的教学环节。至于专家学者,更是希望通过解读具体的书刊,将"文学"的物质性与精神性合而为一。

办一个专题展览,让诸多同好,得以从容地观赏作为物质文化的"中国现代文学",在我看来,功莫大焉。至于排除商务、中华、世界、大东、开明等五大书局这么一种展览策略,更是明显带有拾遗补阙的史家眼光。因为,即便前者占有民国年间全部出版物的百分之六十,依旧有很多精致的小书局值得表彰。以文学图书的出版而言,北新书局、未名社、创造社出版部、新月书店、泰东书局、现代书局、光华书局等,都有可圈可点处。本次展览重点推介的良友图书公司、文化生活出版社,此前学界多有谈论,对我来说不算稀奇;倒是像刘以鬯创办于上海的怀正文化社、黄新波等创办于香港的人间书屋,还有老舍与赵家璧合办的晨光出版公司等,其出品让我大长见识。做出版史研究的,大都关注家大业大的商务、中华等;可实际上,小书局因其同人性质,更具理想性,也更有创新精神。假如你想理解中国现代文学何以"今夜星空灿烂",离不开这些遍地开花、转瞬即逝的小书局。

既坚持文学品位,又不至于赔钱,这方面成功的例子,可举出吴朗西、巴金合办的文化生活出版社。该社出版的"文学丛刊"(巴金主持),十五年间共推出十集一百六十本,其中很多日后成为文学史家津津乐道的名著。因职业关系,我更关注那些名家的"非名作",比如曹禺的《艳阳天》、茅盾的《少女之心》、老舍的《开市大吉》、巴金的《龙虎狗》等。这些书,如果不是出现在如此特定场合,一般不会被提及,更不要说被认真阅读欣赏了。

声名显赫的良友图书公司,曾以出版《中国新文学大系》被文学史家和普通读者记忆。除了皇皇巨著,该社还有两册奇妙的小书,值得一读。一是胡蝶女士刊行于1936年的《欧游杂记》,一是《人间世》杂志社编的《二十今人志》(1935),这两本小书,从装帧到内容,都很有味道。

说到对书籍的鉴赏把玩,开本、纸张以及装帧设计等,无疑是极为重要的环节。中国人之刻意经营"书衣",是晚清以降才开始的。依我的观察,中国书籍装帧的黄金时代,是上世纪二三十年代。那时候,诸多文雅之士,以手工的方式,介入新兴的书籍装帧事业。如鲁迅、孙福熙、叶灵凤、陶元庆、钱君匋、倪贻德、闻一多、司徒乔、丰子恺等,其封面以及整体设计虽各显神通,仍大致呈东西合璧趋势。抗战军兴,图书出版困难,装帧自是尽量从简。此次展览的书籍,因大都刊行于抗战爆发后,"书衣之美"没能很好呈现,实在有点可惜。举个例子,文化生活出版社的"文学小丛书""文季丛书"等,都是一套书一种设计,每册略为调整一下颜色,说是为了追求"整体感",还不如老老实实承认就是"偷懒"。如此素面朝天,与二三十年代的绚丽多姿,形成了鲜明的对比。再比如,同是良友出版物,抗战前后,封面之精粗,也都差别很大。不完全是图书价格方面的考量,关键是,无论作家、画家、读者还是出版社,都不那么"穷讲究"了。

十五年前,春节前夕,我到香港逛旧书店,在一家叫作"实用书局"的,买了一批周作人、刘西渭、钱锺书等人的书。其中周著为影印,其他的则是原刊。我所拥有的第三版《围城》,刊行于1949年,封面改用英国印象派画家锡尼特的《烦恼》,画的是一男一女正在赌气。此前三年,老舍与赵家璧合办晨光出版公司,出版"晨光文学丛书",刊行的好书,包括老舍的《四世同堂》、巴金的《寒夜》、师陀的《结婚》、钱锺书的《围城》等。在《编辑忆旧》[①]中,赵家璧曾提及作为文学编辑的最大喜悦,莫过于从作家手中接过一大沓手稿,将其编印成书,而日后此书竟成为"传世之作"。赵文举的例子,恰好正是上述四书(487页)。如此看来,这些今日静静地躺在图书馆里的"珍本",当初凝聚着多少作家、编辑、读者以及批评家的心血与厚爱。念及此,你我能不仔细端详、好好把玩?

2006年12月31日于京西圆明园花园<br>(初刊2007年1月15日《文汇报》)

---

① 赵家璧:《编辑忆旧》,三联书店,1984年。

# 今天怎样"教文学"

几年前,我写过一篇短文《"文学"如何"教育"》[①],提及原北大中文系主任杨晦先生的名言:"中文系不培养作家。"这对于许多从小做着作家梦,经由无数"考场征战"方才进入北大念书的年轻人来说,绝对是当头一棒。可这话,西南联大时期,曾任中文系主任的罗常培先生就说过。我怀疑此语渊源有自,近乎中文系教授的"共识"。如何理解这句很让人丧气的"名言",我的解读是:作家需要文学修养,但个人的天赋才情以及生活经验,或许更为关键。古往今来的大作家,很少是大学刻意栽培出来的。再说,北大中文系承担培养语言研究、文学研究、文献研究专家的任务,倘若一入学便抱定当作家的宏愿,很可能忽略广泛的知识积累,到头来两头不着边,一事无成。

晚清以降,文学教育的重心,逐渐由技能训练的"辞章之学",转为知识积累的"文学史",这并不取决于教授们的审美趣味,而是整个中国现代化进程决定的。"文学史"作为一种知识体系,在表达民族意识、凝聚民族精神,以及吸取异文化、融入"世界文学"进

---

① 陈平原:《"文学"如何"教育"》,《文汇报》,2002年2月23日。

程方面,曾发挥巨大作用。至于本国文学精华的表彰以及文学技法的承传,反而不是其最重要的功能。

经过好几代学者的长期积累,关于中国文学史的想象与叙述,已形成一个庞大的家族。要把相关知识有条不紊地传授给学生,不是一件容易的事情。倘若严格按照教育部颁布的教学大纲讲课,以现在的学时安排,教师只能蜻蜓点水,学生也只好以阅读教材为主。结果怎么样?学生们记下了一大堆关于文学流派、文学思潮以及作家风格的论述,至于具体作品,对不起,没时间翻阅,更不要说仔细品味。这么一来,系统修过中国文学史(包括古代文学、近代文学、现代文学、当代文学课程)的文学专业毕业生,极有可能对于"中国文学"听说过的很多,但真正沉潜把玩的很少,故常识丰富,趣味欠佳。

大学的"文学教育"(不限于中文系),其主要功能不是培养作家——能出大作家,那最好;没有,也无所谓。我们的目标是:酿成热爱文学的风气,培养欣赏文学的品位,提升创作文学的能力。这样来看待校园里各种层次的"文学"——包括科系设置、课程选择、系列演讲,以及社团活动等,会有比较通达的见解。

"大学"需要"文学","文学"可以"教育",这都没有问题;容易引起争论的是,什么样的"文学教育"才算是成功的。好的"文学教育",必须兼及"专业知识"与"个人趣味",这方面,学者与作家,其实各有专擅。这让我想起任教于西南联大的沈从文先生。从"边城"走出来的大作家,站在当年中国最高学府的讲台上,讲小说,讲散文,教"文学习作"课等。1940年8月3日,沈从文在西南联大师范学院做题为《小说作者和读者》的演讲,有这么一段话:"好作家固然稀少,好读者也极为难得!这因为同样都要生命有个深度,与平常动物不同一点。这个生命深度,跟通常所谓'学问'的积累无关,与通常所谓'事业'成就也无关。"在沈从文看来,虽然大学设有中文系、外文系,很多人专攻"文学",但这不见得就一定有助于好作品好读者的增加,也不见得就一定有助于对作品阐释的深入。这是一个文学教授的"激愤之词",当然,他是另类,是一个有着丰富生活体验与艺术感受力的大作家。

一个昂然走进大学课堂的作家,他的讲授方式,跟一般学院训练出来的教授,本来就应该不一样。汪曾祺先生说,西南联大培养出来的作家确实不多,但沈从文先生那样的教学,突然让你悟出来,不是作家能不能培养,也不是文学能不能教,而是怎样"教文学"。作家沈从文,以其独特的教学方式,把"文学教育"的问题推到我们面前。

既然有此成功先例,何不勉力追踪前贤?在"驻校作家"制度建立之前,我们更倾向于采用系列讲演的方式,把众多著名作家请进大学校园,与同学们展开深入的对话,以弥补目前的文学教育过分偏重"文学史"讲授的缺憾。

"中国作家北大行"系列讲演,便是如此尝试。我们的物质条件暂时不太好,但我们有最大的诚意以及最好的听众。这一点,我相信足以打动那些对中国文学的未来有信心、有承担的作家们。

(初刊 2009 年 4 月 1 日《中华读书报》)

## "胡适人文讲座"的背后

虽然事情早就谈妥,知道煮熟了的鸭子不会飞走,但昨晚在准备答谢辞时,还是有点激动。相对于给北京大学乃至北大新诗所的大笔捐赠,这一回中坤集团为北大中文系百周年纪念活动及"胡适人文讲座"慷慨捐资200万,数目不是最大的,但此举具有象征意义,起码说明:第一,系友不仅支持母校建设,而且关注自己曾生活过的院系的发展;第二,此类资金,容易落实到具体的教学及科研活动,是否能用好,一目了然;第三,捐赠这个事情必须有人做,守株待兔不是好办法。

记得当初找黄怒波汇报中文系百年系庆活动的设想,他问我需要多少钱,我不好意思说,让主管财务的副主任算一笔账,大约100万。黄怒波当即说,我知道陈老师想要的不是这个数,还是给200万吧。此前我说过,除了系庆活动,希望设立"胡适人文讲座"(不以鲁迅命名,乃因北大已有"叶氏鲁迅社会科学讲座教授基金"),正在筹钱。其实,三年前,我就向国外某学术基金会提出申请,在北大设立专门邀请国外学者来华讲学的"胡适人文讲座"。不过,最后关头没能通过。当时我就说,这事情一定能做成,国外基金会不支持,我找国内企业家赞助。可我脸皮薄,不好意思开口,只是在黄怒波主动询问时,方才提及。有了中坤的捐赠,加上学校的配比,"胡适人文讲座"每年邀请两位著名学者做系列演讲。上半年国外,下半年国内,国内外学者同样礼遇,以答谢他们对学术的忠诚以及对学生的厚爱。第一位请的是著名汉学家、哈佛大学的宇文所安(Stephen Owen)教授,五月开讲,那时我们会举行专门仪式。

记得1996年我到荷兰莱顿大学参加国际会议,邀请方告诉我:你用的是老祖宗的钱——美国人用部分庚子赔款建了清华学校,欧洲若干国家则设立专门资助中国研究的基金。2001年我应邀到伦敦大学做一个月的专门研究,邀请我的教授也说,他们申请的也是类似的基金。真不知道,二十年间,我出国讲学、开会,多少次靠的是祖先的血泪钱(一般情况下对方不说)。不是"痛说革命家史",或煽动民族主义情绪,我只是想告诉大家,作为中国学者,长期靠国外基金会支持从事学术交流,感觉不是很好。这些年,国家日渐强大,大学经费也有所增加,再加上企业家的慷慨捐赠,我们这些与现实政治、军事、经济关系不是很密切的人文学科,会有较大的改观。

百年系庆,对于北大中文系来说,是个凝聚人气、调整学术方向、显示自身实力的绝好契机,借助学校的支持以及中坤集团的赞助,我们将出版二十卷"北大中文文库"、七种纪念文集等书刊,组织一系列学术会议,在学术风气日渐浮夸的当下,用实际行动体现自家的学术理想与追求。我相信,此举对北大中文系的长远发展,也对中国学界,将产生积极影响。

我是学者,兼做点行政工作,还没学会成龙配套的答谢辞。只想说一句,希望我们的工作,能对得起捐赠人的好意。

(此乃作者2010年3月12日在"中坤集团捐赠仪式暨'地理与诗学'论坛"上的答谢辞,初刊2010年4月1日《南方都市报》)

# 代际交接的接力棒

在出版座谈会上,我称钱理群总主编的《中国现代文学编年史——以文学广告为中心》①,是"一代学者的谢幕之作"。考虑到中国的特殊语境及阅读习惯,落笔成文时,我换一种说法,称此乃"代际交接的接力棒"。

理由本来很简单,"江山代有才人出",学术史上,早就到了更新换代的时候了。以这三卷大书的主编(第一卷钱理群,第二卷吴福辉,第三卷陈子善)为代表,上世纪八十年代登上舞台的学者们,至今仍在中国学界"引领风骚",这绝对是个"奇迹"。或者说,是不太正常的现象。因为,这意味着下一代学者没有真正准备好,以至上一代人还有充分的理由"赖"在台上,继续表演并收获掌声。改革开放初期,三代学者挤在同一个舞台上,且都有足够的表演机遇与发展空间,那是特殊年代才有的风景。一般而言,下一代学者的学术理念及研究范式一旦成熟,且有一定数量的代表作问世,上一代学者自然而然地就会"淡出"。

这么说有点严酷,但事实上,每代人都有自己的责任及机遇,

---

① 钱理群主编:《中国现代文学编年史——以文学广告为中心》,北京大学出版社,2013年5月。

只有"你方唱罢我登场",这文化或学术才能生生不息,向前推进。想想1922年晚清与"五四"一代学人的"彼伏"与"此起",想想《中国新文学大系》诸位编者为何对"一挤挤成了三代以上的古人"的说法格外敏感,想想新中国成立后因意识形态转型而导致的大洗牌,还有1985年文学、艺术及学界如何"新潮"迭起,让人目不暇接。不管利弊得失,也不问原因何在,我只是描述一个现象:随着一代新人的崛起,整个文坛或学界是有可能"焕然一新"的。

可这种激动人心的场面目前没有出现——我们最多只能用"地火在酝酿"或"暗潮涌动"来描述。如此局面,作为上一代学者,应是"忧虑"多于"得意"。这套《中国现代文学编年史——以文学广告为中心》的成功,既是上一代学者的光荣,也是对下一代学者的强烈刺激。为什么这么说?因为,在我看来,这套书在编辑思路及写作技巧上颇多新意,具体撰述时也很用心,但学术立场及理论框架还是沿袭此前的著述(编者及同代人),并没有大的突破。

这套书最让我感动的,不是具体的观点或材料,也不是"以文学广告为中心"这一创意,而是编写者无意中流露出来的"心情"。作为一种著作体例,"编年史"本应顺流而下,且力图言简意赅,那样才便于读者查阅与把握。可这套书却反其道而行之,其笔墨回环往复,有时显得冗长、拖沓,这明显"不合体例"。编者似乎是有意借助大量的引文与注释,纳入年轻学者的观点及思路,与其展开深入的对话。表面看,这近似江南园林的"借景";往深处想,这或许是在追求学术上的"薪火相传"。

十五年前,樊骏、钱理群等组织中国现代文学专业十五名"年富力强"的学者撰写笔谈,当时我就说:"对于具体的学者,选择什么样的研究策略,除了审时度势,还必须考虑自家的兴趣与能力;可对于学科来说,则有可能借助于经常的自我反省,调整方向与步伐。每一次理论反省,每一次方向调整,每一次队伍集结,都是为了重新出发。"[1]今天摆在我们面前的这套大书,其实也是一种"自我反省"与"重新出发";唯一不同的是,编写者不太追求自身的"整齐划一",而是夹带了很多"异质"的思路与目光。

我说这是"谢幕之作",是指这套书的眼界及趣味,很可能代表了上一代学者的实力,及其局限性;我说此乃"接力棒",是指编写者吸纳新一代的目光,将导致这套书的内部存在许多"不稳定因素",说不定此乃日后学术发展的关键,或曰"生长点"。因此,阅读这套大书,在欣赏钱、吴、陈精彩文字的同时,请关注他们引述或举荐的学界新人。

2013年9月9日于香港中文大学客舍
(初刊2013年第6期《文学评论》)

---

[1] 陈平原:《学术史上的"现代文学"》,《中国现代文学研究丛刊》,1997年,1期。

# 作为一种精神气质的"游侠"

## 一、侠客想象乃对于日常生活的超越

游侠作为一种潜在的欲望或情怀,在好多人心里面都蕴藏着,只不过表现形态不一样而已。中国人的理想境界是"少年游侠、中年游宦、晚年游仙"。少年时代的独立不羁、纵横四海,是很多人所盼望的。浪迹天涯的侠客,对于中国人来说,是一种对于现实生活的超越,或者说是对于平庸的世俗的日常生活的批判。在这个意义上,"侠"跟打斗本领没有直接关系,也不见得非"快意恩仇"不可。这更像是一种超越日常生活的愿望与情怀。

游侠想象和武侠小说不太一样。虽然都讲侠,但前者不见得非有武功不可,它强调的是精神气质,而不是打斗本领。我在《千古文人侠客梦》中提到,司马迁心目中的游侠,主要是讲义气,救人于厄难之中;至于强调打斗本领,那是从唐传奇才开始的。唐传奇开始渲染侠客如何武功高强,杀人于千里之外。日后各种各样的游侠文学及艺术,开始强调技击本领而不是精神境界。这是当初的游侠诗文与后世的武侠小说不太一样的地方,后者更追求情节曲折,更强调快意恩仇,更突出技击的本领。

游侠的"游",本身就是流动的意思。所谓"不轨于法",既包含了对于各种规定性的背叛,也是追求在不同阶层、文化、种族间的自由流动。不满现有的固定位置,自觉处于边缘状态,"游民"与"游侠"都不太受法律制度的约束,但二者之间还是有一些差异的。比如,相对于游民,游侠更带有反叛性,也更多地寄托了文人的想象与情怀。千百年来,游侠理想及游侠形象被高度文学化了,变成一个象征性符号,代表了文人对于日常生活的超越,故其审美价值远高于游民。

## 二、"武"是辅助手段,"侠"是精神气质

在"武"与"侠"之间,我更看重后者。所谓"以武行侠","武"只是辅助性手段,"侠"才是根本目的——那是一种高贵的精神气质,很可能可望而不可即。只不过在后来的小说及电影中,"武"越来越得到重视。武侠小说或功夫电影特别强调打斗本领,也就是说,更看重行侠的效果而不是心情。单有除霸安良的意愿还不够,还得能在打斗中取胜。这不仅是道德问题,还牵涉观赏效果。仗剑行侠的"武",和欢娱笙歌的"舞",本不是一回事;但落实在关于侠客的文学艺术中,却有相通处。不管是武侠小说还是功夫电影,侠客不仅要武功高,能杀死坏人及仇人,还要打得好看。在某种意义上,侠客的"武功"带有表演成分。武侠小说家的一大本领,就是驰骋想象,把一场你死我活的正邪对决,写得非常好看。我们都知道,真正的高手对决,往往是一击致命的。而"一击致命"缺乏观赏性,不可能结构成精彩的武侠小说或功夫电影。

在这个意义上,"武"和"舞"是有相通性的。在功夫电影里,编

排打斗过程和舞蹈场面，是一回事。那些打斗已经脱离了实战需要，变成了一种表演。好人坏人都很能打，都有很好的舞蹈修养，动静得宜，挥洒自如，不能轻易倒下。如果大恶人经不起打，一刀就毙了命，那就不是武侠小说了。打斗场面的舞蹈化，是武侠小说及功夫电影的基本假设，读者及观众不能从实战角度来苛求。

## 三、武侠小说是成年人的童话

武侠小说本来就是成年人的童话，不能用现实主义的眼光来审视。不仅武功不可靠，江湖也不可靠。侠客的"江湖世界"，有现实生活的某种投影，但基本上是一个大假设。读武侠小说，你会发现，在江湖世界里，武功高低是第一要素，比权势或财富都还要重要。至于如何判断善恶是非，以及用"比武"来解决一切冲突，都只能存在于虚拟世界中。

我曾经写文章讨论"剑"在武侠小说中的作用。为什么大侠不用别的兵器，非要用剑不可？现实生活里，大刀、斧头、长矛都可以杀敌，在战场上更是如此。我们都知道，汉代以后，剑已经不是主战兵器了。但武侠小说里大侠必须用剑，才能舞出绝代风采，才能有如此潇洒的英姿。可以这么说，所有兵器中，没有比剑更能寄托文人情怀的了。所以，不仅"江湖世界"，连一把神奇的宝剑，都带有浓厚的虚拟色彩。读武侠小说的人，你必须接受这些假设，不要追问这"降龙十八掌"到底是怎么回事，真有那么厉害吗？更不要追问金庸本人懂不懂武功，能不能跟习武的你我比画比画。武侠小说家能用生花妙笔，虚构出如此精彩的打斗场面，是一种本事。

所以，功夫电影最初碰到的困难是，如何将武侠小说家笔下那些神乎其神的"武功"转化为影视场面。导演怎么处理,演员如何表演,能不能让观众接受与欣赏,这都是未知数。其实,每个读小说的人,不管懂不懂武功,都会自己想象"降龙十八掌"什么的。电影呈现出来的打斗场景,必须让观众能够接受,但又要有不断的惊喜。

### 四、金庸小说里的"学问"

武侠小说同样体现了中国人的生活、兴趣、欲望、追求和精神世界。甚至可以这么说,民间社会及底层大众的生活趣味及精神世界,在武侠小说里得到了很好的呈现。在这个意义上,要想真正理解中国人,单读儒释道不够,还得明白中国人如何阅读、欣赏乃至痴迷武侠小说。

晚清以降的武侠小说,和上世纪六七十年代诞生于港台的武侠小说,有不少差异。平江不肖生、还珠楼主等人的作品,我们称之为"旧派武侠小说";金庸、古龙等人的作品,则属于"新派武侠小说"。其实,单举一两位作家远远不够,同时期还有很多重要的武侠小说家值得追忆,比如二十世纪三四十年代生活在天津的武侠小说家,就有好几位很精彩的。从《三侠五义》到《笑傲江湖》,中间的一大变化,就是对于武功及打斗场面的精彩描写。而这,与旧派武侠小说家的努力有很大关系。那时候的作家之所以刻意渲染打斗场面,可视为对于已经过去的冷兵器时代的一个深情款款的追怀。

同样是精彩的武侠小说,有两种不同类型:直指心境的,比如古龙;摆弄学问的,比如金庸。其实二者都有好处,不可偏废。金庸小说里有很多"学问",比如佛道、历史、地理、琴棋、书画、茶酒、武功、中医等,可视为"普及中国文化读本"。读金庸的小说,在理解血雨腥风、欣赏神奇江湖的同时,最好还能对其作品中隐含的学问与情怀有所了解与领悟。

好的武侠小说家,确实有自己对于中国历史的一套想象。比如金庸,他特别重视中国历史上的民族冲突与民族融合,反省汉族人长期以来对于少数民族的歧视。这样的眼光和趣味,非常难能可贵。但一定要从"历史观"的角度来大书特书,说得比政治家还"政治正确",比历史学家还学养丰厚,没有这个必要。小说家自有小说家的魅力。

(此文据作者答腾讯文化记者问整理而成,初刊2013年第10期《文史知识》)

# "今古"何以"齐观"

各位师友,今天大家参加的是一个主旨很明确但不太新潮的学术会议。单看题目"今古齐观",诸位马上明白,这是希望让各有专长且不无芥蒂的古典与现代两个领域的研究者聚在一起,在畅谈各自学问的同时,保留对于另一个研究领域的深度关切。

比起"思接千古"来,今人更擅长"驰想天外"。同样是跨越,一个是时间,一个是空间。晚清以降一百多年,我们的主流是"向外看"。这个"外",既指域外的思想学说,也指其他学科的研究方法。以文学研究为例,那就是大量引入哲学、社会学、宗教学、民族学、文化人类学、教育学、历史地理学乃至经济学等学科的研究思路及概念术语。二十世纪八十年代的中国文学研究界,曾经流行"老三论"(系统论、控制论、信息论)与"新三论"(耗散结构论、协同论、突变论),那只是昙花一现。可放眼中外,从其他学科移植理论与方法,以促成"杂交的优势",始终是一种抑制不住的冲动。此外还有另一条路,同样值得探寻,那就是讲求古今之间的沟通与对话。

中国文学的特殊性,决定了古今之间的沟通与对话,虽遍地荆棘,但也不是完全不可能。一方面,漫长的历史以及极为丰富的精神遗产,使得学者们很难"博古通今",故多采取分而治之的策略;

但另一方面,文字、文体、文类以及精神的连续性,又使得任何训练有素的读者,都有能力在古今典籍之间自由驰骋。读者尚且如此,更不要说专门家了。

在我看来,中国文学就像不舍昼夜、浩浩荡荡的万里长江。作为研究者,"我住长江头,君住长江尾",既然"共饮长江水"(宋人李之仪《卜算子》),更应该互相关注才是。说到底,无论汉唐宫阙,还是明清风月,都是我们挥之不去的文化记忆,何苦抽刀断水呢?

作为具体的学者,为了容易出成绩,在某个特定时空,攻其一点不及其余,或不读三代以下之书,或将线装书扔进厕所,那都可以理解。但即便如此,前辈学者那种"贯通古今"的治学风格,依旧值得我们怀念。这不仅仅是研究范围的问题,更包括眼光、立场、趣味与方法。

在过去的一百多年里,若论思想文化潮流,在奇与正、变与常、断与续、新与旧之间,我们明显偏向于前者。换句话说,这是一个求奇、求变、求断、求新的时代,因而相对忽略学术思想以及文学艺术的积累与承传。对于新中之"旧",或者断处之"续",缺乏通达的理解与深刻的阐发。如此一来,步履匆匆的我辈,虽也努力耕耘,但无论学问还是文章,都显得不够从容、大气、丰腴。

如果说二十世纪的中国过分推崇"变革",留下了一大堆遗憾;进入新世纪以后,"守旧"又成了时代主潮,一时间真可谓"沉渣泛起",让人不知今夕何夕。作为学者,除了各自拿手的考据与辨析,还需要某种学问上的大视野以及深切的社会关怀。其中一个重要的支点,就是在古今之间保持清醒的立场与审视的态度,不要太受意识形态或商业利益的裹挟。

具体到某个学者,有人专精,有人博识,都很好,不妨各行其是。但在自家擅长的唐诗宋词或红楼鲁迅之外,若能有更开阔的视野,自觉地"思接千古",或主动介入,或场外观察,或寻求对话,或移步变形,我以为是比较理想的学术境界。

记得王国维在《国学丛刊序》中称:"学无新旧也,无中西也,无有用无用也。凡立此名者,均不学之徒。即学焉,而未尝知学者也。"如此立说,陈义甚高,今人不见得都能接受。但对于人文学者来说,不受各种"边界"的羁绊,在古今之间保持某种必要的张力,我以为是可取的。很高兴最近十多年,因学术史研究的需要,很多学者自觉或不自觉地"跨界"阅读与写作,现代文学研究者在《文学遗产》,或古典文学专家在《中国现代文学研究丛刊》上发文章,已经不太令人惊讶了。

我同时在北京大学与香港中文大学教书,对港中大培养研究生的方式感兴趣,因其课程不多,但必修课"讲论会"很吃重。原本全体学生一起上,现在人数多了,改为两组:语言学及古文献合一;古代文学与现代文学相济。换句话说,所有学中国文学的研究生,除了自家所经营的专题,每学期都必须兼及古今——听得懂要听,听不懂也得听。如此课程设置,多少会影响学生们的视野与胸怀。相对来说,内地高校的研究生培养过于专业化,做明清研究的,不听唐宋文学的课,更不要说现当代了;反之亦然。为了早出成果,都在螺蛳壳里做道场,学问必定越做越小。这明显背离了教育的宗旨,看重的不是有学养的人,而是可统计的文。将大学变成了培养匠人的手工作坊,有大环境的问题,也与教授们的学问趣味相关。这不是三两句话就能解决的,但如果教授都如此目光短浅,怎么能希望学生们博学弘通呢?

两天的学术会议,不要求所有学者都纵论古今,但希望诸位有兴趣遥望自己不太熟悉的学术领域,努力理解另一种学术立场,参与不同思路的交锋与对话。若能做到这一点,作为本次会议的组织者,我们就心满意足了。

(此乃作者2014年5月27日在香港中文大学召开的"今古齐观:中国文学中的古典与现代"国际学术研讨会开幕式上的致辞,初刊2014年6月22日《北京青年报》)

# "国学"如何"新视野"

作为主要研究现代中国文学及文化的学者,我在"国粹""国故"与"国学"这三个词语中,最能接受的还是"国学"。但或许是偏见,我始终认为"国学"这个词,是被"西学"倒逼出来的,因此带有浓厚的防御色彩,缺乏主动性与生长空间。最近十年,情况发生了翻天覆地的变化,"国学"变得炙手可热,可说是到了"无人无处非国学"的地步。

随着"国学热"的勃兴,其边界及内涵不断拓展,连我这样的门外汉,也都有机会凑热闹,贡献几句大白话。以下五点——国学不是口号、国学并非学科、国学吸纳西学、国学兼及雅俗、国学活在当下——权当迟到的祝福与期许。

国学是好东西,但不该是震天响的口号。因为,一旦成为口号,犹如漫天翻卷的大旗,必定旗下鱼龙混杂,招来很多翻手为云、覆手为雨的江湖骗子。当下中国,"国学大师"的头衔似乎比物理学家、历史学家、考古学家等要好听得多。可我对于后者基本信任;对于前者则敬畏之余,不无几分疑虑——主要是搞不清楚其研究对象、工作方式及努力方向,因而不好评价其得失成败。

国学是大学问,但不该汲汲于晋升"一级学科"。几年前,若干出身经济学或自然科学的校长们联袂，振臂疾呼，希望国家将"国学"确定为一级学科，并授予专门学位。理由是，现有的文学、史学、哲学、数学、化学、物理学等分科方式，属于西方体制，无法容纳博大精深的中国文化。这里不想正面立论，单说这"一级学科"与"博士学位"，同样也属于西方体制。除非恢复"六艺""四部"的分类方式，或干脆回到秀才、举人、进士的科举考试，否则很难摆脱这种"影响的焦虑"。应某大报之邀，我正想参与讨论；一听说是反对设"国学博士"的，主事者当即表示，这文章可以不写了。

国学博大精深，但不该画地自牢。时至今日，我还是相信王国维的话："学无新旧也，无中西也，无有用无用也。凡立此名者，均不学之徒，即学焉而未尝知学者也。"硬要将"国学"与"西学"做彻底切割，不说理论上不够圆融，实际效果也不佳。五四新文化运动期间，如何看待新旧与中外，有过很激烈的争论；而日后对中国文化研究及建设做出更大贡献的，是《新潮》诸子，而不是《国故》诸君。

谈论国学，其视角有广狭之分，在"固守五经"与"兼及雅俗"之间，我倾向于后者。照理说，前者边界清晰，且渊源有自，容易做成"大学问"；只是因不接地气，很难茁壮成长。后者则"无往而不在"，兼及精神与物质、殿堂与市井、书斋与田野，更容易为广大民众接纳。说到底，热衷于谈"国学"的，更多动力来自政界、商界及大众媒体，而不是学院派。

最后一点很重要：国学必须活在当下。世人所理解的国学，大都是"中国固有的或传统的学术文化"。而晚清以降的中国文化，因其接受了西学的洗礼，很容易被剔除出去。这也是很多大学的国学院在确定研究对象时,将边界划到辛亥革命的缘故。这么一来,国学也就成了"博物馆文化"——很优雅,也很美丽,但已经退出了历史舞台。这是我最担心的。如何让中国文化重新"血脉贯通",是每一个关心国学命运的读书人都必须认真考虑的。

在这个意义上,"国学"确实需要有"新视野"。

2014年12月9日于香港中文大学客舍

(初刊2015年春季号香港《国学新视野》;2015年6月30日《文汇报》)

# 大一统教学的弊端要反省

接到在《新京报》第一届语文教育论坛("凤凰评论"协办)演讲的邀请,我首先反省:作为大学教师,我有没有能力及职责,介入到中小学语文教学里边来?我确实曾参加过中小学语文教材的编纂,但很快撤退了,为什么?先谈我的观点,希望不仅仅是"检讨书"。

## 编写语文教材我为何知难而退

两年多前,我刚卸任北大中文系系主任,有记者采访,问我为何不多介入中小学语文教育,我的回答是:大学教授视野开阔,学识渊博,参与中小学语文教材的编写,当然有好处。首先,打破了原先相对封闭的教材编纂格局;其次,可以更多地关注知识的整体性与延续性;再次,为教材革新提供某种理论高度以及象征资本。

但必须记得,中小学教育和大学教育不是一回事情,切忌将原本在大学教的知识,提前压缩到中小学里边来。而且,过多地站在大学教授的立场看问题,可能会忽略中小学生的生理特征、接受能力和欣赏趣味等。还有,中国的问题太复杂了,城市和乡村、沿海与内陆、东西南北中,其实很不一样。我们可不能拿百千万儿童当教学实验的白老鼠。

再说,编教材,除意识形态方面的限制,还受商业利益的牵扯,其中的复杂性,非我等书生所能掌控。这么说吧,为中小学生编教材,是一件专业性很强的工作,不能只是"玩票"性质,随随便便进来插一脚。既然我做不到全身心投入,那就只好赶紧撤退。

"文革"中,我曾在粤东山村当民办教师,教了五年多语文,自我感觉很不错。但那是三十多年前的事了。那个时候的学生,和现在完全不一样;如今的中小学老师,也比我这"孩子王"强多了。除非我重新调整研究计划,向我的师兄钱理群、温儒敏学习,腾出足够多的时间和空间,与中小学教师交朋友,否则,再也不敢涉足中小学语文教材的编写了。

## 语文教师对学生人格养成很重要

比起大学或者博士班来,中学阶段对学生的影响其实更大。到了大学阶段,学生的性格基本定型了。进了博士班,主要做的是专业训练。对一个青少年来说,最有可塑性,也最容易出现偏差的时间段,是初中到高中,尤其是高中阶段。所以,我特别强调中学老师对于学生人格养成的重要性。

所有中学教师都可能影响学生的志趣与性情,但语文老师的感召力尤其明显。我回忆自己的小学及中学,记忆深刻的,基本上都是语文老师。不是我的偏见,问了很多人,都有这个印象。或许应该这么说:因教材有趣且教学方式灵活多样,语文老师更容易被学生关注与记忆。

我教过中小学,深知对于成长阶段的中学生来说,确实是"给点阳光就灿烂"。有时候,这种影响持之以恒,关键时刻发挥作用。多年前,我有一个硕士生即将毕业,学得不错,问她要不要考博士生。她说不,早就立志要当中学语文老师了。因为她念中学时,深受自己的语文老师的教诲与影响。她现在清华附中任教,做得很好,也很开心。

大学阶段,学生转益多师,且大致定型,可能对某位名教授特别崇拜,但除非拜在门下,否则接触时间很有限。这种情况下,要说兼及人格与学问,很难的。如此说来,学生人格的养成,中学教师、尤其是中学语文老师,起关键性作用。

## 高考成绩不是整个教学的目标

传统的说法,教语文,注重听说读写。这方面,好老师自有成功秘诀。我想说的是,即便北大这样的名校,不少学生跨过高考这座独木桥以后,主动学习的积极性依旧不足。说"松懈"是客气话,某种意义上,可以说是"厌学"。因为,除了必修课,别无好奇心及探索欲望,这可不是大学应有的状态。他们都很聪明,之所以缺乏学习的主动性和积极性,很可能是中学阶段步步为营、分分必争的教学方式造成的。

在所有的科目里面,语文课的教学,因为兼具求知和审美,最可能其乐无穷。但实际情况并不是这样。因为高考这根指挥棒,很多学生过于功利,计算的结果是,同样的时间,投入其他科目学习,在考场上的收获,比投入语文课要大。因为,语文水平是长期酝酿、学习、熏陶,最后出来的成果。

想想我自己的情况,当年突然接到通知,说是恢复高考制度,谁都可以进考场了。我全力以赴做的,是复习数学,因为,语文行不行,早就决定了。或许是这么个特点,导致了很多人在学习过程中,对语文兴趣不是很大。但在我看来,语文"投入产出比"并不低,因为它影响人的一生,而不仅仅是高考成绩。某种意义上,它更重要。不信你问问走出大学校门或中小学校门的中老年人,在所有课程里面,哪门课对你影响最大,十有八九回答是语文课。

因此,中学语文老师的工作重心,应该放在培养学生们的"阅读的兴趣"和"发现的眼光",发现什么?发现汉语之美、文章之美、人性之美、大自然之美。高考成绩不能不关注,但不应该是整个教学的目标。

## 课件让语文教学思路变得狭隘

俞平伯在北大、清华教书,讲李清照的《醉花阴》,"莫道不销魂,帘卷西风,人比黄花瘦"。日后学生回忆,张中行说特别好,赵俪生却抱怨没讲出什么。那是因为,一个念中文,一个学历史;前者欣赏性情与氛围,后者则希望条分缕析。

前几年去世的北大名教授林庚先生,讲课也是重在酝酿情绪,你若记笔记,好像没说什么,可你在现场会很感动的。我读五六十年代北大中文系学生的回忆文章,称某老师学问很好,某老师备课很认真,而最欣赏的,还属林庚先生。因为,他让你暂时超脱尘世,沉醉在诗的氛围里面。这种课堂,不仅是传授知识,更是熏陶性情,养成趣味。

可现在整个语文教学往另外一个方向走,强调的是知识的准确性。与之相配套的,便是过分推崇课件。是否使用课件,因人因课、因时因地而异,怎么能成为一个评价标准呢?我也会使用课件,但不是每门课、每堂课都使用。因课程不一样,听众不一样,有时候使用,有时候不使用,取决于我讲授这节课的目标。我的体会是,讲得最精彩的,往往是不使用PPT。因为有了课件,你很容易受课件的牵引,没有那种在课堂上突然间迸发出来的激情。当老师的,就像舞台上的优秀演员一样,有基本的剧本,但演出时可以有一些即兴发挥的。如果只是念讲稿,那不叫好老师,很快就会被机器取代的。好老师都会有在台上即兴发挥的欲望与能力,而且,讲到你自己都很兴奋,下课铃响了,还意犹未尽。可这个状态,自从大量使用课件以后,被严重压抑了。

课件的使用,确实能帮助你完成教学任务,上课不会出现大的偏差,但由于思路早就限定了,无法随现场学生的眼光和趣味做适当的调整,因此,也就没法自由发挥。这样的课,缺乏激情,也不会特别出彩。

### 语文教学像农业而非工业

在这方面我是比较保守的,而且有点固执。我认定,上课的时候,老师必须盯着学生的眼睛,照顾大多数学生的趣味和能力,及时调整自己的讲授。这是当老师的基本要求,可也是一个很高的境界。我不认为有一种"标准老师"或"标准课堂",可以放之四海而皆准。当我们把北京四中或人大附中的课件拷下来,直接送到新疆、西藏等边远地区,技术上没有任何问题,但这么做到底是祸还是福?

边远地区的中学老师,会不会自动沦落为精美课件的放映员和助教,因而丧失了自尊心和积极性?中小学老师在孩子们眼中本来是英雄,可那种"光环"现在没有了,他们只是在放远处某位名师制作的PPT,这对孩子、对老师的伤害都是很大的。

一年多前,我在香港做专门演讲,主要内容是阐述语文教学的特点。在我看来,语文教学像农业,不像工业;是把种子撒到地里,给它充分的条件,阳光、空气、水分等等,让它自己成长,自己开花、结果,而不是统一配方,按规定的程序制作符合设计的产品。这里借用的是吕叔湘、叶圣陶的比喻。比起数学、物理或者历史、地理等课程来,最像农业的,无疑是语文课。这个课程对新技术的依赖程度不高,相反,自由挥洒的空间很大。可因为迷信原本不太必要的"高新技术",今天中国教育界,从小学、中学到大学,教学方式越来越规整、越来越僵硬、越来越均匀,虽然总体实力有明显的提升,但一流人才难得一见。因为,都给平均化了——高的截断,矮的补齐。

我之所以小心翼翼地维护中小学语文老师的自尊和高大形象,目的是保护那种不太守规则的"奇思妙想"。设想一下,如果连语文课都讲得严丝合缝、板上钉钉、滴水不漏,那原本五彩缤纷变化莫测的世界,将变得格外苍白且无趣。

## 大一统教学的弊端需要反省

语文教学必须尽可能贴合学生的日常生活经验,既无法、也不应该过分追求"标准化"。若高考作文要求谈搭乘地铁或高铁的感受,很多边远地区的学生会很沮丧的,因为他们没有这种经验。到什么山头唱什么歌,有什么经验说什么话,这才是合适的语文教育。

这么强调"差异性",会不会导致歧视小地方或贫困地区的学生呢?不会的,相反,让贫困地区的学生整日关注那些"高大上"的话题,是一种痛苦。中国之大,地区经济和文化差异可以说是触目惊心。你若略有了解,就会认真反省这种大一统教学的弊端。对于成长中格外敏感的青少年来说,语文教学应该尽可能贴近他们的生活经验。至于因此而造成的知识方面的差异,其实没关系的,进入大学以后,水到渠成,很容易弥补的。中学阶段,主要任务是养成求知的欲望和学习的好习惯,这就行了。

在我心目中,中学阶段的语文教育,很像北大中文系的责任与情怀。我曾经说过,中文系的基本训练,就是为你的一生打底子,促成你日后的天马行空、逸兴遄飞。有人问我,中文系的毕业生有什么特长,我说聪明、博雅、视野开阔、能读书、有修养、善表达,这还不够吗?

〔2015年7月11日,我应邀在《新京报》主办的"语文教育论坛"演讲,题为《大学教授如何介入中学语文教育》;2015年7月13日《新京报》刊出《成绩要关注 但不是目标》,以报道加对话的形式,介绍了我演讲的大致内容。同一天的凤凰网上,则推出我审核的记录稿,题为《陈平原:大一统教学的弊端要反省》。而后网上广泛传播的《中国教育为何让一流人才难得一见》《大一统教学的弊端需反思》等,都源于此。此文与我《六说文学教育》(东方出版社,2016年)中的《语文教学的魅力与陷阱》多所交涉,敬请参阅〕

# "小书"说"大事"

写完题为《炸弹下长大的中国大学》的"绪言",结尾处,我添了句:"仅以此小书,纪念伟大的中国人民抗日战争胜利七十周年。"别人以为是例行公事,或故作"谦虚状",在我却是很认真的。因为,我对此书的定位是:一本沉甸甸的小书。说"小书",指的是篇幅;说"沉甸甸",则关乎论述对象。

谈及西南联大等内迁大学的贡献,容易说的,是有形的,如培养人才、推动科研以及投身战场;不太好说的,是无形的,那就是在生死存亡的关键时刻,如何凸显某种高贵的精神气质。具体说来,硝烟弥漫中,众多大学师生之弦歌不辍,这本身就是一种稳定人心的力量。抗战中,大批中国大学内迁,其意义怎么估量也不过分——保存学术实力、赓续文化命脉、培养急需人才、开拓内陆空间,更重要的是表达了一种民族精神以及抗战必胜的坚强信念。而在中国大学日渐富有也日渐世俗化的今日,谈论那些已经隐入历史深处的、"破破烂烂但却精神抖擞"的西南联大等高校,也算是"别有幽怀"。

类似的话,我在书中多有表述。如此兼及政治史、教育史与知识分子心态史,可说的事情、可发的感慨、可写的文章实在太多了。

可最后,我选择了以"小书"来说"大事"。我希望透过历史资料的发掘、生活细节的勾勒、教育规律的总结、读书人心境与情怀的凸显、国际视野以及当下的问题意识的引入,把中国的大学故事讲给世界听。"基于此目标,第一,删繁就简,去掉原本收入的两篇长文,使其显得一气呵成;第二,兼及雅俗,是历史著作,但希望具备可读性;第三,面对这段本就很感人的历史,不做过分渲染,保持平静与客观——'煽情'不是本书的工作目标。我的目标是尽可能准确地描述那一种历史情景,理解并阐释那一代人的精神世界,至于判断,让读者自己下。"这是我关于本书写作策略的说明,有自我辩解的成分,但不全然是。

之所以说"大事"而采用"小书"形式,借用清人郑板桥的说法,"删繁就简"的目的是为了"领异标新"。并非偷懒,也不是力所不逮,而是希望在今年刊行的众多纪念抗战胜利七十周年的图书中,能有"自家面目"。舍弃面面俱到或鸿篇巨著的追求,选择兼及学界与大众的写作策略,乃是基于我对"小书"的怀念。

九年前,我就撰写过一篇《怀念"小书"》,感叹"今天大家读书时间越来越少,书怎么反而越出越厚?以往老一代学者写的'小而可贵'的书,今天为什么再也见不到了?"谈过了管理体制、制作方式、接受途径等,我还反省学者"没学会对着公众讲述专门的学问"。在我看来,此类"小书",若真想达到"小而可贵"的目标,必须是识大体,讲趣味,思路清晰,论述准确,不卖弄学问,也不逞才使气。说实话,无论大书小书,能给读者留下三两个值得认真琢磨的话题,或五六句过目不忘的隽语,这就够了。

除了文字不多,篇幅上自我限制,再就是笔调。虽是小书,亦恪守史家笔法,有一说一,有二说二,不夸饰,不煽情——即便谈及教授们危难之际的"笔落惊风雨,诗成泣鬼神",也取淡定姿态,极少使用形容词。我相信,事件与人物本身就很精彩,加上多年的沉淀与发酵,只需稍稍提示,读者自能心领神会。在这个意义上,作者根本用不着"夸夸其谈"。这真应了鲁迅那句话:"只因写实,转成新鲜"。

讲述七十年前的故事,仅仅"激动人心"是不够的,还需要大的历史视野,以及冷静的思考和深入的阐释。这样,才有可能超越"纪念图书"旋起旋落的通病。虽是"小书",希望真的能"沉甸甸",不仅今日可读,十年二十年后,也还能经得起读者的挑剔与审视。

(初刊 2015 年 8 月 18 日《人民日报》)

# 与高雅擦身而过
## ——一个外行眼中的古琴

2003年12月的某一天晚上,我应邀参加在全国政协礼堂华宝斋举行的"古琴音乐会"。我非琴人,不知为何有此荣幸。到了那里一看,是为庆祝中国古琴艺术入选第二批世界口头和非物质文化遗产而举行的雅集,集中了好多位南北名家,还展出若干张名琴。说实话,那一瞬间,我诚惶诚恐。如此隆重的仪式、精彩的演奏,很多琴友不得其门而入,而我这彻底的门外汉,竟混迹其中,确实是很大的浪费。

时隔多年,偶尔谈起我参加了此次雅集,还保存了节目单,让不少学琴的友人惊羡不已。可当初并不觉得好玩,感觉就像穷光蛋误入了珠宝店,还碰上了热情洋溢的营业员。坐在我旁边的,明显是资深琴友,每报一个演奏者的名字,都要激动大半天;听完一曲,还想跟我交流一下体会。身处那种场合,不能太露怯,只好故作深沉,偶尔点评两句,别人还以为我真懂行。其实,我不懂音律,也没学过古琴,凭的是直觉。说喜欢某某的演奏,那是因为不喜欢舞台腔,更倾向于文人气,认定这比较符合古琴的趣味。

不过,也不能说我对古琴毫无了解。起码家藏且常听的古琴

CD,段位并不低。比如1995年香港龙音制作有限公司版《管平湖古琴曲集》,或者古琴界格外推崇的保存中国最后一代传统古琴大师的集体面貌的"老八张"(中国唱片上海公司,1994年),我是百听不厌的。很可惜,因学识及修养限制,这些古琴曲,我只是喜欢而已,说不出所以然,也没能力辨析各家的优劣长短。

人的趣味,有些是先天因素造成的,我耳朵不行,若学音乐,再努力也没有用。但眼睛还可以,比如,不懂古琴,可我藏有古琴目录学或器物学方面的书籍,如查阜西编纂的《存见古琴曲谱辑览》[①],乃古琴曲传谱、解题、歌词三个方面的汇典,我当古典文献书籍读。至于郑珉中编著《故宫古琴》[②],因我早年的学生王风参与撰写,书出版后送了我一册。书很贵,印刷很精美,我看得津津有味。

这么认真"读书",在古琴家看来,实在是太外行了。我也承认,先天不足,后天失调,高雅的古琴,与我隔着千山万水。不过,中国文人喜欢古琴,没说一定必须会抚琴。《晋书》记录陶潜的妙语:"但识琴中趣,何劳弦上声!"

到过我家的朋友,会发现我书桌边有一张无弦的古琴。并非模仿陶渊明,那琴本有弦,只是闲置多时,方才变成现在这个样子。二十多年前,某日本留学生回国,临行前赠我古琴,希望物尽其用。几次起意学琴,皆因意志不坚定,半途而废。忘记是哪一年了,已毕业留校任教的王风,自告奋勇,送教上门。我本是自娱,且不解音律,偏偏又碰上了个严师,要求我先正身、调息、静心、凝神,一个下午就拨一个音,不知何时才能成调。我抱怨他教学不得法,他批

---

① 查阜西:《存见古琴曲谱辑览》,人民音乐出版社,2003年。
② 郑珉中编著:《故宫古琴》,紫禁城出版社,2006年。

评我学习不认真,于是,很快就偃旗息鼓了。2002年秋冬,我在台湾大学中文系教书,在时任台大音乐所所长沈冬教授的建议下,跟随台大学生上古琴课。三个月后,因妻子来台参加学术活动,陪她外出旅游,学古琴的事就此放下。

好处是,我喜欢古琴,不是赶时髦,也没有任何功利目的。那年头,还没有"非物质文化遗产"一说,我之藏琴、读琴与听琴,纯属机缘巧合。看我与古琴似乎有点缘分,王风多次劝我,是否收藏一张名贵点的,比如宋琴或明琴。除了囊中羞涩,我之所以谢绝此建议,乃出于自尊心:就这水平,还买好琴? 若变成了投资,则辱没了我的附庸风雅。

略知作为器物的古琴,使得我2005年应国务院新闻办和文物出版社邀请为中英文版《中国古代最美的艺术品》撰写长序,题为《大圣遗音——中国艺术五千年》。文章借故宫博物院里那张名为"大圣遗音"的古琴开篇,谈的是文物的命运:"我们只能透过玻璃,仔细观赏作为'珍贵文物'的古琴——那形制,那断纹,还有那仿佛微微颤抖着的丝弦。可惜的是,丝弦下,不再流淌着动人心魄的'高山流水'。这就是文物的命运——已经脱离了特定的生存环境,需要借助深厚的历史知识以及丰富的想象力,方能得到较好的阅读与阐发。"如此借题发挥,好像大有深意。最后全书干脆改题,就叫"大圣遗音"。这可是我可怜的古琴知识唯一一次产生"社会效益"。

我之所以远离高雅,还有一个很现实的原因:最近十多年,学古琴成为一种时尚。君不见,所谓京城"四大俗"——学古琴,唱昆曲,喝普洱,练瑜伽,古琴可是名列榜首呀! 如此自嘲,其实不无得意——毕竟风气已成。想想十几年前的京城"四大傻"——购物去燕莎,吃饭点龙虾,喝酒人头马,抽烟大中华,这"四大俗"明显好多了。以前炫耀的是金钱,如今崇尚的是文化与养生,可见社会还是在进步。

既然风气已成,那我就谈谈高雅且时尚的古琴,在十丈红尘中,到底该如何自处。首先想到的是《论语》中的一句话:"子曰:古之学者为己,今之学者为人。"略为转化,便成了"古之琴家为己,今之琴家为人"。可是,为己与为人,其实没那么泾渭分明。学者如此,琴人也不例外。水至清则无鱼,过分苛求,最终容易导致造假。屹立于风尘之中,有所坚守,也就可以了。

至于专业琴人与文人琴人的分野,以及二者之间的竞争关系,自古有之,于今尤烈。前者重技艺,后者多情怀,二者各有各的长处,不必强分轩轾。这就好像舞台与书房、演出与雅集、收益与趣味,都不宜于说死。记得抗战中马一浮办复性书院,梁漱溟建议发文凭,马拒绝,理由是:"几曾见程朱陆王之门有发给文凭之事?"这么做,雅则雅矣,但无法长期生存。

最后转入我的本行:文学史研究。多年前我曾写文章,谈及北大中文系的未来,希望在文字与图像之外,多关注声音,比如宋词元曲的音乐性、古琴与中国文人生活、近现代的演说如何成为文章——后者我写过《有声的中国——演说与近现代中国文章的变革》等,前两个题目则力所不逮。不过,我相信"有声的中国"将是日后研究中国文学的一个重要途径。


(此乃作者2015年12月5日在中国昆剧古琴研究会、北京大学中文系、台湾大学艺文中心合办的"传统与现代:古琴学术研讨会"上的致辞,初刊2015年12月30日《文汇报》)

# 与人论刊书

承蒙邀约,不揣冒昧,呈上短文一则。不提供三万字长文,这也就罢了;竟然送上三千字的序言,是否故意怠慢? 先声明,此文可发可不发,但这么做绝非搪塞,而是心有所感,希望你们不拘一格选文章。今日中国学刊,注释越来越规范,但八股气日浓。说不好听,除了编辑与作者,以及个别刚好对这个题目感兴趣的,其他人一概不读。

前日读《文艺研究》2016年第2期,让我最感兴趣的,竟然是冯其庸先生的两则短文。事后想想,这么多年,我对《文艺研究》印象最好的是"访谈与对话"专栏文章,另外还有若干书评。此类"边角料",不太入高人眼,很多刊物已经不登了。在我看来,这殊为可惜。传统中国谈文论艺,很少正襟危坐,大都采用札记、序跋、书评、随感、对话等体裁。晚清以降,受西方学术影响,我们方才开始撰写三五万字的长篇论文。对此趋势,我是认可的,且曾积极鼓吹。但回过头来,认定只有四十个注以上的万字文章才叫"学问",抹杀一切短论杂说,实在有点遗憾。

记得《中国文化》出版二十周年座谈会上,我谈及此刊"以人选文",故杂树生花,冒出不少稀奇古怪的好文章。此番表扬,被主编刘梦溪先生引为同调。刘先生眼界高,凡他看中的作者,长枪短剑,什么样的文章都可以。这与规格严整、一丝不苟、强调匿名评审的权威杂志相比,又是另一种风范。前些年我办《现代中国》(2001—2014),也是这种策略——好作者的文章来者不拒,长短不拘,编排时更是随心所欲,大都论文在前,但也有资料、对话或演讲优先的,就看那一期稿子的重点及趣味。

匿名评审可以防止"假冒伪劣",但也可能淘汰不入时人眼、颇具自家面目的"歪瓜裂枣"。放长视野,学问不一定非高头讲章不可。在我心目中,编杂志最好是长短搭配,庄谐混杂,那才好看、耐读。我明白,困难在于学术评鉴——这样有趣味但无注释的"杂说",能计入学者的工作量表吗?好在今天能写且愿写此类短文的,大都已经摆脱了这样的数字游戏。

真希望有学术杂志愿意设立专栏,在精深且厚重的专业论文之外,发表若干虽不计入成果但有学识、有性情、有趣味的"杂说"。

2016年3月16日于京西圆明园花园

(初刊《文艺争鸣》2016年第4期)

# 依旧相信文字的魅力

## ——为"笔会"七十周年而作

十几年前,在一次接受记者专访时,我谈及对于《文汇报》的印象:"瘦死的骆驼比马大,不是很理想,板起面孔说教的时候多,但也有好处,还有点大报的气度,偶尔会发些很有意思的长文。"[1]据说,这段话让当时《文汇报》的掌门人寝食难安,还曾在全社工作会议上引用。而后呢,《文汇报》自我反省,奋发图强,经过一系列艰难的蜕变,这些年又重新站到了中国报纸排头兵的位置。

我在不少场合提及,纸媒要想跟电子媒体竞争,办好副刊及专刊最为重要。因为,单就信息传递而言,纸媒在速度、容量及弹性方面,根本无法与电子媒体竞争——这还不包括正迅速崛起的自媒体。唯有深耕细作与文苑英华,是纸媒依旧保存的优势;某种意义上,也是其绝地反攻的武器。

在《文汇报》目前活跃的若干副刊及专刊中,"笔会"名气最大,历史也最为悠久。七十年风雨兼程,没有大起大落,整体水平上乘,这其实很不容易。描述或阐释"笔会"在当代中国新闻史及文

---

[1] 陈平原:《学者与传媒》,《上海文化》,2005年,第1期;收入《大学何为》,北京大学出版社,2006年,2016年(增订版)。

学史上的地位,那是专门家的活,我不够格,也不想逞能。

　　我给"笔会"写稿,只有二十年时间,且数量有限,比起很多铁杆作者来,实在是小巫见大巫。按理说,散文非我所长,可一旦编辑开口,马上放下手头的工作,无中生有,变出一篇勉强合格的稿子来。之所以如此"有约必应",因我看重"笔会"的整体形象,且相信编辑的品位。有两个细节,一说你就明白:第一,编辑从不改我文章题目;第二,文章发表后必寄样报。其实,我家有《文汇报》,上网检索也很方便,但寄送样报是一种仪式,借此达成精神上的默契。在中国传媒喜欢乱改题目赚人眼球的当下,"笔会"编辑的节制与文雅,没把你的"文章"当"素材",也不将"广为传播"作为唯一指标,这点很让人放心。

　　在一个风云变幻、浮躁喧嚣的时代,依旧体贴作者的"文心",坚信文字的魅力,"笔会"的此等坚守,令人敬佩。

（初刊 2016 年 6 月 30 日《文汇报》）

# 如何谈论"文学教育"

### 写给读书人的话

作为读书人,我怀念且支持实体书店;至于网上书店,更多的是理解与尊重。这回的讲座,本安排在言几又书店,后主办单位建议改在京东,我没有反对。这样一来,加上去年年底应邀参加亚马逊年会,上个月出任当当与南航合作的"阅享南航"项目的阅读大使,我算是跟当下中国网上书店的三大巨头都有了接触。

可说实话,对于如何进行图书宣传,我始终心有余虑。不会完全拒绝,但也不是积极参与。我当然懂得,书卖得好,版税就多,出版社也会更积极地邀稿。我的第一本书《在东西方文化碰撞中》出版于1987年,承蒙读者厚爱,从那以后刊行的诸多书籍,基本上都不会让出版社赔钱。当然,也说不上畅销。到目前为止,发行最多的《千古文人侠客梦——武侠小说类型研究》,算上各种版本,中文外文、繁体简体,二十五年间从未间断,估计也就卖了十万册。一次饭局上,有朋友很得意地说,他的书三个月就销了十万。我一点都不羡慕妒忌恨,因为,很难说是疾风骤雨好,还是"随风潜入夜"更让人惦念。我写书的目标是:虽不畅销,但能比较长久地站立在读书人的书架上。因此,图书宣传对我来说,主要不是增加销量,而是"广而告之",让大家了解此书的长短得失,若需要,能很方便地得到,这样就行了。

今年春天,在南方一所高校演讲,某教授告知,他当年在东北师大念博士生,妻子家教一个月,赚了一百元,被他拉进书店去,买了一套刚出版的《陈平原小说史论集》,精装三卷,共九十六元,妻子回家后哭了。听到这故事,我既感动,又惭愧,回京后,赶紧寄送新书给这位教授,请他转送给如今也在大学教书的夫人。这个经验,让我益发坚信,读书人的钱,不能随便骗。

今天不是专业演讲,只是说说这两本书的写作初衷,以及达成了几分目标,对什么样的读者是比较合适的。网上传我的文章《粉丝制造阅读奇迹,是对"经典"的绝大嘲讽》,其实,这个话题,前几年出版《读书的"风景"——大学生活之春花秋月》时就谈过。我感叹的是,现在的书业很奇怪,卖的不是图书,而是"人气";"人气"可炒作,可那无关阅读呀。我是读书人,深信这书如果你不想读,是不应该买的。

## 中文系的使命与情怀

首先自报家门:我是中文系教授,入门处是中国现代文学。从那个地方起步,不断往外拓展,逐渐延伸到文学史、学术史、教育史。列举一下已出版的主要著作,文学史有《中国小说叙事模式的转变》(1988)、《20世纪中国小说史》第一卷(1989年,后改题《中国现代小说的起点——清末民初小说研究》)、《千古文人侠客梦》(1992)、《中华文化通志·散文小说志》(1998,后改题《中国散文小说史》)等;学术史有《中国现代学术之建立》(1998)、《触摸历史与进入五四》(2005)等;教育史则是《老北大的故事》(1998)、《大学何为》(2006)、《大学有精神》(2009)、《抗战烽火中的中国大学》(2015),连同今年刊行的《大学新语》,合称"大学五书"。

文学史、学术史、教育史,这是三个不同的学术领域;虽然三者间有千丝万缕的联系,但研究方法与评价体系毕竟不同。若想找到三者的重叠处,那很可能就是我今天要谈论的"文学教育"。

我心目中的"文学事业",包含文学创作、文学生产、文学批评与文学教育。四者之间既有联系,又有区隔,更有各自独自发展的空间与机遇。就拿文学教育来说吧,不仅对中文系、外文系生命攸关,对整个大学也都至关重要。而选择文学史作为核心课程,既体现一时代的视野、修养与趣味,更牵涉教育宗旨、管理体制、课堂建设、师生关系等,故值得深入探究。

今天谈论的是我近期出版的一大一小两本书。大书《作为学科的文学史——文学教育的方法、途径及境界》[1]是增订版,初版刊行于2011年,刚获得第四届王瑶学术奖的学术著作奖(2016)。新版增加了三篇长文,且添上副题"文学教育的方法、途径及境界",使整个论述更为完整,主旨也更加显豁。小书《六说文学教育》[2]包含六篇长文,外加三则附录。正如该书"小引"所言:"诗意的校园、文学课程的设计、教学方法的改进、多民族文学的融通、中学语文课堂的驰想,不敢说步步莲花,但却是每一位文学(语文)教师都必

---

[1] 陈平原:《作为学科的文学史——文学教育的方法、途径及境界》,北京大学出版社,2016年。

[2] 陈平原:《六说文学教育》,东方出版社,2016年。

须面对的有趣且严肃的话题。"所以,我建议将此书与北大版《作为学科的文学史》相对读。其实,还有一本评论性质的《假如没有文学史……》[①],也是讨论此话题的,不过,那书是论文、序跋、随笔结集,体例有点杂。

这回的一大一小两本书,若用一句话来概括,那就是"中文系的使命与情怀"——这体现了文学教授的人间情怀、学术史视野以及自我反省意识。如果你想挑着读,建议看《作为学科的文学史——文学教育的方法、途径及境界》的第二章"知识、技能与情怀——新文化运动时期北大国文系的文学教育"、第三章"'文学'如何'教育'——关于'文学课堂'的追怀、重构与阐释",以及第四章"中文系的使命与情怀——二十世纪五六十年代北大、台大、港中大的文学教育"。这三章的论述对象以及处理问题的方式,大体代表了我的学术兴趣与科研能力。

本书希望在思想史、学术史与教育史的夹缝中,认真思考文学史的生存处境及发展前景。具体的论述策略是:从学科入手,兼及学问体系、学术潮流、学人性格与学科建设。关于文学学科的建立,中文系教授的命运,以及现代学制及学术思潮的演进等,关注的人会比较多;具体到某学术领域,如小说史、散文史、戏剧史以及现代文学的前世今生,乃至未来展望,必须是专业研究者才会有兴趣。推介这么一本五六百页的大书,只说我殚精竭虑,写了很多很多年,那是没有意义的。酝酿时间长,写得很辛苦,并不能保证这书的质量;我只想说,经由这本《作为学科的文学史》,我们对晚清

---

① 陈平原:《假如没有文学史……》,三联书店,2011年。

以降这一百多年中国现代大学的"文学教育",有了基本的了解,以及大致准确的判断。

空口无凭,为了让大家对此书的论述风格有所体会,我略为介绍第八章"在政学、文史、古今之间——吴组缃、林庚、季镇淮、王瑶的治学路径及其得失"。昨天是教师节,借推介新书,谈论我几位尊敬的师长,也算是一种深情款款的怀念。那篇文章共六节,跳过"北大中文四老"的由来、风雨同舟四十载、政治与学术的纠葛、文学与史学的互动、古典与现代的对话,就说这第六节"老大学的遗响"。

这四位在上世纪八十年代北大中文系发挥关键作用的文学教授,都曾是清华中文系主任朱自清的学生。四人中,受朱自清影响最深的,无疑是其直接指导的研究生王瑶。也正是王瑶,晚年借助朱自清这座桥梁,提出了"清华学派"这个曾风行一时的概念,且再三强调:"我是清华的,不是北大的。"作为长期任教北京大学的名教授,晚年的王瑶如此绝情的陈述,用意何在? 我在《八十年代的王瑶》[①]中曾略为辨析:因撰写《念朱自清先生》和《念闻一多先生》二文,王瑶重新回到美好的青年时代,爱屋及乌,因而特别表彰清华的学风及文化。另外,从21岁到39岁,这十八年间,王瑶与清华结下了不解之缘;至于后面的三十多年,不愉快的岁月居多。可那是大时代的缘故,怨不得北大;即便不是院系调整,继续生活在清华园,王瑶也未必有好处境。吴、林、季三位未见如此情感强烈的表述,但也都与夹杂着"青春记忆、师长追怀、个人遭遇"的母校清

---

[①] 陈平原:《八十年代的王瑶》,《文学评论》,2014年,第4期。

华大学有密切联系。

可再往前推,他们的老师杨振声、朱自清、俞平伯等又都是从北大毕业的。若从百年中国高等教育着眼,这两所旗鼓相当且相互激励的名校,在学风上虽有明显差异,唯独在"政治与学术的纠葛"这个话题上,谁都做不了主。相对于国家意识形态,个人的心境与才华、学科文化的特殊性以及大学传统等,不说微不足道,也是相形见绌。1978年以后,这四位清华毕业生重新焕发青春,大展宏图,以至深刻影响了北大八十年代的"文学教育",固然可喜可贺,可那也是拜改革开放之赐,而主要不取决于个人意志。说到底,在风云变幻的大时代,个体选择的自由以及自我设计的空间,并不是很大。

暂时搁置这四位教授的学术贡献,就说进入八十年代,如何承上启下,促成了薪火相传。学位制度的建立,使得这种苦心孤诣成为可能。开列1978年以后这四位教授指导的研究生名单(吴组缃指导硕士生一名、博士生四名;林庚指导硕士生一名、博士生两名;季镇淮指导硕士生四名;王瑶指导硕士生十名、博士生五名),熟悉当代中国教育史及学术史的读者马上会有如下反应:除了王瑶先生,其他三位先生指导研究生的数量实在太少了。开始招收研究生的1978年,吴组缃70岁、林庚68岁、季镇淮65岁;最后一个学生毕业时,吴组缃88岁、林庚88岁、季镇淮74岁,照常规确实早就该退休了。可这中间那么多年,为了把舞台让给下一代学者,北大没像其他大学那样,充分发挥这些老先生的经验与智慧(想想南京大学的程千帆、北京师范大学的钟敬文、苏州大学的钱仲联),实在有点可惜。

这就说到人格熏陶与学问承传的关系。说实话,七八十岁的老先生,不可能像年富力强的中年教授那样,手把手地教你读书做学问。可八十年代的中国,中文系还能吸引很多绝顶聪明的好学生;考入师门的,根本用不着手把手教。其实,老教授指导研究生,长处不在有形的学问,而在一种精神,一种气象,一种人格魅力。想到这些,我对北大当初的固守制度,没让老先生多带研究生耿耿于怀(不只中文系,人文学科各系均如此)。哪怕主要事务由副导师负责,老先生只是挂名,不时与学生聊聊天,都会有很好的效果。我说的"效果",不是给学生提供"象征资本",让其日后可在人前吹牛;而是从老先生那里,确实能感受到老大学的精神与风采。我并不主张神化"民国大学",但我承认,八十年代的中国学界,幸亏有这么一批饱经沧桑的老学人,让我们得以接续民国年间若干好大学的优良传统——这里就包括了老北大与老清华。

那是一个遥远的故事,但那也是一段永不磨灭的记忆。借辨析吴组缃、林庚、季镇淮、王瑶等老一辈学者的足迹,我们得以触摸此兼及古今、贯通文史、关心政治的学术传统,同时也可明白其中的利弊得失。或许,这是上一代学者留给我们的最为宝贵的精神遗产。

### "学问"底下的"温情"

最近二十年,在自家专业之外,我花了很多时间和精力探讨大学问题,先被讥为野狐禅,后逐渐得到了认可。将"教育学"与"中国文学"这两个不同学科有机地结合起来,而不流于生拉硬扯,不是很容易的。从《中国小说叙述模式的转变》有此念想,到《老北大的故事》开始尝试,其中得失成败,甘苦自知。眼下这本《作为学科的文学史》,自认为是较好地将文学史、教育史、学术史三者水乳交融,互相促进。增订本的序言是这样结束的:记得我第一次认真讨论文学史问题,是二十年前的《"文学史"作为一门学科的建立》,其中有这么一句:"不只将其作为文学观念和知识体系来描述,更作为一种教育体制来把握,方能理解这一百年中国人的'文学史'建设。"日后我的很多论述,都是围绕这句话打转。相对于学界其他同仁,我之谈论文学史,更多地从教育体制入手,这也算是别有幽怀。作为一名文学教授,反省当下中国以积累知识为主轴的文学教育,呼唤那些压在重床叠屋的"学问"底下的"温情""诗意"与"想象力",在我看来,既是历史研究,也是现实诉求。

从大学的"文学史",一直谈到中小学的"语文课",二者虽有关系,但不能混为一谈。主办方原本想用"语文之美与教育之责"作为本次活动的主题,我谢绝了。我知道,那样拟题,可以吸引更多的听众,尤其是中小学教师以及关心孩子成长的家长们。可那不是我的工作重点;大学史、大学制度、大学精神以及大学里的文学教育,这方面我关注较多,也比较有心得。

不仅是研究对象,这里还包含教学实践。记得王瑶先生告诫诸位弟子——在大学教书,站稳讲台是第一位的。不要自我辩解,说我学问很大,只是拙于言辞,或心思不在此。讲课也是一门学问,风格可以迥异,但用心不用心,学生是能感受到的。此书最得意的一章,是《"文学"如何"教育"——关于"文学课堂"的追怀、重构与阐释》,既有宏阔的学术史视野,又关切当下中国的大学课堂。

你或许隐约感觉到,这书既是严谨的学术著作,但又似乎别有幽怀。可以说，这是我做学问的一个特点——所言、所论、所思、所感，并不在真空状态，总有一种压在纸背的"心情"在里面。当然，这也与中国现代文学这个学科的特点有关——与当下中国"剪不断理还乱"，故研究者多既有学问上的追求，又有精神性的探索，以及某种意义上的自我解惑。

## 发言姿态与写作策略

作为学院派的人文学者，讲求"实事求是"——著述效果，最好是"每下一义，泰山不移"；实在做不到，那也必须能"自圆其说"。除此之外，还追求章太炎所说的"学以救弊"——面对滚滚红尘，学者的责任包括"自立"、"审视"与"纠偏"。顺风呼喊，事半功倍；逆水行舟，则难度要大得多。明知"人微言轻"，也得尽力发声，即便说了等于白说，也得"立此存照"。

我的学生为《大学新语》写书评，从"制动装置"的角度肯定我的立场①。我不开车，对此装置的意义体会不够真切；而且，我认定，在当下中国，作为个体的读书人，面对滚滚大潮，你连刹车的权力与意识都可能缺乏。我更喜欢使用另一个比喻，那就是压舱石——此类不卑不亢、不慌不忙、不左不右的立场、态度及论述，其存在价值，就好像虽不显眼、但能使整艘大船相对平衡、不至于过分摇摆、颠簸乃至倾覆的压舱石。

想象整个社会两极分化，有人特左，有人极右；有人向东，有人往西；有人高喊，有人沉默，两者相加就成了"中道"，那是很不现实

---

① 袁一丹：《大学转型亟需制动装置而非加速器》，《文汇报》，2016年6月2日。

的。必须是中道立场成为整个社会的主流意见,才能容纳那些方向不同乃至截然对立的"异端"。当然,无论是当下的记者,还是日后的史家,为了论述方便,往往倾向于选择极端性的言论作为例证。但在我看来,极端言论虽好记且容易流传,不代表社会的发展方向与主要动力。

理性地思考,冷静地表述,很可能两边不讨好。但这是我的自觉选择。我喜欢胡适等人创办《独立评论》的立场与思路,在"富贵不能淫,贫贱不能移,威武不能屈"之外,还必须添上一句"时髦不能动"。在大众传媒铺天盖地的当下,拒绝"时髦",意味着没有"辨识度"。记得二十年前,有聪明人透露玄机:管他什么立场,先冒出头来,再做自我调整。我了解这种"语不惊人死不休"的论述策略,但因年龄、性情及学养,不喜欢这么做。除了立场的一以贯之,还特别警惕"过犹不及";每有论述,讲究的是分寸感。

除了跨学科的难处,如何兼及专家与大众,同样让人头痛。当下中国,专家可敬,通人更难得。作为有人间情怀的学者,我希望写书时能"扶老携幼",也就是说,大小兼顾。说句玩笑话,白居易的"大珠小珠落玉盘",转化成出版,便成了各有所长、互不干扰的"大书小书落一盘"。

这其实很不容易。如果你的假想读者是专家,他们了解学界的历史及现状,也读过你以往的著作,那样的话,尽可放心地"千里走单骑",没必要唠唠叨叨。可如果是一般读者,手头就只有这么一册书,这个时候,你怎么做才能既避免自我重复,而又不会显得支离破碎?说到这,想起两个成功的范例,一是周作人的散文,二是王元化的札记。

周作人的文抄体,谈论的人很多,这里不赘。尊重读者的阅读兴趣,加上对传统笔记情有独钟,王元化写作时喜欢化繁为简。1989年上海古籍出版社的《思辨短简》收文153则,1992年香港三联书店的《思辨发微》收文200余则,1994年上海文艺出版社的《思辨随笔》做了不少增删,先后印行九版四万册,最后"闪亮登场"的是2004年上海古籍出版社的《思辨录》。后者收录1940年至2002年间王元化各类思辨札记377则,十分精彩,多潜心思考所得,是从自家历年文章中摘录的,可惜只注年代,没注出处,回到原文有困难。喜欢周作人的文抄或王元化的札记,都是读书较多的人,故乐见其采用"互见"的办法。但如果只写或只读一本书,则最好是"自成起讫"。

早年撰写《中国小说叙事模式的转变》等,落笔前就有整体构思,是作为独立著作来经营的。日后我出版的好多书籍,其实是论文结集。读者偶然拿起这本书,会追问你为什么这里缺一块,那里多一角。你不能要求读者全都顺着你的写作历程,不间断地追踪阅读。这就说到著作与文集的差异——后者没有封闭结构,可因应时事及心境,不断地修订与增添,写作者很方便,阅读者则不一定喜欢。

这回南航与当当合作,聘我当"阅读大使",我在发言中提及:喜欢在飞机上或高铁上读书,因为,在一个密闭的空间,周围很安静,没有电话打扰,收拾心情,搁置杂事,一段旅程读完一册小书,效果极佳。作为读者,要学会根据自己的时间、趣味及学养选书;作为作者及出版社,则应根据现代人的生活节奏及教育水准,推出更多与时俱进、软硬适中的"大家小书"。

回头看这本《六说文学教育》，很遗憾，仍然是编出来的，并非一气呵成。造成这种局限，除了志趣、时间与才能外，还与现代学术评价机制有关——作为大学教授，我们已经习惯于先写论文，在报刊上发表，而后才结集成书。

既给专业读者写"大书"，也给普通读者写"小书"，分开做，问题不是很大；但如果希望这"小书"既有独特且深入的探索，又让读者感觉有趣，那可就是个不小的挑战。在知识传播的金字塔时代，你可以凭借自身的地位及名望，诱使读者硬着头皮阅读，逐渐进入你的视野及思路。可如今，传播方式变了，不再是逐级放大，而是一步到位。除了铁杆粉丝，一般读者只有五到十分钟的耐心，读不下去，马上扔掉走人。这个时代的写作者，若不满足于只在专业圈子里打转，而是追求既有学术深度，又能影响社会，怎么办，还能独自远行吗？另一方面，过多地考虑读者的趣味，会不会降低标准，趋于媚俗？很遗憾，到目前为止，我还没找到鱼与熊掌兼得的解决方案。就像这本《六说文学教育》，文体上比较灵活，但内在思路仍是"文章结集"。何时才能自由挥洒，写出专家与大众都认可的"可爱的小书"，目前仍然只是心向往之。

（此乃作者2016年9月11日在北京大学出版社、东方出版社、北大博雅讲坛、京东图书合办的"文学教育的方法、途径及境界"专题讲座上的演讲稿，初刊2016年第10期《文艺争鸣》）

# "大美"与"大爱"
## ——四川阿坝纪行

金秋十月,有机会随中央文史馆采风团走访四川阿坝藏族羌族自治州,自然很幸运。只是因课程耽搁,我错过了理县与马尔康市,只好直扑小金县的四姑娘山镇。说到大小金川,马上想到的是乾隆皇帝的文治武功,还有北京西山专门为征讨大小金川而修筑的模拟战场;而小金县城东部夹金山北麓的达维,那是长征时红一方面军和红四方面军的会师地,立有纪念碑。不过,坦白交代,因采风团成员一半是画家,三天小金之行,都猫在了四姑娘山的沟沟壑壑。

之所以强调金秋十月,除了季节好,风景美,更因今年九月底,巴朗山隧道建成通车,从成都到四姑娘山镇,全程只需三小时。自2008年汶川特大地震发生,加上随后好几次山洪泥石流的袭击,这条贯穿高裂度地震带的公路,曾经坑坑洼洼,让游客望而生畏。如今路好走了,大批游客闻风而动。管理局的领导告知,现在担心的是小镇的接待能力问题。此地原名日隆乡(镇),2013年方才更名,其思路一如云南中甸改名香格里拉,安徽徽州改称黄山,都是为了发展旅游业。那条刻意打造的民族风情街,到处都是嘉绒藏族的建筑及装饰风格,可惜尚未完工。沿途的路灯还在安装中,但小镇的规模已经初显。再过一年半载,这里将会是很好的旅游胜地。

要说旅游资源,四川阿坝得天独厚,想不出有哪个地级市,可与之媲美。中国最初五个世界自然遗产,阿坝占了三席——九寨沟(1992年)、黄龙(1992年)加上四姑娘山(2006年)——后者严格意义上应该是"卧龙·四姑娘山·夹金山脉"。直到今天,中国境内的世界自然遗产,也不过十一项。后起的四姑娘山,名气本就不及九寨沟与黄龙,再加上入选世界自然遗产不久,就碰上了汶川大地震。蹉跎好几年,如今方才恢复元气,开始真正发力。

在海拔近三千米的四姑娘山镇住下来,连续三天,游走双桥沟、长坪沟与海子沟,左观右看,不时抬头遥望晶莹俊秀、风姿绰约的四姑娘山,确被层出不穷的美景震慑住了。除了拍照、赞叹与眩晕,似乎没有更多语言交流的必要。

一夜雨雪,四姑娘山显得更为妩媚。虽说山顶终年积雪,可太阳一出,视觉效果大不一样,真的是"朝肥暮瘦"。这里的天气说变就变,在双桥沟我们躲过了中雨,在长坪沟则遇上了冰雹。好在这里的冰雹个头小,只比米粒大一点,躲在大树底下,观看东边日出西边雹,也是蛮有趣的。

长坪沟我只走了7公里栈道,外加开始上坡的二道坪、唐柏古道,来到了枯树滩,欣赏一阵美景,就开始打道回府。沿途不时闪过背着行囊、意气风发的徒步旅行者,让我自惭形秽。穿越长坪沟据说是中国十大经典徒步线路之一,全程约111公里,需要三天时间。我既无体力,也没时间,只好"坐观垂钓者,徒有羡鱼情"。临到出口处,忽闻喜鹊声,不知谁家好事近。刚坐下来,我的手机显示:"今天你创造了新的最高步数记录,真是不可思议!"

在海拔3000多米的高原行走,抬头雪山,俯首溪流,固然很惬意,但同行多年长,不敢逞能。边走边看,其实也是为了节省体力。从沟谷到山顶垂直带谱明显,一日可见四季景观,这我晓得。可除了鸟语花香,1500余种野生动物,我没见到;诸多珍稀高山植物,我又不懂。只是双桥沟那高可十几米的沙棘,虬曲苍劲,扎根于河床石砾地,屹立在苍茫天地间,犹如巨型盆景,实在壮观;还有就是属于国家二级保护植物的岷江柏木,苍翠葱郁,挺拔在长坪沟栈道两侧,竟然很容易抚摸到。一路上问东问西,不外遵从古训,"多识草木虫鱼"。

据说此地5000米以上的雪山共有52座,只不过这四座毗连的山峰最为高挑出众,阳光下格外迷人,于是被命名为四姑娘山。导游依惯例谈起了民女抗拒恶霸,最后变成仙女峰的故事——这比书上说的四位美女保护大熊猫还是好些——幸亏很短,几句就带过了。过去说"戏不够,神来凑",近年发展旅游业,也有这个趋势。到风景名胜区游览,最怕没完没了的关于神仙、帝王以及才子佳人的神奇传说。其实,大自然鬼斧神工,足够你欣赏的,用不着编大同小异而又牵强附会的神仙故事。面对如此雄奇壮阔的美景,真的是"欲辩已忘言"。只要有基本的审美能力,自己就能品鉴,用不着导游多嘴。更何况,藏语中四姑娘山本叫斯古拉,是护卫山神的意思。长坪沟入口处有一座斯古拉寺,乃格鲁派喇嘛寺,距今已有400多年历史,"文革"中惨遭毁坏,2002年批准开放,2006年原址修复,如今一如既往地守护着四姑娘山的美景以及周边民众的福祉。

爬上海子沟的朝山坪,画家们坐下来画画,我则和陪同的当地领导聊天,就从对面山上那些整齐划一的藏式民居说起。问是否地震后统一修建的,果不其然。多次进藏,常见这种形式的安居工程。地震后的阿坝,明显是在复制这一经验。至于是否实用,有无瑕疵,没做深入调查,不便妄言。不过,在大力发展旅游业的同时,如何保持本地区的文化生态,确实是个有趣而又艰难的话题。比如,嘉绒藏族世代生活在这块土地上,有自己的语言、文化、信仰以及生活习俗。可此地离成都实在太近了,藏民汉化很明显,年轻一辈好多已经不再说藏语了。这也是一种遗憾。白天爬山,晚上阅读走前匆忙塞进行囊的几本谈论藏族历史文化的书籍,包括去年年底辞世的中央文史馆员、著名藏学家王尧的《走进藏传佛教》[①],试图在书本知识与社会调查间建立某种必要的联系。

从天高云淡的四姑娘山镇一路爬坡,穿越不久前通车的巴朗山隧道,马上进入一个新天地,云山雾罩,十米外不辨方向。一路下滑,弯道多多,看得我等胆战心惊。好不容易峰回路转,来到了位于卧龙国家级自然保护区的中心地带、海拔只有1325米的汶川县耿达镇。

闻名中外的卧龙自然保护区,创建于1963年,虽说有很多珍稀动植物,但还是以"熊猫之乡"广为人知。这里的管理机构,两块牌子一套人马:四川卧龙国家自然保护区管理局直属国家林业局,四川省汶川卧龙特别行政区隶属四川省人民政府。每天前来观赏那些成年的、半成年的、未成年的大熊猫的科学家及游客络绎不

---

① 王尧:《走进藏传佛教》,中华书局,2013年。

绝，听讲解员谈论大熊猫的习性以及该基地如何攻克大熊猫养育三大难题，我很有兴趣；但我更关心的是大熊猫野化训练——如何帮助其重新融入大自然，而不是老死于动物园，既是人道，也是天道。只靠人类的精心养育与孩子们的掌声鼓励，或者作为国家外交亲善的礼品，是不足以完成此使命的。好在管理局的朋友很好地回答了我的提问。

记得汶川大地震的诸多报道中，曾提及卧龙保护区的大熊猫一死一失踪，其余的得到了安全转移。想象中，此地受灾应该不太严重。到了这里才知道，那次天崩地裂，对保护区的打击是毁灭性的，据说全区经济损失高达 19.47 亿元。因此，才有了今日耿达镇上的大幅广告牌："香港同胞有大爱，熊猫故乡展新颜。"这可不是说着好玩的，香港特区政府总共援建卧龙自然保护区 23 个项目，投入资金 14.22 亿元。"5·12"大地震时，我正在香港中文大学教书，曾目睹香港民众踊跃捐款的场面。只是那些捐款另有用途，并非此大熊猫基地援建项目。

四川特大地震的援建工作，中央统一指挥，指定各省承包，广东负责受灾最严重的汶川县。任务进一步分解，各地市负责援建一个镇，卧龙大熊猫基地所在的耿达镇，恰好分给了我的家乡潮州市。放下行李，竟然发现村口有"广东潮州新村"的牌子，让我大为惊讶。管理局的朋友一听说我是潮州人，马上讲述了一大堆援建故事，还有他带队回访潮州时的见闻。可惜他询问的那几位援建干部的现状，我不清楚，无以为应。不过，听他这么如数家珍地谈论前来帮忙的潮州同乡，我还是很得意。

负责援建映秀镇的是东莞市，那是震中，受灾最严重，重建后也最为气派。当初救援时,此地一度成为"孤岛",让全国人民格外揪心。单说这里一万多民众,仅有2300多人生还,就可知震灾的惨烈。映秀的灾后重建,吸引了全国乃至全世界的目光。广邀名家设计,采用各种新技术、新材料,因而取得了很好的效果,这都在情理中。很高兴接待我们的当地干部一直说"感恩"——既感谢具体的东莞人民,也感谢大国的政策安排。

参观"5·12"汶川特大地震震中纪念馆,重温那些撼人心魄的场景,也体验了地震时的状态。不过,最让我感动的,并非那些宏大场面,而是一位小学老师的故事。当群众徒手搬开垮塌的映秀小学教学楼的一角时,看到眼前的一幕:张米亚老师跪扑在地上,双臂紧搂着两个孩子,孩子还活着,而他已经气绝。由于紧抱孩子的手臂已经僵硬,救援人员只得含泪将之锯掉,才能救出孩子。生死关头,瞬间的反应,很能体现教师的职责与精神。另一个我感兴趣的,是展览的最后一部分,救灾物资的运用以及经费审计。墙上那么多图表,我看不懂,那些匆匆走过的游客,想必也不关心。但这很重要,虽说"大爱无疆",如此神圣的情感,不该被亵渎。接受捐助者,有义务向世人公开账目,接受社会的监督。

映秀镇的"四川汶川特大地震漩口中学遗址",是整个汶川大地震中唯一保留的人型遗址,吸引了很多人前来参观凭吊。不同于一般意义上的"残垣断壁",那些原本整齐的五层楼,或扭曲变形,或整体陷落,可以想象地震爆发的威力。据说正面那栋整体陷落的五层楼下,还有没能发掘的遇难者尸体,也算是入土为安。正前方破裂的汉白玉大钟,停留在2008年5月12日14时28分,指向天崩地裂的那一刻。广场上,不断有民众前来默哀、献花、绕场一周,气氛很是肃穆。

八年过去了,今天的映秀镇,"山水相映,景色秀丽",很像富裕且有情调的江南小镇,甚至获评为国家5A级旅游景区。每天有民众从四面八方赶来,既向地震中遇难的生灵致意,也借此释放自家紧绷的心情。我到的那天,恰逢熊猫节,小镇上彩旗飘扬,人群熙熙攘攘,若不是地震遗址及纪念馆的存在,很难想象此地曾遭遇人力无法抗拒的灭顶之灾。

面对变幻莫测的大自然,人类必须保持某种敬畏之心。所谓"人定胜天",实践证明是虚妄的。我们能做的,是尽可能地顺应自然,因势利导;或在灾害来临时,同心协力,尽可能减少损失。单就山川而言,壮美与奇崛,往往意味着地质结构极不寻常,一不小心便会突发自然灾害。越是令人叹绝的美景,越可能潜藏着某种危险。人与大自然和谐相处,说起来容易,其实很难;因为,骄傲的人类,已经习惯于自我中心。只说"美景",而忘记其潜在的风险,便是一例。

记得学界曾有争论,克隆技术是否能够拯救大熊猫;若做得到,还需要花那么多钱去精心保护吗?正反双方都是科学家,我没有插嘴的能力。不过,我的想法很幼稚——保护这些笨拙的大熊猫,不纯粹是科学技术问题,很大程度上,那是在保护我们人类的爱心。

四姑娘山的美景,卧龙大熊猫的憨态,以及映秀重建的汗水,三者或许有某种共通性,那就是天地的"大美"连着人间的"大爱",二者都值得认真呵护。

2016年10月27日于京西圆明园花园

(初刊2016年11月2日《人民日报》,刊出时略有删节)

# 人文学·语文课·演讲术

凡有演讲,必然具备三要素:讲者、听众与舞台。故意将演讲的时间地点,说成是讲者表演及自我展示的"舞台",因其不仅仅是具体的物理空间,还包括人际关系、文化氛围乃至象征资本。就好像这回在华东师大演讲,机缘凑合,听众实际上包括两部分人,一是华东师大中文系的师生,二是第三届语文教育论坛的代表。有经验的讲者都明白,每次成功的演讲,既需要你的学识、才华及精心准备,也取决于听众的会心微笑。如何兼顾两部分听众的兴趣,是我今天需要接受的挑战。

就从我刚在华东师大出版社推出的《讲台上的"学问"》说起。这是一本讲演集,从专业角度考量,可谓"卑之无甚高论"。不过,看着自家以考据眼光并借助各种公私资料整理出来的《华东师大五十讲题解(2002—2016年)》,我还是得意了好几天。是呀,有了这份文档,"往事"就并不"如烟"了。与一所职务以外的大学结缘,竟有如此成绩,着实让人惊讶。既赞美对方的诚意,也欣赏自家的恒心——十五年间,多达五十次的"精彩表演",叫我如何不欣喜?说自家演讲"精彩",是有点夸大其词;但若考虑到讲学时间之长,且所讲多为正在开展的新课题,加上行走江湖时,常遇到沪上听课者过来打招呼,让我备感欣慰。如此"教学相长"的经验,确实很独特。天下没有不散的筵席,十五年后的今天,该到做小结的时候了。于是双方商定,出一册精美小书作为纪念。昨天下午开个座谈会,今天则是"曲终奏雅"的第五十讲。

再就是这第三届语文教育论坛了,论坛题目"语文之美与教育之责",借用了我为第一届语文教育论坛所做的专题演讲讲题。那篇演讲稿初刊于2015年1月9日《文汇报》,日后被改题《一辈子的道路,决定于语文》,在网络及微信上广为传播,甚至成了某些语文培训班的广告。主持人希望我再接再厉,可我对中小学语文教学介入不深,体会有限,说多了会露馅的。好在听众有两拨,我本就必须左顾右盼,于是选择了人文学、语文课、演讲术这三个可能大家都关心的话题,略为驰骋。

## 一、关于"人文学"

《讲台上的"学问"》收录有《理直气壮且恰如其分地说出人文学的好处》一文,此文初刊2016年4月15日《文汇报·文汇学人》,虽说是新作,其中提及我多篇旧文。这个话题,我因应时局变化,不时发言,基本立场没变。好处是长年思考,与时俱进,偶有突破;可絮絮叨叨本身,却又是不太自信的表现。

作为学科的人文学,曾经傲视群雄,而最近一百年乃至五十年、二十年,则必须不断地为自己的存在价值申辩,这是个很让当事人尴尬的局面。可是,"人文学"与"人文学者"不是一回事,我关心的是作为学科的人文学,或者作为整体的人文学者的历史命运,而不是具体人物的荣辱与升降。

我们必须明白,曾经无比辉煌的人文学,而今在学术舞台上日渐萎缩,那不是毫无道理的。这顺之者昌、逆之者亡的"天下大势",到底是什么东西,你喜欢也行,不喜欢也行,都必须认真面对、仔细辨析。只埋怨自家领导昏庸无能,不理解这潮流背后的深刻原因,那是不行的。这不仅仅是人事纠纷,还得将制度设计、历史演变、现实刺激,还有可操作性等考虑在内,在理想与现实之间保持必要的张力,这样,才不至于只是生闷气,或者"说了等于白说"。一句话,人文学者必须调整自家心态及论述策略。

文章最后有这么一段:"谈国家需要,也说个人利益;看前辈榜样,也观后辈出路。如此放长视线,在五十年乃至一百年的框架中思考问题——人文学者到底该如何适应已经或正在变化的世界。小而言之,在综合性巨型大学里,我们要学会与其他学科对话,大声地、合理地、聪明地说出人文学的意义,而不是赌气或骂街,那样才能获得别人的理解与尊重。"

该说且能说的,大致都说了,这里就想补充三句话。

第一,今天谈大学问题,一定得了解"学科文化"的复杂性。当下中国,在政治、文化、代际、性别等因素外,深刻影响我们价值判断的,还包括"学科立场"。长期且严格的专业训练,通过学科视野、理论术语、思维方式等,不知不觉形塑了我们各自对于世界、社会及人生的基本想象。这种基于学科立场的特殊偏好,有深刻的洞见,也有不自觉的遮蔽。努力摆脱这种遮蔽,直面光怪陆离的大千世界,方才有比较通达的见解。另外,学术史上,某些学科迅速崛起并占据有利地位,某些学科逐渐边缘化,这都是正常现象。偌大的舞台上,聚光灯不可能照到每个角落,理解自己的站位,尽最大努力演好你的角色。站在舞台中央的,不一定就有出色的表现;今天红极一时的显学,放长视线,也不见得有多大贡献。大小、虚实、强弱,都是相对而言,切不可绝对化。比如,你问我人文学在巨型大学中有何意义,我会半开玩笑地说,就好比北大校园里的未名湖,或华东师范大学的丽娃河,那是一所大学的"灵气"与"文眼",你说重要不重要?这里说的,不仅仅是诗情画意,更包括超越性——对人类前途的整体性思考、对现存制度的反省与质疑、对科技万能的阻隔与批判。长远看,这些并不体现为 GDP 或 SCI 的思考,对人类的意义,或许更值得称道。

第二,博学深思与特立独行,乃人文学者必须具备的基本素质。这些年,一说人文学不受重视,马上就提钱的问题,再就是抱怨曝光率不够。在我看来,人文学者需要含英咀华、沉潜把玩,相对冷清与寂寞,很正常,没什么不好的。非挤到聚光灯下表演不可,反而是不自信的表现。上世纪八十年代,人文学确实是一路鲜花与掌声,可那属于特殊状态,已一去不复返。今日中国,愿意"走自己的路",拒绝随风起舞,也不见异思迁,这样的人文学者,方能有大视野、大格局。经由学界多年争取,政府对人文研究的经费投入(如国家社科基金重大项目、教育部重大攻关项目等),其实已经有很大的提高。都说有钱好办事,但在我看来,对于人文学者来说,更重要的是,有时间阅读调查,有能力独立思考,有意志自由表达,有机会影响社会。

第三,这就说到如今风头正建的智库建设。十年前,我曾批评不少人文学者迫不及待的"有用化"努力:"为了得到政府及社会的高度重视,拼命使自己显得'有用',而将原来的根底掏空,这不但不能自救,还可能使人文学的处境变得更加危险。"①无论如何,你必须承认,人文学解决实际问题的能力远不及社会科学,谈城市建设、交通治理、大气污染、疾病防治等,那不是你的长项,总不能老用一句"天人合一"来打发吧?哪里热闹就往哪里挤,唯恐被冷落,这种心态不好。申请重大项目、获得巨额资金、拥有庞大团队、辅助现实决策,此等研究自有其价值与合理性,但不该成为人文学发展的主流。我曾感慨:"原本强调独立思考、注重个人品位、擅长沉潜把玩的'人文学',如今变得平淡、僵硬、了无趣味,实在有点可惜。在我心目中,所谓'人文学',必须是学问中有'人',学问中有'文',学问中有'精神'、有'趣味'。"②时至今日,我仍固守这一点,人文学须有所为,有所不为。

## 二、关于"语文课"

说是"语文课",还想从"文学史"说起。为什么?虽同属文学教育,大学里的"文学史"与中小学的"语文课",二者不能混为一谈。前面已经说了,"语文之美与教育之责"是我上回演讲的题目,可那不是我的工作重点;除了《六说文学教育》③中几篇,还有即将在花城出版社刊行的《阅读·大学·中文系》若干访谈,我很少对中小学教育发言。相反,大学史、大学制度、大学精神以及大学里的文学教育,这方面我关注较多,也比较有心得。

我心目中的"文学事业",包含文学创作、文学生产、文学批评

---

① 陈平原:《人文学的困境、魅力及出路》,《现代中国》,2006年。
② 陈平原:《当代中国人文学之"内外兼修"》,《学术月刊》,2007年。
③ 陈平原:《六说文学教育》,东方出版社,2016年。

与文学教育。四者之间既有联系,又有区隔,更有各自独自发展的空间与机遇。就拿文学教育来说吧,不仅对中文系、外文系生命攸关,对整个大学也都至关重要。而选择文学史作为核心课程,既体现一个时代的视野、修养与趣味,更牵涉教育宗旨、管理体制、课堂建设、师生关系等,故值得深入探究。

今天谈论的是我近期出版的一大一小两本书。大书《作为学科的文学史——文学教育的方法、途径及境界》[①]是增订版,初版刊行于2011年,刚获得第四届王瑶学术奖的学术著作奖(2016)。新版增加了三篇长文,且添上副题"文学教育的方法、途径及境界",使整个论述更为完整,主旨也更加显豁。本书希望在思想史、学术史与教育史的夹缝中,认真思考文学史的生存处境及发展前景。具体的论述策略是:从学科入手,兼及学问体系、学术潮流、学人性格与学科建设。关于文学学科的建立,中文系教授的命运,以及现代学制及学术思潮的演进等,关注的人会比较多;具体到某学术领域,如小说史、散文史、戏剧史以及现代文学的前世今生,乃至未来展望,必须是专业研究者才会有兴趣。《文艺争鸣》第十期刚推出一个专辑,收录夏中义、张福贵、朱寿桐、吴晓东、贺桂梅、沈卫威等六篇长书评。小书《六说文学教育》包含六篇长文,外加三则附录。正如该书"小引"所言:"诗意的校园、文学课程的设计、教学方法的改进、多民族文学的融通、中学语文课堂的驰想,不敢说步步莲花,但却是每一位文学(语文)教师都必须面对的有趣且严肃的话题。"所以,有兴趣的朋友,建议将此书与北大版《作为学科的文学史》相

---

[①] 陈平原:《作为学科的文学史——文学教育的方法、途径及境界》,北京大学出版社,2016年。

对读。

在我看来,所有思想转变、文学革命、制度创新等,最后都必须借助"教育"才可能落地生根,且根深蒂固,不可动摇。比如,"五四"白话文运动的成功,不全靠胡适、陈独秀等人的大声呐喊,更得益于教育部的一纸通令——1920年1月,教育部训令全国各国民学校先将一二年级国文改为语体文(白话文);4月,教育部又发一个通告,明令国民学校除一二年级国文科改为语体文外,其他各科教科书,亦相应改用语体文。以此为分界线,此前的争论,乃风起于青萍之末;此后的推广,则属于余波荡漾。

教育很重要,那么谁在研究呢?你可能脱口而出:自然是教育学院了。各大学的教育学院主要关注的是教育学原理、比较教育学、教育经济与管理、课程与教学论等,至于我关心的"大学史",不能说没人研究,但微不足道。也正因此,若你谈论中国大学,希望兼及历史与现状,且对社会产生较大的影响,人文学者的"越界写作"反而显得更有优势。

最近二十年,在自家专业之外,我花了很多时间和精力探讨大学问题,先被讥为野狐禅,后逐渐得到了认可。将"教育学"与"中国文学"这两个不同学科有机地结合起来,而不流于生拉硬扯,不是很容易的。从《中国小说叙事模式的转变》有此念想,到《老北大的故事》开始尝试,其中得失成败,甘苦自知。眼下这本《作为学科的文学史》,自认为是较好地将文学史、教育史、学术史三者水乳交融,互相促进。增订本的序言是这样结束的:"作为一名文学教授,反省当下中国以积累知识为主轴的文学教育,呼唤那些压在重床叠屋的'学问'底下的'温情'、'诗意'与'想象力',在我看来,既是历史研究,也是现实诉求。"

最后谈谈"文学教育"的溢出效应。对于个人来说,此类课程的学习,不可能立竿见影,只是浸润既久,效果自然显现,且影响极为深远。有的科目考前突击效果明显,对升学有用,可用过即丢,如水过无痕。修习中小学的语文课,以及大学里的文学史,则是另外一番景象——入口处是语言、文体、诗意、想象力,但左冲右突,很容易横通至政治、历史与文化。各大学里,最不安分守己的,往往是中文系教授,因为他们有思接千古的思维习惯,有超越学科限制的冲动,也有影响社会的能力。如果我没猜错的话,中小学语文老师也是如此,只是侧重点不太一样而已。

### 三、关于"演讲术"

回到刚出版的《讲台上"学问"》这册小书,开篇《1922年的"风景"——四位文化名人的演讲风采》,是我十五年前在华东师大的首场演讲。以"演讲风采"开篇,以"演讲术"收尾,虽属巧合,也算不错的选择。

按使用的功能,晚清以降的"演说",大致可分为两类:一是政治宣传与社会动员,二是文化传播与学术普及。前一类声名显赫,后一类影响深远;与学界同行的思路不太一样,我更关注后一种演说,因其与现代中国学术及文章的变革生命攸关。至于与"演说"三足鼎立的现代教育制度的正式确立以及报章书局的大量涌现,使得学者们很少只是"笔耕不辍",其"口说"多少都在媒体或文集中留下了痕迹。介于专业著述与日常谈话之间的"演说",成了我们理解那个时代学人的生活与学问的最佳途径。于是,我选择章太炎、梁启超等十几位著名学者作为研究对象,探讨"演说"如何影响其思维、行动与表达。演讲者"说什么"固然重要,可我更关注其"怎样说"——包括演说的姿态、现场的氛围、听众的反应、传播的途径,还有日后的"无尽遐思"等。换句话说,我希望兼及"演说"的"内容"与"形式"。这方面的工作,既落实为主编"现代学者演说现场"丛书①,也体现在《有声的中国——"演说"与近现代中国文章变革》②等系列论文。

此外,我曾选择现代中国史上十场关系重大的演说,从"宣传"与"文章"两个不同角度进行解读,探索"声音的政治"、从"声音"向"文字"转化的各种途径,以及"纸上声音"的魅力。这篇题为《声音的政治——现代中国的"宣传"与"文章"》的专题演讲,虽经营多时,一直没有最后定稿。在实际政治运作中,说出来的与没说出来的,何者更重要?内部谈话不同于外部宣讲,这完全可以理解,只是在这一"华丽转身"中,到底遗失了什么?一言既出,并非真的驷马难追,声音转化为文字时,如何通过删改与修饰不断增值……所有这些,都值得仔细推敲。在研读相关资料过程中,我注意到曾经受过演讲训练的孙中山、胡适、闻一多等,其临场发挥能力,明显要高于其他同样声名显赫的政治家或文学家。

口才一如文采,并非人人平等;但另一方面,演说家是需要训练的,未见过从石头缝里直接蹦出来。传统中国社会,喜欢"忠厚朴实",对于"巧言令色"持高度警惕。"木讷"有时不仅不是缺点,

---

① 陈平原:"现代学者演说现场"丛书,山东文艺出版社,2006年7月。
② 陈平原:《有声的中国——"演说"与近现代中国文章变革》,《文学评论》2007年,第3期;《新华文摘》,2007年,17期转载。

反而容易得到上司及同事的赏识。现代社会不一样,多少需要某种表演性——会写文章,还得会说话。夸夸其谈不好,言不及义更差,能在恰当的场合说出与自己年龄、身份、教养相般配的"好话",这是一种本事。某种意义上,口头表达能力,更能在一瞬间体现自己的才情。只是过犹不及,我不喜欢通过抓阄决定立场、能把黑的说成白、也能把白的说成黑的辩论技巧。可以随机应变,但不能扭曲乃至泯灭自家立场,否则说话不真诚,怎么听都觉得难受。

如今的中国大学,偶有此类课程,但不太被重视。研究院的小班教学,鼓励学生积极参加讨论,久而久之,可能养成敏锐思考、准确表达的能力。不怯场,也别乱发挥,要的是真诚、清晰、准确的表达。至于"幽默感",千万别强求,不是每个人都有那本事;再说,万一掌握不好分寸,就成了油腔滑调。我曾经说过:"作为学者,除沉潜把玩、著书立说外,还得学会在规定时间内向听众阐述自己的想法。有时候,一辈子的道路,就因这十分钟二十分钟的发言或面试决定,因此,不能轻视。"[1]

具体到当老师的,不管教的是大学还是中小学,讲课效果很重要。记得我的导师王瑶先生曾告诫诸位弟子:在大学教书,站稳讲台是第一位的。不要强做辩解,说我学问很大,学生水平有限,听不懂是他们的错。讲课风格可以迥异,但教学用心不用心,学生是能感受到的。

十几年前,在《从文人之文到学者之文——明清散文研究》[2]的"开场白"中,我描述大物理学家费恩曼如何自告奋勇为大学新生

---

[1] 陈平原:《训练、才情与舞台》,《中华读书报》,2011年8月3日。
[2] 陈平原:《从文人之文到学者之文——明清散文研究》,三联书店,2004年。

讲课,用的是《迷人的科学风采——费恩曼传》[①]中的话:"对费恩曼来讲,演讲大厅是一个剧院,演讲就是一次表演,既要负责情节和形象,又要负责场面和烟火。不论听众是什么样的人,大学生也好、研究生也好、他的同事也好、普通民众也好,他都真正能做到谈吐自如。"我没有费恩曼的本事,但理解他的想法:讲课也是一门艺术。表演技巧是一回事,是否全身心投入,或许更为关键。

在《作为学科的文学史——文学教育的方法、途径及境界》中,我自己很看重第三章《"文学"如何"教育"——关于"文学课堂"的追怀、重构与阐释》。有经验的读者都明白,课堂上的演说与书斋里的著述,二者的宗旨、体例、成效等有很大差异。好演说不一定是好论文,反之亦然。从教多年,我对随风飘逝的"课堂"情有独钟,认定"后人论及某某教授,只谈'学问'大小,而不关心其'教学'好坏,这其实是偏颇的"。在讨论演说之于近现代中国的文章时,我曾追踪"演讲术"之类书籍如何进入中国,总的判断是,此类书作用不大,绝大部分教师都是在"实战"中自己摸索,逐渐变得得心应手的。

最后说说书名《讲台上的"学问"》,"学问"二字为何加引号?受演讲时间、听众水平及现场氛围的限制,凡由演讲记录稿整理而成的"文章",大都粗枝大叶,极少精雕细刻的。在开风气、启民智、传递新知识方面,"演说"不愧"传播文明三利器"之一;但一般来说,"博学深思"非其所长。既要专精,又想普及,鱼与熊掌不可兼

---

① 约翰·格里宾,玛丽·格里宾著,江向东译:《迷人的科学风采——费恩曼传》,上海科技教育出版社,2000年。

得,怎么办? 在严谨的书斋著述之外,腾出一只手来,撰写并刊行略有学术含量的随笔集或演讲稿,不失为一种有益的补救。正是有感于此,我对自家的演讲稿,既不高看,也不蔑视,将其视为不算学术成果、但自有其功能与趣味的"另一种学问"。

(此乃作者2016年12月8日在华东师范大学的演讲稿,2017年1月11日修订于京西圆明园花园,初刊2017年1月20日《文汇报》)

# 名刊的责任与困境

## ——为《文学评论》六十周年而作

十几年前,在谈论什么样的人该出"全集"时,我曾引清代史学家全祖望及诗人袁枚的意见,区分"大家"与"名家"。结论是:"名家有所得,大家有所失,得失之间,最该关注的,是其学问及文章的气象、境界和范围。"[1]人物如此,杂志也不例外。套用全祖望的说法,办名刊不难,"瘦肥浓淡,得其一体"即可;而大刊则"必有牢笼一切之观"(《文说》),不是很容易做到的。除了主观努力,还得有天时地利人和;单靠政府一纸公文,解决不了问题。

发如此迂腐的感叹,那是因为,在我看来,走过六十年征程且取得辉煌业绩的《文学评论》,要想百尺竿头更进一步,最终成为引领一代风骚的"大刊",实在太难了。今天的《文学评论》,名气远比八十年代大;但那是不合理的评鉴制度造成的,并非自家努力的结果。甚至可以这么说,今日的"高处不胜寒",成了"文评"健康发展的巨大障碍。

我与"文评"结缘,始于初刊1985年第5期的《论"二十世纪中

---

[1] 陈平原:《"大家"与"全集"》,《中华读书报》,2003年9月17日。

国文学"》(与黄子平、钱理群合撰)。此后若即若离,到今天,总共也才刊出十文,算不上铁杆作者。尤其整个九十年代,我从没在"文评"上露过脸。并非有什么过节,只因那时正与友人合办民间刊物《学人》,好文章留着自己用,次一点的又不好意思给"文评"。而且,说实话,那时年少气盛,并不觉得《中国社会科学》或《文学评论》的水平比我们《学人》高。只是最近三十多年,中国人文学界风水轮流转:"八十年代民间学术唱主角,政府不太介入;九十年代各做各的,车走车路,马走马道;进入新世纪,政府加大了对学界的管控及支持力度,民间学术全线溃散。随着教育行政化、学术数字化,整个评价体系基本上被政府垄断。我的判断是,下一个三十年,还会有博学深思、特立独行的人文学者,但其生存处境将相当艰难。"[1]这种状态下,《文学评论》的名声及地位水涨船高,吸纳好稿子的能力也就迅速提升。

资源多了,地位高了,责任也就更大,学界希望你成为"中流砥柱"、"学术标杆"。早年即便若干动作不太雅观,大家也都能理解,因为生存不易;现在不一样了,稍有差错,媒体及民众必定穷追猛打。记得《哲学研究》2009年第4期刊登某大学副校长等《何谓"理论"?》,竟被揭发抄袭云南大学某讲师多年前的讲稿,作者难堪不用说,名刊也因此英名扫地。此等困境,一次就足够你难受好多年,弄不好,几十年努力前功尽弃。正因此,责任重大的名刊主编,不能不小心翼翼,如履薄冰。

这个时候,我对"文评"的最大担忧,不是发很烂很烂的文章,

---

[1] 陈平原:《人文学之"三十年河东"》,《读书》,2012年,第2期。

而是全都合格，但出不了彩。最近十年，大批训练有素的新进入列，学术规则得到较好的遵守，加上各大学加大奖励力度，《文学评论》所刊论文，基本上都过得去。但仔细观察，你会发现，诸文大都稳妥有余，而勇猛精进不足。如果十年后总结，本领域最具创见的文章不是或很少发表在《文学评论》上，那没什么好说的，编辑部及主编都必须检讨。

说这句话，是因为八十年代的《文学评论》，与其他刊物处在竞争状态，主编及编辑都积极参加各种学术活动，努力追赶学术潮流，把握发展脉搏，主动争取好稿子。如今杂志名声在外，老少贤愚全都往这里挤，推都推不开，编辑根本没时间及精力去主动发掘。以我研究晚清以降报章书局的体会，最具创新意识的，当属同人杂志；至于已成名且规模巨大的书局或报章，往往各有其"傲慢与偏见"，守成有余而拓展不足，导致其在文学史、思想史、学术史上落了下风。

真心希望，再过一个甲子后回望，历尽沧桑的《文学评论》，没有辜负世人的期待，当得起堂堂正正的"大刊"二字。

2017年2月25日于京西圆明园花园

（初刊《〈文学评论〉六十年纪念文汇》，社会科学文献出版社，2017年9月）

# 散淡中的坚守

都说钱谷融先生散淡,这我同意。不过,只说散淡还不够,还得加上"坚守"二字,方能显出其潜在的方向与力度。记得上世纪九十年代中期某一天下午,在杭州西湖边西泠印社旁茶舍聊天,时间长,没有外人,东拉西扯,谈得较为深入。正是那次谈话,让我对钱先生平和温顺外表下的"棱角"有所体会。

从2002年起,因特殊的因缘,我每年都到华东师大讲课或参加学术活动,与钱先生多次见面,除了到家访问那两三次,其他场合都因人多嘴杂,其实没谈什么。但有两个很深的印象,一是钱先生的知识、立场及谈吐一直没变,淡定中有自己的坚持,从不说时尚的昏话或无趣的好话;二是钱先生对日常生活充满兴趣,总是那么乐呵呵,享受并不高贵的美食、漫无边际的聊天,以及朋友或弟子们"连哄带骗"的表扬。

初看好像是成功老人的常态,细想又不全是。因为,钱先生进入这一状态的时间很早,几乎从来没有"不待扬鞭已奋蹄"的表态与实践。比钱谷融年长五岁的王瑶先生,1980年元旦曾赋诗:"叹老嗟卑非我事,桑榆映照亦成霞。"此等诗句,很能显示改革开放初期全民振作的时代氛围。可很快地,在私人信件及日常谈话中,王先生多次谈及自己"虽欲振作,力不从心"的痛苦。"不是真的写不出来,而是写出来了又怎么样?对于眼界很高的王瑶来说,既然没办法达成自己的学术理想,放弃又有何妨?苦于太清醒,王瑶明显知道自己努力的边界与极限,再也没有年轻时'我相信我的文章是不朽的'那样的狂傲了。只是深夜沉思,'心事浩茫连广宇'的王瑶,自有一种旁人难以领略的悲凉之感。"[①]

因一篇《论"文学是人学"》被批了二十多年的钱先生,深知自己的长处与局限。"以前我的一些学术观点和主张,实际上是常识性的。"钱先生的自述,我再添上一句"在世人都拒绝常识的时代,他勇敢且优雅地说出来",那就基本上是实情了。改革开放以后,面对很多殷切期待,钱先生总是以"无能懒惰"作为挡箭牌。都说是道家哲学、晋人风采,我却读出几分苦涩与无奈。做学问除了个人的才情与努力,还得有外在环境的配合。让你趴下,你只能趴下;让你站起来,未必就真的站得起来了。技术性调整不难,也会有若干成绩;但人生大格局已定,再努力也就这个样子了。记得有人撰文讨论"文革"结束后钱锺书先生的不怎么努力,加上我说王瑶先生的挣扎与痛苦,再来看钱谷融先生的洒脱,你就有几分领悟。这三位都是绝顶聪明人,知道在特定情境下,能做什么,以及该做什么。

以钱谷融先生的年龄、智商及身体状况,著述确实有点少。每当被问及这个常人觉得尴尬的话题,钱先生总是四两拨千斤,化俗为雅。既然人家已经承认偷懒了,你还好意思追问?可检讨归检

---

[①] 陈平原:《八十年代的王瑶先生》,《文学评论》,2014年,第4期。

讨,钱先生一点都不惭愧,照样说说笑笑、吃吃喝喝,再抽空读点书,写点文章。说不定钱先生心里是这么想的:这事情太复杂了,跟你说你不懂,带你去路又太远了。因为,有时"偷懒"是一种智慧。这就好像抢答题,答对是加分,答错了是要扣分的。因外在环境或自身能力的限制,没把握的,就是不答。在人生的某个点上,看准了,站住了,以后任凭鸟语花香,或风吹浪打,我自岿然不动。

与时俱进是一种志向,以不变应万变则是一种智慧。前者是儒家,即使面对危局,也都知其不可为而为之;后者是道家,洞察时代风云与世道人心,知其不可则不为。君不见,人生几十年,有时逆水行舟是进取,有时顺其自然更为积极。历史从来不是一条直线,九曲十八弯,你总想"站在时代最前沿",不敢落下半步,那必定是不断的自我否定。风水轮流转,到最终算总账时,可怜得失相抵,说不定没多少结余的。与其如此,不如淡定地看待已经走过的道路以及可能展开的世界,任凭风浪起,稳坐钓鱼台。

在我看来,"淡定"乃重要的修养。人生总会有遗憾,但关键时刻,遵从内心的召唤,挥一挥衣袖,不过分迷恋外在的风景。如此自在与自得,方能将生命经营得晶莹剔透。我曾在怀念朱德熙先生的文章中,提及师母何孔敬的《长相思——朱德熙其人》[①],文字新鲜活泼,得益于其特殊经历:"作者长期在家相夫教子,没有参加那么多政治运动,很少经历同时代人那些不堪回首的'洗澡',因而也不太受社会上流行语言(或曰'套话')的影响。一旦拿起笔来,追忆自己与朱先生并肩走过的风雨历程,比那些扭扭捏捏的二流

---

① 何孔敬:《长相思——朱德熙其人》,中华书局,2007年。

作家好得多。"[1]这就是"不动"的好处——即不怎么受外界污染,更多保留初心与童心。文章如此,学问如此,"经世致用"也不例外。

有时想想,若能几十年如一日,抵抗各种外在的诱惑,坚守自家的理想与根基,保持往日情怀,断然拒绝"苟日新日日新",也是一种难得的境界。都说"时代车轮滚滚向前",你能判断走的就一定是"天下为公"的大道?都说"铁肩担道义",你敢担保不隐藏着某种精心包装的功名利禄?好吧,都听你的。即便如此,不是说"千夫诺诺,不如一士谔谔"吗?在赞赏"弄潮儿向涛头立,手把红旗旗不湿"的同时,请关注并理解钱先生的淡然与懒散。

正匆匆赶路的我辈,不妨暂时停一下脚步,思考历史的风帆、人类的未来,也品位一下四季美食以及雨中散步的闲暇;还有,就是理解那嘻嘻哈哈的谈笑背后所蕴藏的"不从流俗"的坚硬内核。

2017年5月25日于京西圆明园花园

(初刊2017年6月15日《北京青年报》及2017年第4期《现代中文学刊》)

---

[1] 陈平原:《传道授业的责任与魅力》,《中华读书报》,2008年11月26日。

# 追记王富仁兄的三句话

记忆从来不太可靠,更何况是在怀念师友的时候。很多烙在心头的印记,自以为确凿无疑,其实是多年辗转反侧、不断剪裁修饰的结果。若没有日记或录音,说某人在某个特定时刻说了某句名言,那大都是经过岁月浸润,夹杂了某种个人感情。我追记王富仁兄的三句话,自然也在此列。

我的朋友中,言必称鲁迅的有好几位,且引证时大都八九不离十。据说上一辈学者更厉害,可以当活字典信赖。到我这一辈,即便特别喜欢鲁迅,出过好几本研究专著的,也都做不到这一步。引鲁迅的话而能"出口成章",这与鲁迅写作的"语录化"有关。不是所有名著都能被随意摘引且广泛流传的。就像《世说新语》中人物一样,鲁迅的许多言论让你过目不忘,关键时刻很容易涌上心头。

大概是受研究对象影响,鲁迅研究者中,不乏提炼隽语佳言的好手。王富仁兄便是其中一位,他的很多精辟犀利的言谈,传播力远超专业论文。

我与王富仁兄的交往,说多不多,说少不少。1984年秋北上求学,因老钱、赵园等师兄师姐的关系,我很快结识了富仁兄。记得八十年代末,还曾一起定期到电影资料馆看内部片,说是拓展"学术视野",顺便给杂志写文章。此外,就是朋友间聚会了。可惜富仁烟瘾很大,而我又天生"戒烟",每次都尽可能坐得离他远点,因此也就漏过了不少富仁兄随烟雾喷出的佳句。尽管如此,还是有三句话让我不能忘怀。

第一句的时间地点很确凿,那是1991年春夏间,因北京空气实在太郁闷,山东大学中文系孔范今教授邀我们到济南、曲阜等地旅行讲学。有一天晚上,从大气候谈到小气候,还有自家学问前途等,大家不免感叹唏嘘。擅长自我反省的钱理群说到自家学问的局限,还有下一代的无限可能性,王富仁当场反驳:老钱,不要再说这样泄气的话了。我们这代人历经苦难,不断挣扎与探索,才走到今天这一步。我们对中国社会的理解,尤其是将生命与学问融合在一起,后世学者不一定做得到。这是我们的强项,不改初衷,不求时尚,坚持下去,一定会走出一条属于我们自己的"金光大道"。此话深具历史感与思辨性,在座诸君很受鼓舞。二十多年后,我在北京大学与香港中文大学分别开讲"中国现代文学学科史",其中谈钱理群、洪子诚、王富仁、赵园、吴福辉那一章,我专门引述了王富仁此言,作为一代学人的标识(说不定还可以作为墓志铭)。

第二句话不记得具体时间地点了,大约是九十年代中后期的北京,某次朋友聚会,酒酣耳热之际,聊起新文化运动,富仁兄又高谈阔论起来:对于鸳鸯蝴蝶派,就是要打压,狠狠地打压,合则新文化怎么建立合法性?那些平等看待旧体诗与通俗文学的说法,纯属书生之见,平和到近乎平庸的地步。这话过于强调策略性,且完全站在新文化人立场,不太符合我对历史学家的想象。不过,这让我想起陈独秀"老革命党"的气质,"必不容反对者有讨论之余地"

在特定历史环境中所发挥的积极作用。

第三句话产生于2009年4月,我在北大召开"'五四'与中国现当代文学"国际学术研讨会,富仁兄欣然与会并发表精彩论文。会议空隙中,富仁兄一脸严肃地对我说:对于社会上各种借"国学"名义而泛起的沉渣,北大不能沉默,应奋起反击,这是你们的责任。别的学校随风起舞可以原谅,你们北大应该中流砥柱。若你们只顾书斋中的学问,不管沉渣如何泛起,总有一天,我连沉渣带这不作为的北大一起骂。

如此自信、执着、激愤,确是斗士姿态。随着富仁兄这一代学人逐渐离开舞台,那种坚守鲁迅立场,是非曲直,棱角分明,兼及书斋与学问的取向,越来越少见了。念及此,格外怀念富仁兄。

2017年9月20日于京西圆明园花园
(初刊2017年10月11日《中华读书报》)

# 编一册少数民族文学读本，如何？

两年前，我在云南民族大学于腾冲举办的"中国多民族文学高层论坛"上做主旨演说，谈论确立多民族文学的视野，对于中华民族大团结的意义，其中提及："今天的实际状态是，谈论少数民族文学，不管创作还是研究，都只局限在小圈子里，没能进入更为广阔的公共视野。或许有必要编译一册少数民族文学读本，并在大学里开设相关的必修课或选修课。这么做，比简单的宣讲民族政策更有效果。"至于此举的目的，是"促使汉族学生更多地了解中国境内各少数民族的文化及文学"①。

这里需要解释的是，为什么是"读本"，而不是"文学史"。十五年前，我发表题为《"文学"如何"教育"》②的短文，称按照目前中国大学这种"以文学史为中心"的教学模式，其结果必然是："学生们记下了一大堆关于文学流派、文学思潮以及作家风格的论述，至于具体作品，对不起，没时间翻阅，更不要说仔细品味。这么一来，系统修过中国文学史（包括古代文学、近代文学、现代文学、当代文学课程）的文学专业毕业生，极有可能对于'中国文学'听说过的很

---

① 陈平原：《"多民族文学"的阅读与阐释》，《文艺争鸣》，2015年，第11期。
② 陈平原：《"文学"如何"教育"》，《文汇报》，2002年2月23日。

多,但真正沉潜把玩的很少,故常识丰富,趣味欠佳。"怎么解决这个问题,或者说如何重建中国大学的"文学教育",我的意见是:若从事学术研究,尽可能以"问题"为导向;若是课堂教学,则不妨以"读本"为中心。

以"读本"为中心,这其实是传统中国文学教育的基本方式。想想《文选》《唐诗三百首》《古文辞类纂》等"选本"所曾发挥的巨大作用,就明白"文学教育"并非一定要以"文学史"为中心。1903年起,中国大学选择了"文学史"作为主课,此举既使得学生们视野开阔,上下古今多有了解;又容易落下不读原著、轻视文本、夸夸其谈的毛病。以精心挑选的"读本"为中心来展开课堂教学,舍弃大量不着边际的"宏论",以及很可能唾手可得的"史料",将主要精力放在学术视野的拓展、理论思维的养成以及分析能力的提升——退而求其次,也会多少养成认真、细腻的阅读习惯。至于说这么一来是否回到了"中学语文"的老路子,那要看你是怎样编选、如何讲授[①]。应该这么说,对于读过很多文学作品的人来说,文学史著作确实可以帮你总结与提升;但如果你没看多少作品,一心只读文学史,那只是为有心偷懒或假装博学者提供堂而皇之的借口。在我看来,文学教育应阅读优先,以形成趣味及提升判断力为主导;至于建构完整的文学史体系,那是个别专家的事。

好多年前,我曾论及鲁迅晚年想编一部中国文学史,最终没有成功,原因是:"文学史著述基本上是一种学院派思路。这是伴随西式教育兴起而出现的文化需求,也为新的教育体制所支持。鲁

---

① 陈平原:《文学史、文学教育与文学读本》,《河北学刊》,2013年,第2期。

迅说'我的《中国小说史略》,是先因为要教书糊口,这才陆续编成的',这话一点不假。假如没有'教书'这一职业,或者学校不设'文学史'这一课程,不只鲁迅,许多如今声名显赫的文学史家都可能不会从事文学史著述。"①没有写成系统的中国文学史,但参与编纂《中国新文学大系》,并撰写其中的"小说二集"导言,还是体现了鲁迅的文学史观及方法论。编选《中国新文学大系》乃"五四"新文化人"自我经典化"的过程,其兼及"文学史著"与"出版工程"的巨大成功,日后很难复制。

说到"读本"的作用,不妨就从1934年1月《文学季刊》创刊号所刊鲁迅《选本》一文说起:"凡选本,往往能比所选各家的全集或选家自己的文集更流行,更有作用。"当然,只读选本不看全集也会有弊端,你"自以为是由此得了古人文笔的精华的,殊不知却被选者缩小了眼界";《文选》尚且如此,更不用说后世无数畅销或不畅销的选本了。即便如此,鲁迅还是提醒:"评选的本子,影响于后来的文章的力量是不小的,恐怕还远在名家的专集之上,我想,这许是研究中国文学史的人们也该留意的罢。"②补充一句,好的"文学读本",其影响力同样在文学史著作之上。尤其是在相对陌生的领域,卖弄若干新名词,或罗列一大堆作家作品,不如引导学生切实地阅读作品。还记得各种流行的《中国古代诗文选》,或者上世纪八十年代的《外国文学作品选》吗?那起码诱导我们读了若干名篇。记得我读大学时,因时代潮流及授课老师的趣味,被灌输了好多亚非拉作家的名字,可惜没看多少原著,后来几乎全忘记了。这

---

① 陈平原:《作为文学史家的鲁迅》,《学人》第四辑,江苏文艺出版社,1993年7月。
② 《鲁迅全集》,人民文学出版社,1981年,第七卷,第136—137页。

可是惨痛的教训。陶渊明《五柳先生传》所说的"好读书,不求甚解",其实是很高的境界;如今则反过来,变成了"不读书,好求甚解"。这种风气,与我们以各种叠床架屋的文学史作为主导课程有关。

基于此判断,我认定,若想扶持或传播少数民族文学,编写文学史未必是最佳选择。一说文学教育或研究,马上就想到文学史,俨然此乃一指定乾坤。其实,作为一种兼及意识形态、知识系统、课程设置与著述体例的特定学科,"文学史"有其来龙去脉,也有其功过得失,需要认真辨析。以文学史作为文学教育的核心,这一选择并非毋庸置疑。2010年6月,在我主持的座谈会上,哈佛大学宇文所安教授称:"在哈佛,只有一门文学史课,就是中国文学史课,别的系,不管是英语系、法语系,他们完全没有文学史的课。为什么有中国文学史的课?中国文学的作者,他们做文章的时候,他们自己知道中国文学史,有中国文学史的意识。如果你不是从他们的观点里看他们怎么对待过去和传统,就没有办法理解他们。如果我们讲梵文的文学史,就完全没有意义,为什么?因为梵文作家虽然很多,跟中国一样丰富,但是他们写东西的时候,没有文学史的概念。"[①]不设文学史课程的院系,怎么教文学呢?那就是以作品为中心,以问题为导向,且开设大量专题性质的选修课。

中美两国文学课程的巨大差异,并非缘于历史长短或作品多寡,而是对文学史功能的不同理解。将文学史写成了英雄谱,这已经有点过分了;将编写文学史作为提升少数民族文学地位的重大

---

[①] 宇文所安、陈平原等:《文学史的书写与教学》,《现代中国》第十三辑,北京大学出版社,2010年11月。

举措,更是不得要旨。1958年,中宣部下发关于为各少数民族编写文学史的指令,而后,"从1959年由云南人民出版社出版的《白族文学史》(初稿)和《纳西族文学史》至今,蒙古族、藏族、满族、回族、朝鲜族等55个少数民族都有了自己民族的文学史。其中,壮族、蒙古族、藏族、满族、维吾尔族等民族的文学史有多种版本,这些族别文学史的作者大都为本民族学者,他们了解自己民族文化和历史,占有了大量具有原生形态的文学史资料,这些文学史以史料的丰富翔实而著称,使人们能够比较完整地认识各民族文学真实的历史面貌。"① 若在公开场合,你问我怎么看待56个民族都有自己的文学史,我不会表示异议的;因为,这属于"政治正确"。可私底下,我对此举是否大大促进了少数民族文学的传播,持严重怀疑的态度。

恕我直言,不是每个民族都适合于拉开架势撰写一部功能齐全的文学史。55个少数民族中,人口在百万以上的有壮族、满族、回族、苗族、维吾尔族、彝族、土家族、蒙古族、藏族、布依族、侗族、瑶族、朝鲜族、白族、哈尼族、哈萨克族、黎族、傣族等18个民族;其他的呢?人口最少的珞巴族,在中国境内只有2300人。对于那一半以上没有本民族文字的少数民族来说,编民族志比写文学史更可行,也更有意义。

记得1960年4月8日老舍在第二届全国人民代表大会第二次会议上做大会发言,称"以汉族文学史去代表中国文学史显然有失妥当","今后编写的中国文学史,无疑地要把各兄弟民族的文学史

---

① 李晓峰、刘大先:《中华多民族文学史观及相关问题研究》,中国社会科学出版社,2012年,第22页。

包括进去"①。这我完全同意。问题在于,采取什么立场、视野、手段,才能妥善地将各少数民族文学"包括"进整体的中国文学史。这里的困难,不在独立撰写各民族的文学史,而是作为统编教材的《中国文学史》中,如何恰如其分地呈现各少数民族作家的风采及贡献。其中牵涉语言、文体、时代、思潮等,还有各民族文学到底是单列还是混编,评价标准侧重文学成就还是种族意识,还有,怎么讲述那些用汉语写作的少数民族作家。尤其是后者,众多研究成果有利于我们了解特定时代的文化环境与文学风貌,但对具体作家作品的评价,并没因此发生天翻地覆的变化。或者说,整个中国文学史的叙事框架与评价体系,是否因"民族文学"的建构而发生剧变,目前还看不出来。

  文学史家的考证、辨析与裁断,确实带有某种"暴力因素"。尤其是很具权威性的统编教材,其居高临下的姿态,必定对被表述者带来巨大压力。"老舍是满族作家,年轻的时候游学西方,见识过欧洲民族国家的状况和多元化的世界;新中国成立后担任国家民族事务委员会的委员,还当了中国作家协会副主席(分管少数民族文学创作)。他对'中国文学史'的看法,就有以往被表述一方之代表的意味。"②这里突出老舍的官方身份,且强调是在全国人大会议上的发言,拥有"中国各族人民共同创造了光辉灿烂的文化"这一尚方宝剑,理论上完全站得住。问题在于,立场之外,还需要修养、趣味与表达技巧——准确描述少数民族文学的贡献,不是一件很

---

① 老舍:《兄弟民族的诗风歌雨》,《人民日报》,1960年4月9日。
② 徐新建:《多民族国家的文学与文化》,人民出版社,2016年,第310页。

容易的事情。所谓摆脱"被表述"的命运,一不小心,会走到另一个极端,那就是因应特定年代的政治需要,刻意拔高少数民族文学的成就。在我看来,过犹不及。

都说我们中国幅员辽阔、历史悠久、文化灿烂,但不同时期的"中国",疆域变动不居,民族差异很大,若能和平相处,互相借鉴,那是一种了不起的力量。但如果民族矛盾激化,则很可能狼烟四起,就像上世纪九十年代的前苏联或南斯拉夫,那是很悲惨的。文化多元与政治民主、社会稳定之间,需保持必要的张力。大家都在引费孝通的"中华民族多元一体格局",可到底如何理解,以及怎样运用到各民族文学关系的论述,依旧是未知数。这不是纯粹的学术研究,还包含国家的大政方针以及特定时期特定地区的政策导向,须兼及原则性与灵活性。我不是民族问题专家,也非守土有责的官员,谈论这个兼及理论与实践的话题,真的是小心翼翼,从不敢放言高论。但有一点,我认准,所有"平等论述",都受人口比例、文化传统、经济水平等因素的制约。请记得,无论东方还是西方,如何处理主流与支流、中心与边缘、对话与对抗、输出与输入,都是一门大学问。

描述多民族且多语种国家的文学史图景,其实是很棘手的。都说借鉴国外经验,可日本基本没有民族问题(阿伊努族人数很少),美国乃民族大熔炉,以英语及国家认同为根基。美国文学史家注重各族裔文学,但那都是英语作品;假如你加入美国国籍,但仍坚持用中文写作,写得再好,也无法进入美国文学史。有学者以1911年汉莱克的《美国文学的历史》、1998年艾略特主编的《哥伦比亚美国文学史》以及2004年盖瑞的《美国文学史》为例,说明族裔问题、民权运动以及多元文化兴起,如何影响此三书的章节安排及论述立场①。我承认少数族裔意识的自觉以及主体意识的确立,确实对美国文学研究产生了很大冲击。但有一点,进入美国文学史的,都是英语作品(包括华裔美国作家如汤婷婷、谭恩美、裘小龙、哈金等)。在这个意义上,美国学者处理"多民族文学"时,其实比我们简单多了——只需照顾到创作主体因其身份认同而呈现出来的不同文学风貌即可。撰写中国文学史,无论古代还是现代,均得兼顾许多非汉语书写的少数民族文学作品。

我们的难处在于,如何真诚地面对自己的阅读感受与学术困境,而不是动辄追问政治立场,或死守若干教条。在历史进程中,激进与保守,文雅与通俗,单纯与混杂,并不具备绝对价值;就看你如何审时度势,移步变形。前些年,美国学院中人大多不谈审美、文学性以及形式感等,怕被讥为保守或落伍。弄到最后,"谈文"几乎变成了"论政",表面上很深刻,实则自毁根基。长久下去,文学批评(研究)将失去存在价值。我以为,在国家大政方针与个人阅读感受之间,须保持必要的张力;以文学为根基,兼及政治、文化、历史、艺术与宗教,这是我们编写少数民族文学读本的基本前提。

谈论编写"文学读本",为何是"少数民族",而非目前流行的"多民族"呢?我了解最近十几年诸多学者努力提倡"多民族文学"的苦心,那就是超越原先相对狭隘的"少数民族文学"视野:"由民族学的角度放眼现实,在中国文学的总格局下,已经不再是'汉族

---

① 李晓峰、刘大先:《中华多民族文学史观及相关问题研究》,中国社会科学出版社,2012年,第278—281页。

文学'与'少数民族文学'的'二分'态势,而应该是也必然是每个民族都各居一席的'五十六分'的可喜态势。缤纷多姿的民族文化和民族文学,在此情景下显然可以得到更加绚丽完美的展示,得到更加科学准确的诠释。"[1]这里说的是作家的民族属性,可我更关注文化认同、写作姿态及使用语言——假如不是"汉族文学"与"少数民族文学"二分,而是"汉语书写"与"非汉语写作"的差异,是否能被广泛接受?

所谓中国文学绝对平等的"五十六分",不但不可能,也不应该。这里牵涉"民族学"与"文学史"之间立场的歧异——前者关注"民族",后者侧重"文学"。在后者看来,首先是好作品,至于是哪个民族的作家创作的,那是后面阐释的问题。当然也会有反对意见:少数民族文学之所以被低估,因历史上汉族人口、经济及文化均占有绝对优势,故评价标准及审美趣味本身就蕴含着阶级以及民族的偏见。但只是这么抱怨,并不解决根本问题。某种意义上,今天谈论"少数民族文学"(尤其是历史上的),是带有保护性质的。一定要说56个民族地位平等,文学评论也该不分彼此,否则便是"歧视",如此论述表面上很替少数民族作家争气,可实际上不仅无法落实,还可能削弱少数民族文学的竞争性、传播度与阐释力。

这里想引入美国的经验——他们讲多元文化比我们早,论述强度也大得多。可到今天为止,人家仍讲"少数族裔"。美国白人(欧裔)1.8亿,约占总人口63%,此外,西班牙裔3500万,黑人(非

---

[1] 关纪新:《创建并确立中华多民族文学史观》,《全球语境与本土话语》,社会科学文献出版社,2014年,第9页。

裔)3400万,亚裔1000万,印第安人及阿拉斯加原住民250万。不管是非裔或亚裔(包括阿拉伯、华人、印度、伊朗、日本、韩国等)的作家或学者,他们并不忌讳、甚至是刻意强调"少数族裔"的立场,站在边缘处发声,要求特殊照顾。而在中国,让占总人口不到10%的55个少数民族与汉族同台竞争,这对他们是很不利的——赢得了面子,弄不好会失去了里子。正因此,我有点怀疑"多民族文学"这个概念的有效性。若实在需要,不妨含糊点,就说"民族文学",即从"民族"的角度谈文学,或阐释文学作品时更多关注作家的民族属性。

考虑到很多少数民族作家因教育背景、自身修养、文化认同以及对于读者及市场的预设,选择了用汉语书写(不说晋人陶渊明或清人纳兰性德,就说现代的苗族作家沈从文、满族作家老舍、回族作家张承志、藏族作家阿来等),他们的作品早就活跃在"文学史"大传统中,若编辑"少数民族文学读本",建议不必收录,只在"导言"中提及即可。相对于纳兰性德或沈从文,我更关心那些只用本民族语言写作的作家作品,因其在汉族地区即便不被遗忘,也难以得到深入的阐释与广泛的传播。

文学不同于相对直观的音乐或舞蹈,文学史也不同于社会学或民族志,这里的关键在语言。明知藏族、维族、蒙族、回族、彝族等有很多好作品,可因语言隔阂,必须借助翻译才能阅读。于是,牵涉到以下两个问题:一是翻译的重要性,二是怎么看待只用本民族语言创作的作家。

若承认多元文化立场,我们必须尊重那些只用本民族语言文字写作、且基本上只在本民族活动范围内流通的作家,以及他们或明显或潜在的对抗汉化、儒化、一统化的努力。据李晓峰、刘大先著《中华多民族文学史观及相关问题研究》,1981—2009年《民族文学》上16个非汉族文学作者用母语创作而后译成汉语的作品为1028篇,对照这些民族作家用汉语在《民族文学》所刊发的作品,结论是:"维吾尔族母语汉译作品占88.03%,哈萨克族母语汉译作品占82.39%,朝鲜族母语汉译作品占64.56%。这种情形说明,在上述三个民族中,母语文学书写占者主要地位,而汉语书写占次要地位。这种情形与整体的中国当代文学书写以汉语为主的情形正好相反。"但是,第一,投稿给《民族文学》的少数民族作家,对此刊物的性质早有了解(如早年的张承志以及今天的阿来,很可能更愿意将好稿子给《人民文学》而不是《民族文学》);第二,少数民族作家之所以选择母语写作,有的是文化自觉,有的则因汉语不太好;第三,同样是少数民族作家,生活在民族地区还是国际性大都市,其教育背景及写作姿态有很大差异。考虑到传播途径及效果,当下中国,应多关注那些坚持本民族语言及文学传统的"自觉"的"民族作家"——当然不希望变成一种政治姿态。

接下来是翻译的意义,以及翻译家的作用。提及现代汉语的形成或现代中国文学的建构,我们都会特别表彰翻译家的贡献。像严复、林纾、周氏兄弟、朱生豪、傅雷等翻译家,是得到文坛及学界的充分尊重的。相比之下,翻译少数民族文学或学术著作的翻译家,就没有得到如此礼遇。谈现代民族国家的建立,只讲西学东渐还不够;既然中华民族多元一体,则中国境内各民族文学、学术的译介,其意义同样不能低估。可实际上,后一种译作,即便精雕细琢,也极少被当作"范文"看待(比如进入中小学《语文》课本),也很难在大学课堂上得到充分表彰。很多译作只是配合自家研究，如西北民族大学的老前辈王沂暖，撰有《藏族文学史略》，但在我看来，其将毕生心血倾注到《格萨尔》的整理、翻译、研究事业中，独译或合译《格萨尔王传》二十余部，更值得表彰。正是基于此考虑，若编少数民族文学读本，除了选择译文时需格外慎重，且不妨借助"题解"或"延伸阅读"，谈论那些为少数民族文学的汉译及整理做出重要贡献的人物。

编写作为教材的少数民族文学读本，不同于个人著述。若文化遗产整理，必须"不厌其烦"，功夫下得越细越好；可作为文学传播，则必须考虑读者的趣味及接受能力。以藏族文学为例，现存《格萨尔王传》据说有一百二十多部，两千多万字，是世界上最长的英雄史诗，比《吉尔伽美什》《伊利亚特》《奥德赛》《罗摩衍那》《摩诃婆罗多》等五大史诗的总和还要多。问题在于，走出藏族地区，若非专门研究者，没有几个人真的读过《格萨尔王传》的。照理说，既然是中华民族的文学宝典，所有修过中国文学史的大学生或研究生多少总会有所了解吧？实际状况并非如此。除了部头太大，还有就是我们历来重整理而轻传播。对比古希腊史诗《伊利亚特》《奥德赛》在西方乃至全世界的广泛传播，你就明白其中的差距。这与十九、二十世纪西方文化在全球占绝对主导地位有关，但也与人家严谨的整理、精致的改写以及灵活多样的传播方式密切相关。对于流传广泛且变异很多的民族史诗来说，所谓"原汤原汁"的整理，几乎不可能。在哪个时代由哪些专家整理定型，就必定带有那个时代的审美趣味及技术能力。今日中国，要想让《格萨尔王传》进入千百万大学生的视野，在民族政策、非遗保护、文献整理之外，还得有审美趣味及传播技巧方面的考量。

说到精致的翻译以及创造性的传播,不能不提及仓央嘉措(1683—1706)的诗歌。从1930年于道泉刊行《第六世达赖喇嘛仓央嘉措情歌》开始,近百年间,不知有多少真真假假的仓央嘉措"情歌"在汉族读者中流传。一首《在那东山顶上》,让无数"文青"或"小资"如痴如醉。至于拉萨八廓街东南角的玛吉阿米餐厅,更是将神话、诗歌与饮食融为一体。文学传播遭遇商业化运作,必定有所扭曲与变形(包括近年影视作品对于仓央嘉措诗歌的过度消费),但这起码激起了公众的阅读热情。回顾历史上众多文学革命,大都兼及政治、文学与商业。俗话说,水至清则无鱼。完全拒绝商业介入,不是好主意。关键在于如何适时地进行自我调整。这就好像面对老建筑,只说保护不够,最好是"活化"。所有的经典作品(不仅是少数民族文学),如何借助与当下读者的对话,不断地自我更生,是个普遍性的难题。在强调学术价值的"整理"与注重读者趣味的"传播"之外,还有第三条道路,那就是相对清高、不太受资本逐利影响的大学课堂——这也是我对编一册少数民族文学读本寄予很大期望的缘故。

若能兼及文学家的情怀与教育者的责任,为中文系乃至全校学生开设"少数民族文学"课程,包括编辑相关读本,是件大好事。具体怎么操作?就说简单的几句话:第一,在中华文化多元一体的大格局中,思考各民族文学的价值及贡献;第二,以中华民族大家庭中非本民族的大学生为拟想读者;第三,考虑到中国历史的复杂性,不求完整叙述,更多关注具体作品;第四,选择文本时主要考虑文学及文化价值,而不是各民族人口比例;第五,借助"题解"与"延伸阅读",展开较为宏阔的视野,尤其注重文本的历史性与对话性。

2017年5月3日初稿,5月18日改定于京西圆明园花园

(初刊2017年第8期《读书》)

第二辑

学术评论

陈平原　依旧相信

# 评价的标准与研究者的心态

鲁迅一生批评过的中国近现代文化名人,少说也有近百个。这十年不断有人得到"平反昭雪",如今连当年被鲁迅骂得"狗血淋头"的梁实秋们也有重新崛起之势。于是,现代文学界不能不引起一阵骚动。到底是鲁迅当年批错了,还是我们今天开放走过了头?研究者有的论证鲁迅当年批判的是作为一种社会类型、文化类型的林语堂、梁实秋、陈源,而我们今天重新评价的是具有多面性的活生生个体的林语堂、梁实秋、陈源;当年的批判深刻,今天的肯定也没错。有的则详细区分鲁迅当年的批评,哪些过去对今天也对,哪些过去对今天不怎么对,哪些过去不怎么对而今天看来明显是错了的。这些研究分析,用心不可谓不良好,对学科的稳定发展也有一定的积极意义。可我觉得更值得注意的是这一"冲击波"本身以及现代文学界的反映,因为这涉及长期以来这一学科所使用的评价标准以及研究者的心态。

过去我们批判梁实秋,说他是"丧家的资本家的乏走狗",是不可救药的"资产阶级自由主义者";现在我们肯定梁实秋,说他是希望祖国统一的"爱国人士",是值得肯定的"资产阶级自由主义者"。结论变了,表面的评价标准也变了,可研究角度和思维方法并没变。这几年现代文学界变化很大，不断突破禁区，研究成果也甚为引人注目。可我觉得，这种"突破"很大成分是政治思想界的成果。从为"四条汉子"平反，到肯定巴金、老舍的创作成就；从为丁玲、冯雪峰翻案，到认识胡适、沈从文的价值，我们是一步步走过来了。如今到了重新评价林语堂、梁实秋、陈源这些当年的"右翼人士"的时候了。很快地他们的"历史问题"将被妥善处理，他们的著作将重新印行，他们的文学地位也将得到承认。可我担心，如果政治思想界发生变动，我们是否也会一个个挨着批回去？因为到现在为止，我们借用的仍然是政治思想界的标尺；也就是说，在文学史研究中做政治史、思想史的评判。

现在关键的问题不是鲁迅当年的评价是否准确，应该给林语堂等人多高的评价，而是我们是否有必要在文学史研究中包揽政治史、思想史的课题。现代文学界长期"超负荷运转"，如果不大胆卸装，放弃许多本来就不属于我们的课题，研究将很难深入开展，到头来很可能是"吃力不讨好"。不否认现代文学三十年跟政治斗争有密切联系，可我们是否有必要抱着欣赏赞叹的眼光把这种"联系"进一步突出，以至成了评人论事的依据呢？现代文学史上可以勉强称为政治家、思想家的寥寥无几，绝大部分作家在政治史、思想史上是毫无地位的，我们又何苦硬把他们往那边拉呢？本来文学家的政治思想就含混不清（太清楚了也就不是文学家了），你何苦抓住他们骂过共产党或者歌颂过蒋介石这种辫子不放呢？如果写政治史，这些可能是个麻烦的问题；可写文学史，这些根本不应该成为问题。关键在于他们的文学创作是否健康、有生命力。只谈陈源在"三·一八"惨案中的表现、梁实秋提倡"人性论"的政治目的或者林语堂主张"闲适"如何有利于国民党统治(还有梁实秋晚年的怀乡、林语堂的不入美国国籍等等),而对他们作为文学家、文学批评家的著作则都避而不谈(好多人甚至根本没读过),这已经近乎人事处长的政治鉴定,而不是文学史家的学术研究了。当然,如果把他们作为知识分子的典型,考察他们的思想发展道路,那也是很有意义的;但那已经不是严格意义上的文学研究,而是以作家为研究对象的思想史、文化史研究了。

评论作家,就应该以他的文学创作为准。至于他的政治言论以及其他传记材料,当然有助于我们了解作家的为人乃至为文的特点,但人品绝对不能等同于文品。金圣叹、李渔都曾因为"人品"不好,被学术界打入冷宫,甚至杜甫也因茅屋的造价太高而遭受批判,这些教训值得认真吸取。现代文学离得太近了,研究中难免渗入各种情感因素。很多今天认为很重要的问题,再过五十年、一百年很可能没有讨论的必要。十年前,我们还为"两个口号论争"面红耳赤地争论过,现在大概没有多少研究者还认为必须辩个水落石出了吧?现代文学史上还有不少这样当年认为了不得的"斗争",今天完全可以暂时搁置起来,让它自行消解。拉开一定距离,跳出当事人是非曲直之争,冷静地观察、研究这一段文学发展的历史,我们激动不已讲了几十年的一场场文艺界斗争,好多根本不是"文艺论争"。相反,不少文艺观点的论争,因为迅速上升到政治斗争的高度,而没有得到充分展开,也未得到研究者的真正重视。

文学的发展,必须伴随着不同文学理论体系的消长起伏。文艺思想的论争直接制约着文学创作的发展方向,当然应该是文学史的研究对象。但文艺思想的论争并非都是忠奸对峙你死我活的。除了"五四"新文学反对封建旧文学的斗争外,这三十年的文艺论争大都双方各有一定的合理性(至于合理性的大小、评价的高低,那是另一回事)。本来就有多种发展的可能性,而结果只有一种可能性转化为现实性,但不能因此而判定所有没能实现的可能性为"逆历史潮流而动"。我们对"五四"新文学内部的各种论争是比较宽容的,因为那时候无产阶级革命文学尚未成形;而对三十年代以后的文艺论争则很不宽容,因为那时已有了作为标尺的无产阶级革命文学。共产党领导的无产阶级革命获得成功,夺取了政权,因而无产阶级革命文学自然而然就成了这三十年文学的正宗,而那些反对过无产阶级革命文学的文艺理论主张自然而然也就成为必须批判的异端邪说。而实际上,二十年代末三十年代初的中国文坛本来就存在着若干种可能性,林语堂介绍克罗齐的文艺观,梁实秋介绍白璧德的文艺观,冯雪峰、周扬介绍马克思主义文艺观,这些都不失为一家之言。最后马克思主义文艺观逐步发展壮大,终于定为一尊,直接制约中国文坛达半个世纪之久(新时期文学开始接受多种文艺观)。你可以研究中国现代文学这种选择的外在和内在原因,评价其功过得失;而不应该因此而嘲笑克罗齐、白璧德的理论(及其中国的传播者)是"肤浅的"、"腐朽的"、"反动的",除非你能进一步从理论上击中他们的要害。各种文艺理论体系都有其理论上的长处和"盲点",很难说"独尊一家"是理想的局面。我们对左联的政治功绩及文艺建树谈得不少,可对其狭隘的政治功利主义造成的长期的副作用,对"距离说"、"性灵说"、"人性论"的补充牵制作用却正视不够。实际上,三十年代的文学是在这两大文学主张的张力场中蹒跚前进的,单靠自由主义作家不行,单靠左联作家也不行。考察老舍、巴金、曹禺、沈从文等人的创作不难明白这一点。四十年代文学则干脆分为解放区文学、国统区文学和沦陷区文学三部分，这三批作家的文艺观点当然有颇大的距离，尽管没有展开直接的论战。用评价赵树理、孙犁的眼光（标准）来评价师陀、张爱玲，或者反过来，都会得出莫名其妙的结论。关键在于破除一元心态，承认文学发展有多种可能性，而且这些可能性都可能具有合理性。它的挫折、失败，乃至暂时销声匿迹，并不能说明它没有价值，也许时机成熟还会卷土重来；即使从此绝迹，也可能在历史上起过某种积极作用。总的说来，我们对被我们称为资产阶级自由主义作家的那批人的理论主张和艺术追求缺乏理解，也不够宽容。要不一棍子打死，要不拼命往左翼这边拉，很难承认其独立价值。而其心理症结在于根深蒂固的一元心态，不敢（或不愿）承认跟"正确"的文艺主张论争的文艺主张可能也是"正确"的。推而广之，不敢（或不愿）承认鲁迅的杂文好，林语堂别一路子的小品文也不错；鲁迅的思想发展道路值得崇敬，但不能说是中国知识分子应走的唯一正确的道路。

承认文学发展的多元化，不等于否认评价的必要和可能，而是要求思路的开阔和思考的理论化——这样才能准确辨认哪些文学主张和创作实践对中国文学发展真正做出过贡献。这几年强调文学性的人多了，出现了一些研究成果，可也有不少人依照旧的思维习惯和理论模式，把这理解为只要"形式"不要"内容"，或只要"技巧"不要"思想"。不妨多了解一下对方的思路和理论模式，减少这一类不必要的误会，很可能双方所讲的"形式"本来就不是同一个东西。当然，更要紧的是，"论战"（事实上是潜在的论争，好多并没摆到台面上来)各方应努力完善自己的理论体系,力争用明确的理论语言表述出来,并落实到具体研究中。用哪一家哪一派都行,自成一家更好,但有一点,必须理清自己的思路,而且力争理论化,要不越辩越糊涂,越辩越琐碎。学术研究要发展,就必须形成学派,各自形成自己独立的理论主张,甚至不惜把它推到极端,为某一层面的学术发展做出贡献。最怕的是没有独立的理论见解,到处借用,随时准备"反戈一击"。二三十年代的文坛、学界显得生气勃勃,就因为有不同的主张、不同的思路,而且旗帜鲜明地亮出来,争起来。现在学术界表面一团和气,下面小动作却不少。倘能各自完善自己的理论体系,拿出实践其主张的功力深厚的研究成果(不只是宣言)来,甚至逐步形成学派,中国学术的发展才大有希望。因此,我觉得目前学界的互相克制、互相谦让,以"安定团结"为重,不是什么好兆头。

提倡"旗帜鲜明""锋芒毕露",并非主张得理不让人,尖酸刻薄或甚至胡搅蛮缠。学术论争就像体育比赛一样,得遵循一定的竞赛规则,而且不以制对方于死地、而以努力表现自己为目的。这近百年的学术论争,常有借政治势力来做结论的,这很可悲。既影响论争的学术质量,也影响论争者的气量和风度。如今真的到了在学界提倡"费厄泼赖"(Fair Play)的时候了。多一点理解,多一点宽容,多一点君子风度,这对于先天性地充满火药味的现代文学界来说,也许不无好处。

(初刊 1988 年第 7 期《鲁迅研究动态》)

# 传统文学的创造性转化
## ——二十世纪中国小说发展的一个侧面

关于传统与现代(或者民族化与现代化)这个问题,我主张分层处理,不要统而言之。也就是说,文化政策的设计者与文化学者,各自的观点与立场有异;即便同是训练有素的学者,因其研究对象及理论框架的差别,得出的结论也可能迥然不同。关键是理解各自的思路,而不急于判是非争高低。当然,在强调分层处理的同时,注意不同层次思考的整合,免得把某一特定角度的观察绝对化。

从十九世纪末的"体用之争",到八十年代的现代派与文化寻根,一次次论争都围绕"传统与现代"这一轴心展开,可能给人重复的印象。但关键不在口号与旗帜,而是蕴含其中的一代代作家的困惑与追求。表面上争论双方针锋相对,喜欢域外小说的大谈"现代化",倾心传统文学的力主"民族化";可实际上各家各派之间没有口号表现得那么水火不相容。究其根本,绝大部分作家既不可能完全摆脱传统文学的熏陶,也不可能真正拒绝域外小说的诱惑。因此,问题不在要不要传统文学(或承认不承认传统文化在现代社会的作用),而在于如何成功地实现传统文学的创造性转化。

我仍然坚持我在《中国小说叙事模式的转变》中的观点："中国小说叙事模式的转变，基于两种移位的合力：第一，西洋小说输入，中国小说受其影响而产生变化；第二，中国文学结构中小说由边缘向中心移动，在移动过程中吸取整个中国文学的养分因而发生变化。"不妨依此思路观察整个二十世纪中国小说的演变。只是不同时期、不同作家、不同体制、不同风格的小说，侧重点不大一样，需要根据研究对象做适当调整。

传统文学的创造性转化，并非自然而然或轻而易举的事情。不只是"古为今用"或"洋为中用"，也不只是"东西合璧"或"批判继承"；传统的结构性转变，依赖于作家对域外文化的"选择"与"抗拒"。没有"选择"的"抗拒"，只能是墨守成规；而没有"抗拒"的"选择"，则近于追赶潮流。近代的学者与作家，多经过一番思想的激荡与灵魂的挣扎，故论及中西文化时即便偏颇，也都有深刻的感受，不敢像后人那样随便喊出复古或西化的口号，也不会像后人那样轻易从复古派转为西化派或从西化派转为复古派。

每代人心目中的"传统"并不一样，每个作家愿意认同的"传统"也不一样。这种选择，既受制于作家的艺术追求，反过来又内在地规定了这种追求的发展方向。作家对"传统"的借鉴，可以选择文人文学传统，也可以选择民间文学传统；可以选择文人文学传统中的"正统"与"大道"；也可以选择文人文学中的"异端"与"小道"；这种选择可以是父子继承，也可以是叔侄继承——相对来说，后一种类型更值得研究者重视，因其较为隐晦故常被忽视。

作家对传统文学的表态以及各种创作谈，并非确凿无误的证据。除了有些作家善于制造自家的"神话"外，还因为作家对传统文学的借鉴,可能是主动选择,也可能是被动接受;可能是有形的承传,也可能是无形的汲取;可能是正面的学习,也可能是反面的抗拒。前者容易描述与把握,后者则必须在没有多少实证材料的情况下"心领神会",这对研究者的修养与学识要求甚高。

最后谈一点常识性但容易被忽略的问题:当我们讨论文学家应该如何处理传统与现代的关系时,实际上是把不同才情、气质、禀赋的作家作一整体看待。这样一来,很容易削足适履,忽视或歪曲那些远离"时代主潮"的作家。以前批评汪曾祺跟不上形势,如今又说他领导新潮流,全都不着边际,作家只好苦笑①。鲁迅为林语堂文学道路所做的设计以及林语堂的自我选择,都是基于对其个性与修养的分析。如何转化传统,应该有多元的选择。就具体作家而言,选择的成功与否,就看是否能最大限度地发挥自家才情。因而,这一"转化的途径及策略",没有统一的固定的"标准答案"。

(此乃作者1990年5月26日在日本东京女子大学举办的"现代与民族化——传统文化在中国现代化进程中发挥怎样作用"国际研讨会上的发言提纲,初刊于《中国社会报》,1994年4月30日)

---

① 参阅《晚翠文谈》。

# 走出"现代文学"

一定要我谈现代文学研究的进展,我也只好说实话。在我看来,年轻一代学者中,酝酿着一种新趋势,那就是"走出现代文学"。不是说现代文学研究已经山穷水尽,没有进一步发展的可能性;而是必须换一个角度,换一种思维方式,跳出庐山看庐山。当然不排除有些人跳出庐山后,不愿再看庐山。上一两代学者中不少人一辈子钻研现代文学,心无旁骛,情有独钟;而年轻学者可能对这学科不那么"从一而终"。

八十年代初期,现代文学研究显赫一时,那时吸引的一大批年轻有为的学者,目前成了这个学科的中坚力量。这十年,全国各大学招收了大量现代文学研究生,各书局出版了大量现代文学研究专著,在文学研究界,可谓一枝独秀。相对于这个学科的"潜能"来说,目前的研究队伍过于庞大,研究思路过于狭窄,以至出现学问越做越细、越做越小的趋向。近年发表的论著,研究水平普遍比五六十年代高;可比起八十年代初的突飞猛进,又处在相对停滞阶段。可以这么说,这个学科目前仍在八十年代初建立起来的学术规范和研究框架的笼罩之下。个别学者自己做了调整,整个学科并没有骚动不安重新寻求出路的征兆。也就是说,目前这种状态还会持续好长一段时间,已有的研究框架还能容纳不少成果。我之所以介绍另一种研究思路,并没有取而代之或否定这个学科的存在价值的意思。

我所说的"走出现代文学",包括时间和空间两种策略;而其核心则是"五四情结"的消解。现代文学的魅力在"五四",现代文学的标尺也在"五四",不少学者的文学理想和研究目的都是"回到'五四'"(或曰恢复"五四"文学精神)。姑且不论学者们对"五四"文学魅力的诠释是否准确,这种单一的价值尺度以及相对狭小的研究视野,都严重妨碍研究的进一步深入。只有将"五四文学革命"作为中国文化发展进程的一个步伐(而不是终极理想)来考察,才可能超越以此"归队""划线"的简单做法。说得更明确点,"五四文学革命"作为现代文学史的研究课题,本身并不具备"标尺"的功能;应该有更高一级的融合文学理想和历史哲学的"标尺",以便衡量包括"五四文学革命"在内的所有课题。

新标尺的建立,既得益于理论意识,也得益于历史感及研究视野的拓展——后者演化成"走出现代文学"的两种策略。所谓时间的拓展,即把研究视野延伸到晚清、晚明,甚至在整个中国文学发展的框架中来思考"现代文学的地位和作用";所谓空间的拓展,即把整个现代中国思想文化的发展纳入研究视野,在此基础上谈论"现代文学的地位和作用"。

当然,"术业有专攻",现代学术发展趋势是专业化程度越来越高,不可能再搞"大而全"。很可能这些"走出现代文学"的浪子们一去不回头,成为另外学科的专家;但也可能有些"浪子"并不想放弃这个学科,"走出去"是为了更好地"打进来"。他们撰写的论著已经不是传统意义上的"现代文学研究",但作者其实仍然关注"现代文学",而只不过研究思路和论述角度与此前的学者不大一样罢了。

如果说这种研究有什么值得重视的话,主要不在于比较宏观的论述框架,而在于隐藏在这种设计后面的研究思路。比如,之所以上溯晚清、晚明,在研究策略上似乎是有意消解"五四文学革命"的中心地位,其实更重要的是借此突出传统的创造性转化在文学变革中的作用;不再只是考察域外文学如何刺激与启迪中国作家,而是注重传统文学中蕴含着的变革因素及其如何规定了这一变革的趋势。这两种合力的作用如何描述才能恰如其分,有待进一步探索。不过,研究"五四文学革命"不该过分渲染其"断裂",这点已为越来越多的研究者所接受。

至于将"现代文学"置于现代思想文化史的背景下来考察,明显地体现了这么一种判断:二十世纪的中国,不是一个"纯文学"的时代。不同于过去的"知人论世"或者从时代背景解读作家作品,研究者更多强调文学思潮与学术思潮、政治思潮的同构与互动。"五四"一代既是作家又是学者,主动介入各种思想文化思潮;五六十年代作家大都只是纯粹的"文人",没能力在思想和学术领域中发言。可不管是领导潮流还是被潮流裹挟前进,文学家不只生活在文学圈里,这点大概没人会否认。这种研究由于较多考虑学术史背景或者思想史命题,很可能相对忽略作家的才气与想象力,不大像是文学研究。学科的界定本来就是人为的,只要文章做得好,不必担心其学科归属。

以上所说的这两种研究策略的运作,还处在起步阶段。目前还无法讨论其成败得失——尽管我本人对此颇有信心。

(此乃作者1991年10月4日在济南与山东现代文学研究专家座谈时的发言纪要,初刊《书生意气》,汉语大词典出版社,1996年)

# 传统文化的复兴及其面临的困境

人文科学与社会科学领域的学者有可能在九十年代再次集中关注传统文化,这已成为一种不可逆转的新趋势。值得注意的是,我们应该从哪个角度来关注?或者说在复兴传统文化时是否应顾及其可能面临的困境?

在过去的文化讨论中,人们往往满足于回答诸如"什么是传统文化""中西文化的差异"之类学究式的问题,从而使文化讨论沦为一种标语口号之争。另一种倾向则是摒弃"大理论",满足于探究中国古代社会中物化了的那部分文化类型,如丝绸之路的形成、造纸业的发展等。前者幻想用几句精彩的警句概括中国文化的特质,容易流于简单武断;后者虽是很有意义的"专家之学",可颇有将生机勃勃且博大精深的传统文化变成只供游人参观的"博物馆"之嫌。二者的共同弊病是游离于现代社会生活,仅仅停留在关注传统文化的历史意义,而忽略了一个根本性问题:我们的传统文化对于二十一世纪的中国人及其精神生活能否产生整体性的影响?这不是一个很简单、可用三言两语打发掉的问题。我对诸位成竹在胸的自信与决绝的态度表示羡慕,可对"传统文化无可选择也不必选择"的说法大有疑虑。

这已经不是中国人第一次讨论传统文化的价值及其命运,世纪末回眸,有些事情颇耐人寻味。几代文化保守主义者,从晚清的国粹派、"五四"以后的学衡派、三四十年代的新儒家,到今日仍非常活跃的海外新儒家,大体上都力主弘扬中国传统文化,可都没有拒斥西方现代文明,立论也都颇为谨慎——尽管倾向性非常明显。传统文化作为一种可资利用的价值资源,在现代社会仍能发挥作用,这点毫无疑义。问题是这种特殊资源的利用,必须经过选择与开发,或者叫"创造性的转化"。幻想不用选择拿来就用,未免忽略了这一创造性转化的艰巨与复杂,很容易演变成一种盲目的复古。至于重新提倡忠孝节义和家族伦理,企图以此来收拾人心整合社会,我以为甚不明智。或许是学院派的特点,我对未加仔细论证便匆忙提出政治口号或决策很不以为然。讨论复兴传统文化,必须对可能出现的陷阱给予充分重视,不能只考虑"得"而不考虑"失",一味抹杀不利于己的证据。

另外,必须澄清一个问题:什么叫传统文化在现代社会的应用?以下两种传统文化的复兴不成问题:一是局部的承认与接受,即将传统文化的某些因子抽绎出来,使之脱离大系统而应用于现代社会,比如欣赏中国画的笔墨情趣以及理学家的人格修养;一是工具性的开发与运用,比如中华性医学及养生术的独特魅力、《孙子兵法》在现代商战中的作用,还有观光客最为欣赏的庙宇、服饰、饮食、礼俗等。后者随着社会的稳定以及商业、旅游业的发达,自然会有很大发展,根本不必担忧其命运。但是,这里有个问题,倘若真正的"国学""道统"都已迷失,单是收拾起一些传统文化中的枝节末流,又有什么意义?新儒家懂得抓根本,强调内圣之学是中华文化的核心,这是对的。但现代新儒家面临着一个根本性的困境:内圣之学如何开出新外王(民主制度、科学方法乃至现代经济秩序)?"返本"固然不易,"开新"似乎更难。我们面临的是另外一个陷阱:传统文化中某些局部的枝节的因素很可能因适应商品经济发展的需要而被世人所认识所鉴赏,并进而在现代社会发扬光大。但如果我们只能像欣赏"古玩"或者接受"麦当劳"那样地对待祖先的思想文化创造,而不是将其视为一种仍然充满生机的精神状态和生活态度,那能叫复兴传统文化吗?我不担心传统文化能否复兴,担心的是世人对其精神价值漠不关心,而只考虑其能否直接转化为生产力或商品,这实际上无异于在浪费(甚至可能是糟蹋)传统文化的宝贵资源。

还必须注意另一种倾向,那就是以一种占有者的心态,将传统文化视为中国人的私有财产,而不是将其看成中国人贡献于人类的文化资源。这很容易使传统文化的研究置于自我封闭的状态,靠"闭关"来"自大"。持此态度开发传统文化资源,好处是容易进入其中体悟玩味,弊端则是很难保持理性的批判精神,更不用说完成传统的创造性转化。尤其值得忧虑的是,将复兴传统文化与爱国主义精神等同起来,借助"大中华文化"旗帜,掩盖其"义和团情结"。中国人难得平视异族,理解和尊重另一种文化,往往是国势强时骂为"禽兽",国势弱时尊为"主子"。"媚外"与"排外"都不是现代人应有的心态与襟怀。我真担心随着中国经济情况的好转,会出现一种盲目的"大国意识"与排外情绪。就像这次会议上又有人做关于西方文化没落与东方文化复兴的预言,以及靠谩骂毕加索来抬高吴昌硕、李苦禅,这都不是健康的心态。暂且不谈学理之是非,单是中外文化(或东西文化)"你死我活"这种思维方式,本身就很成问题。复兴传统文化,不应该以拒斥外来文化为代价——理论上目前还没有走到这一步,可世人关于强国梦的"表述方式",却容易让人产生此等联想。

很遗憾,我只是谈问题,没有提供任何可供操作的对策。学者不同于政治家,其职责是议政而不是从政,是思想而不是行动,故侧重于批判性的思考,而且超越一时一地一党一派的是非得失。从事实际操作者,必然更多考虑客观条件、机遇以及具体策略,而不是理论是非。二者视角不同,立论往往也有较大距离,最好是理解对方的思路,然后各干各的事情。

(此乃作者1992年6月21日在北京"中国文化中的生活态度与当代经济社会"研讨会上的发言,据1992年10月4日,《北京青年报》同题发言纪要修订,初刊《书生意气》,汉语大词典出版社,1996年)

# "事事不关心"?

平素惧怕被采访,不是故作清高,而是自知笨嘴拙舌的,没本事在短短的几分钟内让人家明白自己的想法。况且,记者有记者的写作思路,报社有报社的传播策略,往往是你想说的人家不要,报道出来的又不是你的意思。还不如自己动手写,好歹"文责自负"。

真应了那句老话:怕什么,来什么。偶然接受一回采访,见报后好久才有缘拜读,一看便心中不安。当初记者提了几个热门话题,我都表示不感兴趣(因正忙于赶写专业著作),没有发言的愿望。大概因为如此,记者在采访记[1]中便有"这位自称对事事都不关心的学者"的提法。我非世外高人,焉能"事事不关心"? 不扮演"立法者",不擅谈"安邦策",不等于不关心世事;即便是一般意义上的"不问政治",也是"别有怀抱"。至于术业有专攻,并非每个热门话题都能发表"高见",这更是容易理解。真希望没人注意这篇小文章,或者见了也对这修饰性的定语一笑置之。

直到朋友寄来1994年12月18日《岭南文化时报》,读到以"本

---

[1] 见《中华读书报》,1994年11月2日。

报编辑部"名义发表的《事事关心与事事不关心》,方才觉得有略加辩正的必要。文章将"事事不关心"解读为"专注于纯正的学术自身",并称其与"事事关心""不但不矛盾,反而恰恰构成了现代知识分子的双重使命"。文章的大致立意我是赞成的,只是觉得没必要虚拟"事事关心"同"事事不关心"的对立与互补。"事事关心"的出处,自是明人顾宪成为东林书院所撰楹联:"风声雨声读书声,声声入耳;家事国事天下事,事事关心。"至于"事事不关心",则未知出典。倘若不幸竟以记者赠我之"桂冠"为据,则必须赶紧"敬谢不敏"。

近年来,我确实在不同场合批评过中国知识分子借学术谈政治的倾向,并为此前屡遭讥讽的"为学术而学术"辩护。其基本思路,除了肯定学术研究的专业化倾向,更重要的是破除对"政治"的迷信。"政治"并非"万能","权力"不该独占"价值",这恰好是我谈论"学在民间"以及"学术独立"的用意所在。读书人即便"不问政治","天下事"也尽有可为。在价值日益多元的现代社会,这应该容易理解。在《学者的人间情怀》[1]中,我提到,"学者以治学为第一天职,可以介入、也可以不介入现实政治论争";而"我个人更倾向于在从事学术研究的同时,保持一种人间情怀"。谈"情怀"而不是"责任"、谈"借经术以文饰其政论"的弊病、谈"理解并尊重那些钻进象牙塔的纯粹书生的选择",都是现代中国学术史逼出来的命题。其中我再三提醒注意不同学科知识背景及操作程序的差异,还有学者风格及个人选择的合理性。尽管如此,文章还是引起不少朋友的误解。批评者认为是逃避知识分子的"责任",赞同者则

---

[1] 陈平原:《学者的人间情怀》,《读书》,1993年,第5期。

欣赏学术的"独立"与"自尊"。是耶非耶,文本俱在,我不想多说。

只是"事事不关心"一说,明显违背我基本的人生信条,不能不辩。即便像好心的朋友所解释的,"事事不关心"是为了"专注于纯正的学术自身",我以为也是不恰当的。不说将学术排除在事事之外不合逻辑,可能引发一系列意气之争;学术研究与社会人生绝非毫无关联,没有"事事",哪来的学术?就算是"约定俗成",将这里的"事事"解读为政治,也仍然会有以偏概全的危险:不同学科与现实政治的关系大不相同,怎能一概而论?区分学术与政治、以及反对"借学术谈政治",不该推出专注学术者必然不关心政治的结论。

将"专心治学"概括为"事事不关心",除了学理上的缺陷,还很容易给人故作姿态的感觉。在商品经济大潮中自甘寂寞,坚守学术,一半是学者的良知,一半是个人的志趣。别人怎么评价可以不管,学者本人不该有太多的"崇高感"。为了"崇高"而治学者,一旦"崇高"弃我而去(如研究成果不被社会承认因而无法获得荣誉),还做不做学问?我宁肯把学术理解为一种职业,一种可借以沟通"学"与"道"并实现某种精神价值的人生选择。生在今日而一心求学问道者,很难不像常人一样关心物价上涨和政局变化。或许世上真有"事事不关心"的高人,但我总怕此类莫测高深的说法,会招来方家"做学问科"的嘲笑。

明知这么一辩正,反而旗帜不鲜明。但本就是平淡无奇的一介书生,实在不敢"语不惊人死不休"。

1995年1月4日于京西蔚秀园<br>(初刊《学者的人间情怀》,珠海出版社,1995年)

# 与学者结缘

"结缘"是佛教的说法,意思是与佛法结下缘分,为将来得度的因缘。旧时寺庙于农历四月初八作庙会时煮豆施人,称"结缘豆"。在记载岁时风俗的书上,读过不少类似的记载,可亲眼目睹这一场景,却是在东邻日本。

最先引起我对"结缘"的兴趣的,是周作人的一篇文章,题目叫《结缘豆》。周氏从"结缘"的仪式中读出"人生的孤寂",称其"寄存着深厚的情意",笔锋一转,竟将自家为文,与施豆结缘习俗相比拟:"只愿有此微末情分,相见时好生看待,不至怅怅来去耳。"写文章是"结缘",读文章也是"结缘"。风朝雨夕,花前月下,邀古人对话,自有一种难以言传的风韵。只是被邀者必须符合自己的口味,而且比自己高明,这样的对话,方才其乐无穷。现实生活中的交友,受诸多条件限制,倘若过分"高标准严要求",只能离群索居。

记得有哲人言,个与知识、能力、趣味均比自己低的人交朋友,这样才能督促自己见贤思齐,天天向上。幸亏这话没被普遍接受,要不,谁也别想交上朋友。读书可就不一样了,选择对话者时不妨"势利"些。

也许,世上真有这样的怪人,专读笨拙粗鄙书,以便在嬉笑怒骂中显示自家智力高超。但这已经不是"读书",而是在"表演"了。一般的读书人,总喜欢找自己最欣赏、最敬佩的文人学者,时时刻刻与之对话。这种"对话",虽说大多只是单向度的(除非进入"时间隧道",你能要求屈原、杜甫或者苏东坡倾听你的声音?),显得有点名实不符,但却"命里注定"将深深影响你的一生。或许,这就是人们常说的,略带几分神秘与诗趣的"有缘"。

世人之选择对话者,最常见的是诗人和预言家。至于学者,除了同行,很少有人愿意与之"结伴同行"。在一般人心目中,"皓首穷经"的学者,大都心如止水,不苟言笑,行为乖僻,一脸"浩然正气",缺乏幽默感与想象力。如此严重的"误读",与学者言说的姿态以及论述的策略有关,这里暂不深究。

假如你读书也读人,这种印象必定大大改观。冷峻的语调背后,很可能是温情脉脉;严格的逻辑推演,涵盖不了选题前的天马行空。读纸面也读纸背,如此古老的阅读方式,人皆知之。我想强调的是,"知人"不只是为了"论世",本身便有其独立的价值。

并非每个文人都经得起"阅读",学者自然也不例外。在觅到一本绝妙好书的同时,遭遇值得再三品味的学者,实在是一种幸运。由于专业需要,研究者一般必须与若干在世或早已谢世的前辈学者对话。"对话"与"结缘",在我看来颇有区别,前者注重学理之是非,后者则兼及其人格魅力。大概是天性好奇,品尝过美味佳肴,意犹未尽,又悄悄溜进厨房去侦查一番,于是有了这些专业以外、不登大雅之堂的"考察报告"。

与第一流学者——尤其是有思想家气质的学者"结缘",是一种提高自己趣味与境界的"捷径"。严格说来,无论为文为人,均无捷径可言。但对于像我这样以读书写作为业的人来说,在与研究对象的长期对话中,不可避免地受其潜移默化的影响。这种影响包括思想观念、思维方式,甚至为人处世以及文章风格。不只与其"对话",还要与之"结缘",影响自是更加深远。因而,对象的选择至关重要。举一个现成的例子,从事现代文学或现代思想研究的,多愿意与鲁迅"结缘",就因其有助于心灵的净化与精神的提升。

既是"结缘",谊兼师友,自是不会盲信与盲从。人前或许刻意回护,不准他人"恶意中伤";私下里,其实也颇有非议。只不过因真敬佩、真喜欢,容易具理解之同情,评价不会过苛,也不忍心为了"语不惊人死不休"而拿他当战场。或许是充满传奇色彩的一生,或许是某部光照四海的著述,但也可能只是一瞬间的感觉,比如几句隽语或一个手势,反正总有什么让你永远无法忘怀。

这就够了。说到底,"结缘"之温润与深情,有别于冷静的理性判断与学术研究。这是一种带有更多个人性、不过分排斥情感与偏见、近乎密室私语的"特殊的阅读"。

文章开篇提到周作人的《结缘豆》,索性再引征其《风雨谈》。我与周氏一样,很有点喜欢"这题目的三个字"。风雨凄凄而得见君子,不必深究其是否"设辞"。有此心境,自能遭遇故人——不管在人丛间,还是在书本上。

1995年7月1日深夜

(初刊1995年9月30日《文汇读书周报》)

# 晚清的魅力

你问我为什么喜欢晚清？这问题不大好回答。

对于学者来说，选择研究课题，往往有多种考虑。有从学术发展角度着眼的，也有纯属因缘与机遇。后者或许显得不大理智，但因其包含个人的生命体验与感悟，更值得品味。晚清是我的主要研究领域之一，当然可以举出许多理由，论证其重要性。比如，我会提到此乃"三千年未有之大变局"，这一社会转型至今仍深刻影响着中国的文化格局与走向；也会谈到当今学界理论设计、研究框架的改变，以及由此而带出的许多新课题；还会充满信心地向你展示这一研究领域的发展前景。可所有这一切，都是"事后追认"；当初只是觉得有趣、好玩，并没有那么多得失的计算。虽说无心插柳柳成荫，事后证明，晚清研究对我的学术生涯至关重要；我还是怀念初闯江湖时单凭感觉的"莽撞"。

说来你也许不相信，将我诱入晚清的，竟是三位诗僧。先是"行云流水一孤僧"的苏曼殊，接着是"我虽学佛未忘世"的八指头陀，最后是"华枝春满，天晴月圆"的弘一法师。好几次提笔，想细说与我"结缘"的三法师，最后都变成"此时无声胜有声"。三诗僧之让我入迷，首先是其人，而后才是其诗。这种阅读趣味，虽然与专业要求相去甚远,却是我切入晚清的最佳角度。直到今天,晚清文人心态,仍是我关注的重点。

我念博士课程时的导师王瑶先生,年轻时曾研究过魏晋风流,著有饮誉海内外的《中古文学史论》。我则对重新发现魏晋的晚清文人感兴趣,用佛家的说法,这也是一种"缘分"。比如,我喜欢谈论的章太炎,不单称"真以哲学著见者,当自魏氏始"(《论中古哲学》),而且高度评价"守己有度,伐人有序"的魏晋文章[1]。刘师培之赞叹建安文学"清峻"、"通脱"、"骋词"、"华靡"(《中国中古文学史》),更引出鲁迅之定义魏晋为"文学的自觉时代"[2]。

不过,最为要紧的,并非文章之"华靡",而是思想之"通脱"。鲁迅对此有精彩的发挥:"更因思想通脱之后,废除固执,遂能充分容纳异端和外来的思想,故孔教以外的思想源源而入。"这段关于魏晋文人生存处境及思想风貌的描述,几乎可以原封不动地移用到晚清。在我看来,倘以文人心态论,晚清与魏晋确有不少相似之处。

我所说的"晚清文人",指的是晚清时便已步入文坛者。这些人,"五四"以后仍可能继续从事文学或学术活动,但其观念与趣味,明显与新文化运动以后成长起来的一代有别。至于"五四"新文化运动的先驱,因知识背景及生活圈子不同,与晚清的瓜葛有深有浅,不便一概而论。为了论述方便,我经常将晚清与"五四"两代人放在一起。借用福泽谕吉的话,这两代人的共同特点是"一身而历两世";因而,也就常有鲁迅所表达的"两间余一卒,荷戟独彷徨"

---

[1] 见章太炎《国故论衡·论式》。
[2] 见鲁迅《而已集·魏晋风度及文章与药及酒之关系》。

的尴尬。可这也正是他们的优势所在。此前此后的知识者,都在相对统一的意识形态的笼罩下,大都以为自己找到或很快可以找到"真理",更看重信仰与勇气,而不是思考与怀疑。晚清以及"五四"那一代,则只是"路漫漫其修远兮,吾将上下而求索"。

这种"上下求索"的姿态,着实让人感动。比起立场坚定的"战士",我更喜欢"思想者"。除了同样需要勇气与毅力,后者更必须在怀疑中自我抉择,以及承担绝望中抗争的痛苦。晚清文人中,具有思想家气质的其实不太多,但普遍崇尚独立思考,就因为时代并没有提供统一的答案,非自己决断不可。还有一点值得后人羡慕,那就是晚清文人多特立独行,洒脱自然,即便其"名士风流"略带表演色彩,毕竟也有真性情在。

晚清纲纪松弛,多狂狷之士。像康有为那样宣称三十岁前读尽天下书,此后学不须进,只求为万世立法;或者像章太炎那样自认"疯癫",并断言"古来有大学问成大事业的,必得有神经病才能做到",都是晚清人文风景线上的奇观。只是此类妙人快语,在晚清并不罕见,更有趣的是,这种"英雄末路作诗人"而带来的英风侠气,终其一生,不会改变。

举个例子,1945 年,柳亚子请人治印,一为"大儿孔文举,小儿杨德祖;前身陶彭泽,后身韦苏州"。此尚无大碍,不过表示对魏晋风流的倾慕而已。另一枚可就不一样了,今人读来,不无惊心动魄的感觉:"前身祢正平,后身王尔德;大儿斯大林,小儿毛泽东。"以《三国演义》在中国的普及程度,套用祢衡答黄祖问时之"大儿""小儿"语,当不会引起误解;只是以如此亲密口吻提及当世叱咤风云的政治领袖,此等幽默不大为时人所能接受。大概柳亚子也意识到玩笑开大了,于是利用二印的边款略做解释,称其"绝无不敬之意,斯语特表示热爱尔"。时过境迁,在晚清是"雅趣",在六十年代可就成了"大逆不道"。不难想象,"文革"中这两枚印章的命运;好在柳亚子早已去世,要不非为这点"雅趣"吃尽苦头不可。

吟吟游侠诗文,写写言情小说,或者呼唤革命,或者宣传新知,晚清文人可做的事情很多。只是其所作所为,多"意气用事",故其生命形态,远比实际操作可爱。当你读到雷铁崖"十年革命党,七日秘书官",或者黄侃"此日穷途士,当年游侠人"的诗句,而且了解其本事时,你定然会心一笑:真是不可救药的文人!

要说晚清文人的功绩,当然有,而且不小;只是我更关心其徘徊于古今中西间的身影,以及因此而显得格外敏感、幽深、复杂多变的心境。

在我看来,晚清的"人",比晚清的"文",更为"楚楚动人"。

1995年7月3日于京西

(初刊1995年第10期《美文》)

# 学会做梦

不知道从哪儿听来的"古训":善于"避短",方能"扬长"。见到朋友们登高一呼,应者景从;或者倚马立就,才情横溢,心里何尝不羡慕!明知天性迟钝,只好藏拙。好歹,这也算是有自知之明。

别的都好办。比如举旗呀、呐喊呀、创立体系呀、拯救灵魂呀等等,你要说"不行不行",人家会相信。再说,"江山代有才人出",此类大题目,不愁找不到好手。

最怕的是各种各样的征文。平日不也写文章,怎么可能突然间"才思枯竭"!是看不起我们报刊呢,还是嫌稿费低?从约稿者不断变幻的目光里,我读出了诚恳、读出了失望,也读出了义愤乃至鄙夷。每当这个时候,我就有一种被冤枉而又无法申辩的感觉。

有时也想稍微委屈一下自己,以求"和光同尘"。可几次提笔,总是无法战胜心理障碍。而且,这下子麻烦更大了:答应了而又不兑现,岂非"言而无信"?

大概是小时候写作文落下的毛病,一见到"上面"布置下来的、非完成不可的"题目",就产生"逆反心理"。同样一个题目,如果不是"钦定"的,也许我会主动承担。一旦想到这是有考官,有标准答案,而且是千百万人的"共同作业",无论如何挤不出一滴墨水。

这不是好习惯,我知道。不过,想来"要改也难"。原因是我把"命题作文"与八股文章搅在一起,因而产生一种偏见:既然题目是人家的,怎么可能写出好文章?清人刘熙载称,"昔人论文,谓未作破题,文章由我;既作破题,我由文章"[①]。不只是八股,在我看来,所有的文章,都受制于题目,以及由此而来的"破题"。要不,这题目岂不成了照相馆里的道具,是"张冠",也可以"李戴"?

不过话说回来,"征文"里也有好文章。一种是题目刚好撞到自己枪口上,故表现绝佳;另一种是应征者脑袋瓜特灵,七绕八绕,把人家的题目绕成自己的题目。前一种可遇而不可求,后一种则需要特殊训练,我尚未入门。于是,只好硬着头皮,不断地向好心的约稿者道歉,希望因态度谦恭而得到谅解。因为,说到底,对付不了"命题作文"这点小苦衷,借用桃花源中人语:"不足为外人道也。"

只有一回,大概是喝了点酒,居然爽快地答应了朋友的邀请,为《文汇报》发起的"梦想未来"征文活动胡诌了几句。六十年前,《东方杂志》曾约请一批文化人"梦想来来",说法五花八门,今天读来煞是好玩。过了一个甲子,《文汇报》也想依样画葫芦。编辑说,一两百字就行了,也给后人留个"话题"。

我的话题是"学会做梦"。这自然是有感而发;而且,也个九偷换题目的意味。"文章"——假如这也算文章的话——很短,不妨照录:

---

① 见刘熙载《艺概》卷六。

在一个过分讲求实惠的工商社会里,有野心,有欲望,有计划,有冲动,可就难得有自由自在且不带任何功利色彩的"做梦"。在提倡"实干兴邦"的同时,能否为并不一定误国的"清谈"与"做梦"留一席地位?

至于自己,我唯一的希望是,三十年后仍然还会做梦——若如是,则仍有童心,仍有激情,仍有明天。

比起许多朋友的或慷慨陈词,或妙语解颐,我的"梦想"实在显得太卑微了。此次冒险,恰好证明了我的直觉:鄙人确实不擅长对付"征文"。

征文之可怕,除了限制题目,还有截稿日期。这就需要急智,或曰"灵感"。像我这样老是"事后诸葛亮",徒然留下无穷悔恨。就拿那一次"梦想"说吧,我本来应该添上这么一条:选自己喜欢的题目,做自己想做的文章。

1995年7月14日午后于京西

(初刊《阅读日本》,辽宁教育出版社,1996年)

# 给人民文学出版社出谋划策

到目前为止,凝聚着老一辈鲁迅研究者大量心血的1981年版《鲁迅全集》,确实是鲁迅著作最为权威的版本。不过,这种"权威",很大程度得益于缺乏真正的竞争对手。随着改革开放十几年来思想学术的巨大变化,以及版权法的真正实施,所谓1981年版《鲁迅全集》乃是无法逾越、不可变更的"定本"的神话,必然受到越来越多的质疑。为了维护本社出版物的权威性及其带来的经济效益,人民文学出版社使出浑身解数,这是完全可以理解的,我表示充分的同情。不谈思想建设文化积累之类大题目,单从商业利益考虑,人文社也不该漠视潜在的竞争对手。不说生死攸关,也是兹事体大。如果需要出谋划策的话,我想不妨套用上、中、下三策的传统说法。

上策乃是尽早集中专家学者对1981年版全集加以修订,吸纳这十几年的研究成果。1981年版成书于"文革"刚刚结束,带有那个时代的印记。闭着眼睛拒绝或诅咒新时期鲁迅研究乃至整个中国学术的进展,我以为是很不明智的。坚持某某领导定稿因而不可更改、不必修订,只能扩大出版社与学术界的缝隙。在修订旧作的同时,大力宣传本版《鲁迅全集》的优势,以求在日后必然出现的竞争中立于不败之地。取此上策,除了学术眼光及出版家的事业心外,还必须投入必要的人力物力。

中策是守成,即利用版权法保护本社的合法权益。说通俗点,便是准备打官司。任何一家出版社,如果敢于出版"除了改头换面地盗用现行《全集》注释之外,别无他路可走"的新版《鲁迅全集》,必将受到法律制裁。那时候人文社除了保住自家版权,还能获得数目可观的赔偿费,何乐而不为?

只有在不信任学界及法庭能够裁断是非并保护自家合法权益的时候,才可出此下策:即通过强调《鲁迅全集》出版的"政治性",论证"所谓新版《鲁迅全集》"必将带来灾难性后果,要求上级主管部门"向各地发一公文",取缔可能出现的竞争对手。在我看来,下策风险很大,因其与目前中国社会生活法制化的大趋势背道而驰,故从"法庭上见"退回到"告御状",不是好办法。表面上省时省力,而且短期内可能奏效,可所谓"定本"的借口,堵死了自我更新的生路,而且扩大了与学界本就存在的鸿沟。一旦出版《鲁迅全集》的"政治性"被"学术性"所取代,将处于非常不利的地位。更何况,密室告状,危言耸听,这一运作的思路,因其在"文革"得到登峰造极的表现,而被人们所普遍质疑。如今重操旧业,可能也会"引起有识之士的忧虑"。

目前看来,人文社似乎无意于我所设想的上策或中策,这点令我失望。用什么办法应付出版界日渐激烈的竞争,这关系到以后中国的学术文化建设,确实不能掉以轻心。

(此乃作者1995年9月8日在中国鲁迅研究会与《鲁迅研究月刊》编辑部就"鲁迅著作出版现状"举行的座谈会上的发言,初刊于1995年第10期《鲁迅研究月刊》)

# 与对话者同在

## ——关于会议论文的写作策略

记得十年前第一次出国参加学术会议,进入那由主持人、评议者以及热心提问的听众组成的"游戏场",感觉颇为茫然。既要充分发挥自己的才学,又要引起听众的兴趣,还必须防止出现大的纰漏,谈何容易!真羡慕某前辈学者的挥洒自如,明明论文写得不怎么样,讲出来效果却极佳。灵机一动,也跟着离开原先准备的讲稿,作了较多的临场发挥。谁知这一东施效颦,被评议者讥为"不守规则"。

会议论文有其游戏规则,最低要求是"中规中矩",谙于此道者可以"不即不离",只有个中高手,方敢追求"出神入化"。或曰,事先提交一篇一两万字的论文,开会时再用十几分钟简要介绍一番,有什么可说的?但就是这么简单的"游戏",没有三五年磨炼、七八回栽跟头,难得其中精义。时至今日,已经身经百战,感觉仍是"此中有真意,欲辩已忘言"。每回会议归来,似乎大长见识;可轮到自己登台,依旧不知所措。"德高望重"或"自成体系"者,不妨我行我素,永远绕着自己的话题转。若我辈后生小子,则无法不考虑如何"戴着镣铐跳舞"。

今年上半年,有幸参加了三个性质不大相同的学术会议,可惜阴差阳错,都没有得到充分的发挥。荷兰莱顿国际亚洲学研究院举办的"现代中国的文学场",以法国社会学家皮尔·布狄厄(Pierre Bourdeu)的著作为理论背景;香港浸会大学举办的"中国小说与宗教",注重研究角度与方法;台北《中央日报》社举办的"百年来中国文学学术研讨会",则只是划定讨论范围。我提交给三个会议的论文,全都不太合拍。前者不够专业化,事先未曾深入研究布狄厄的理论;后者又过于专业化,听众很难进入我的语境。中间一篇总算扣紧题目,可写作时间不够,只列了个提纲,难免语焉不详。除了学术兴趣以及工作安排的缘故(毕竟不是"开会专业户"),会议论文的"遗憾",还可能因为写作策略的失误。下面就以我今年参加的第三次会议为例,讨论会议论文的"体式"。

"百年来中国文学学术研讨会"是由大众传媒组织的,参加者半是学者半作家,加上旁听者,最多时将近两百人。这种会议规模与人员构成,使得论文的写作,不可能也不必要太学院化。好在台湾各大报的副刊组活动能力极强,作家们也有一定的理论修养,研讨会的学术色彩并不弱。相对来说,台、港以及旅居欧美的学者经验丰富,论题适当,现场发挥也较好。大陆学者的论文,不是论题太大,经不起再三敲打;就是专业性太强,没有多少人感兴趣。加上不擅长提问及回答,大陆学者的"声音",显然不及台湾学者响亮(后者也有其盲点与陷阱,这里暂且不表,因本文着重自我反省)。这既涉及学术训练和主场客场的差异,但也与大陆学者不习惯在学术会议上针锋相对地讨论问题有关。

所谓"针锋相对",首先是准确地进入对方的语境,而后才是抓住其弱点"挑刺"的同时,显示自己的学养。过于礼貌的恭维,不着边际的非难,或者无视对方的语境而随意发挥,都不是好的评议或提问。这里确实牵涉到表达能力,但更与思维方式相关:学术会议的精髓在于"对话",因而切忌过多的"独白"。严格的程序规定(包括主席的权力、评议的任务、主讲人的时间限定等),以及台上台下的唇枪舌剑,确实带有某种表演的成分。但是,这种"智力游戏",使得处于"十面埋伏"的学者,发言时更多考虑挑战者的存在,在自坚门户的同时,思考"另一种可能性",还是大有好处的。

不同于近乎独白的课堂讲授与书斋著述(前者允许提问,但师生地位及知识的悬殊,使其一般不构成真正的挑战;后者即便有反驳,也可回家深思熟虑,想好了再答复),会议上发表论文,则要求直接面对"挑剔"的对话者,而且没有任何回旋的余地。对于才气不大而又尚属认真的我辈来说(大诗人大学者自有天马行空的特权,不在此列),不妨给自己设置几条"禁令"。首先,不企望全面论述:概论式的文章,吃力不讨好,既引不起听众的兴趣,又容易陷入常识的罗列。其次,不按照命题作文:绕着一个自己不熟悉或不感兴趣的题目做文章,实在苦不堪言,效果也可想而知;学术会议的论题一般有较大的伸缩性,可以努力将其转化成"自己的题目"。第三,不使用没有把握或生造的新概念新术语:大陆学者西学水平多半不高,对概念术语的运用又过于随意,很容易被批得"体无完肤"——几乎每次学术会议上,都会遇到此类令人尴尬的局面。

之所以只提形式层面的最低要求,乃有感而发。学术表达方式的差异,使得大陆学者撰文时往往追求"新意",而忽略其可能存在的"缺陷"。因而,在正规的学术会议上,由于"不守规则"而被轻易淘汰,甚至成为取笑的对象,实在有点冤枉。可以反省规则的合理性,或者自己制定新的规则;可在此之前,希望"与国际接轨"的中国学者,则不得不思考如何适应目前国际学界最基本的会议规则。

至于如何写作"优秀"的会议论文,本人仍在云山雾海里挣扎,不敢信口雌黄。故所论"写作策略",也就只能偏于防御性质,目的在于保证不当场"出乖露丑"。话又说回来,真有更高明的策略,也非此等短文所能讨论。

1996年6月23日于京西蔚秀园

(初刊1996年7月18日《文学报》)

# 中国小说中的人神之恋

人神之恋乃最早的"儿女情长",既与宗教信仰、也与文人想象有关。追踪其在魏晋志怪、唐人传奇和明代话本小说中的嬗变,可以窥探中国人的心灵,尤其是宗教的世俗化趋势与小说写作中的性别意识。

《史记》中的食玄鸟蛋、履巨人迹而孕诞,此等商、周民族起源神话,与人神之恋无关。战国至秦汉的阴阳巫术、地理博物文献中,出现了众多神女,但无下嫁人间的意愿(嫦娥之弃后羿而登仙更是明证)。《古诗十九首》中的"迢迢牵牛星",已将牵牛、织女拟人化,不过仍属神仙间的感情纠葛,与人世无涉。《洞冥记》《汉武故事》《汉武内传》等以汉武帝求仙为故事框架,将西王母与汉武帝两大传说系统合而为一。其强调神人可以交通,以及铺排神女降临场面,对日后小说家写作很有影响。不过,西王母与汉武帝只谈神仙事,未及儿女情。

两汉鬼神之说大盛,道教也从巫术、神仙、阴阳五行中脱颖而出,成为真正意义上的宗教。刘向《列仙传》中出现不少人仙之恋,只是甚为简略。魏晋志怪中,神女方才大批下嫁,而且离别时缠绵悱恻,这才大体奠定了中国小说人神之恋的叙事模式。

通过虚拟与神女交往(乃至交媾)而获得特殊能力,说明其道术来自天上,此乃巫师术士的惯用手法。或称主人公有道术,故得神女青睐;或曰在与神女交往中,得其传授之秘籍。王瑶《中古文学史论》中《小说与方术》一文和小南一郎《中国的神话传说与古小说》第四章,均专门讨论方士巫师之自神术,如何促成小说中的人神之恋。魏晋以下,神仙家仍是人神之恋的重要作者,比如唐代裴铏、杜光庭都站在道教立场,强调世俗男子不该拒绝仙女的求爱。

相对于神仙家言,文人想象无疑更是人神之恋建立的关键。《汉武内传》中天上人间两大主宰会面场景的描绘,明显借用赋家手法。而人神之恋的基本设计以及相关的笔墨情趣,宋玉《高唐赋》和曹植《洛神赋》早有成功的先例。小说家想象力的驰骋,很大程度得益于此"巫山云雨"和"虽潜处于太阴,长寄心于君王"。

正因为受此文人想象的牵制,小说中的人神之恋,始终与宗教家的说法不大合拍。借用神仙意象,既不曾认真修行,更不希望遏制欲望,而是寄希望于神女垂青,通过"准婚姻关系"(人神之恋有夫妇之实,无婚姻之累,见《搜神记》中"成公知琼"则),而成为神仙,或得到神仙般的物质享受。这种求仙思路,即便与葛洪明显世俗化的神仙说,也都格格不入。至于不满仙境,一意返回人间,或者宣称"天上哪比人间",宁做"人间宰相"而不愿久住水晶宫(《灵怪集》中"郭翰"则、《逸史》中"太阴夫人"则),更与道教思想大相径庭。唐代以下,又有不少道士多事,乱逞法力,拆散人神的美满姻缘,实在不得人心(如《广异记》中"华岳神女"则)。执着现世幸福的中国文人,借助于神仙(道教)驰骋想象,到头来却颠覆了原先的理论设计。

在立意"发明神道之不诬"的《搜神记》中,神女主要赠送道术、药物和诗文,这比楚怀王、陈思王的只有男女情事,已经显得不够纯粹了。而后世小说中的神女,越来越倾向于赠送珠宝。精神追求没有了,长生不老又实在太渺茫,于是人神之间只剩下看得见摸得着的情欲和物质享受。人神之恋的日渐世俗化,也体现在神女择偶标准的下降。先是帝王,后为有道术者,再下来轮到德行可嘉或饱读诗书的儒生,到了明代,商人也得到神女的眷恋。《初刻拍案惊奇》卷三十七称:"但不知程宰无过是个经商俗人,有何缘分,得有此一段奇遇。"小说乃据明中叶蔡羽《辽阳海神传》改写而成,原作中还有神女解答天堂地狱、因果报应、祭祀神灵等疑难,改编成话本小说,只剩下"自此情爱愈笃,程宰心里想要什么物件,即刻就有,极其神速"。明人之将神女作为获得物质财富的工具,虽不雅,却很能代表一般民众祈神的真正心理。

汉武帝求仙,"叩头流血",仍未获成功。《搜神后记》《幽明录》中偶然闯入仙境的世俗男子,却居然忍心撇下既富且贵、"容色婉妙,侍婢亦美"的仙女,回到红尘千丈、"转瞬即逝"的人间。尘俗的升格与仙女的降尊,在传颂千古的刘晨、阮肇入山遇仙传说中,已经表露无遗。刚一见面,神女即追问:"来何晚邪?"此后便是男的苦求归去,女的极力挽留。北朝《穷怪录》中的仙女,更自称"久旷深幽",颇有倚门招客的意味。果然,到了唐人《游仙窟》和《周秦行纪》,"遇仙"与"冶游",已经没有多少区别了。

在唐人笔下,高贵的神女不再独领风骚,鬼女、狐女也都争奇斗艳。此前,同样非人间,有异术,能致富,来无踪去无影,神女有益无害,鬼女、狐女则颇多危及男性生命者。经过陈玄祐、沈既济等唐人小说家的努力,鬼女、狐女越来越可爱,使得神女拯救世俗男子的责任大为减轻,其艺术功能自然也就随着日渐衰落。本文讨论人神之恋,而不及于鬼女、狐女,原因是后两者"良莠不齐",不若神女之一律行善。

接下来的问题是,"人神之恋"固然美好,为何只是神女追求世俗男子,而不能反过来,让仙男去追求世俗女子?《列仙传》中确实有过少女逐男仙的记载,但此类设计很快被淘汰。男子滞留尘世,而让女性升天,这似乎是格外抬举女性。仔细观察,未必如此。小说中的男性往往懦弱(有待神女救援)、虚荣(泄漏天机以致神女必须返回天上)、自私(思归时不曾顾及神女感情)乃至背叛(请道士作法镇妖);而女性则大度贤惠、富于牺牲精神,既有美貌和温柔,又带来取之不尽用之不竭的财富。此类描写,与其说是赞美女性,表彰女性对爱情的追求,不如说满足了男性叙事者的白日梦。想象成仙的女性仍苦恋世俗男子,本就有点离奇;更有自荐枕席、馈赠宝物、"无妒忌之性"(《搜神记》卷一),以及"把臂告辞,涕泣流离"——所有这些设计,都有利于固守人间的男性。女性得了成仙的虚名,男性则安享艳福。依照中国人读小说喜欢钻到书中充当一个角色的习惯,不难想象作家和读者的性别。在晚清以前的文坛上,有成功的女诗人女词人,却未见女小说家(弹词另有渊源)。明清小说中众多尚未辨明身份的作者,或许蕴藏着个别"女扮男装"者,但这不妨碍以下判断:即晚清以前的中国小说,基本上属于男性叙事。

小说的文类特征,以及女性在社会生活中的实际地位,使得表面上最为抬举女性的人神之恋,也仍然以男性利益为中心。出让成仙的虚名,而宁愿留在人间,享受清福与艳福,这正应了《红楼梦》中《好了歌》所嘲讽的,世人都道神仙好,唯有功名富贵儿女痴情无法舍弃。人神之恋体现出来的兼取鱼与熊掌,而且不费吹灰之力(神女自动找上门来)的想象,可见中国人心灵隐秘的一角。这又岂是"道教的世俗化倾向"一句话所能涵盖?

(此乃作者1996年2月在香港浸会大学主办的第一届"文学与宗教"国际学术研讨会上的发言提要,初刊1996年7月20日《文汇读书周报》)

# 关于"学术文化随笔"

名曰"随笔",而又冠以"学术文化",其实是一种不得已而为之的"论说"。其前提是,今日中国,写"随笔"而可以不讲学术文化,尽可"一无所有"地"潇洒走一回"。这是一种致命的误会:可以随意书写的"随笔",一夜之间遍地开花且身价百倍,但也因其无所不在而丧失了本来面目。

作为一种以说理为主的文体,"随笔"不同于逻辑严密的"专论",也不同于笔墨轻盈的"小品"。一定要下定义,只能说是"有学问而不囿于学问,能文章而不限于文章"。这种说法,既有 ESSAY 东渐的意味,又与蒙田、兰姆等保持一定距离,必须考虑中国古老的"文章"传统,并不因白话取代文言而自行中断。或秦汉,或魏晋,或唐宋,或晚明,取径不同,姿态自然各异。至于全盘"复制"英国随笔的,不能说没有,毕竟不是主潮。承认"误读"与"前理解",注重"对话"与"调适",国人之谈论"随笔",自然不会、也不应该是正宗的 ESSAY。

比起宋人洪迈"意之所之,随即纪录"的《容斋随笔》,ESSAY的传入无疑更值得重视。本世纪二三十年代众多关于"美文""小品""絮语""随笔"的提倡,实际上都以 ESSAY 为蓝本或主要参照系。只是在具体论述中,因各自趣味及策略的差异,发展出不同的路径。其中最值得注意的,是由周氏兄弟等创刊于1924年的《语丝》周刊。

关于"语丝文体",鲁迅概括为"任意而谈,无所顾忌"[1],周作人则是"古今并谈,庄谐杂出"[2]。此中微妙的差别,进入三十年代,便成了推崇犀利杂文的太白派与主张闲适小品的论语派之间的对立。可《语丝》中还有另一种尚未被学界关注的文章(既非杂文,也非小品),主要任务是论学说理,但同样取"任意而谈"姿态。这种大学者所写的小文章,其文体特征不易界定,只知道其跨越"文""学"边界,蕴藏着某种一时难以言明的智慧。

这种以知性为主,而又强调笔墨情趣的"学者之文",半个世纪后,由于另一个杂志的出现,而被发扬光大——我指的是创刊于1979年的《读书》。《读书》对于八九十年代中国学界的贡献,不只是思想,更包括"文体"。不妨这么说,今日的"读书文体",接续了"语丝文体"中逐渐被遗忘的另一侧面,使得中国人心目中的"随笔",有了更大的发展前景。

林语堂、梁实秋的幽默与闲适,固然令人神往;但朱自清、朱光潜的通畅与平实,同样是一种很难企及的境界。后者以学识为根基,以阅历、心境为两翼,再配上适宜的文笔,迹浅而意深,言近而旨远,自有一种独特的魅力。"有话要说",而又"无意为文",这种学者型随笔,对作者与读者的修养、气度与悟性,有较高的要求,再加上其相对淡忘辞采与想象,自然不及洒脱的小品"有市场"。但

---

[1] 见鲁迅《我和〈语丝〉的始终》。
[2] 见周作人《〈语丝〉的回忆》。

在知性与感性、思想与情怀、文学与学术、厚重与轻灵之间,保持一种"必要的张力",套用一句老话,不妨称之为"广阔天地,大有作为"。

1996年8月27日于京西蔚秀园

(初刊1996年9月21日《文汇报》)

# 千年文脉的接续

谈论"现代社会"与"传统文化"的关系,最常见的思路,莫过于论证要不要接纳、能不能转化。此类"高屋建瓴"的空谈见多了,不如换个口味,具体而微地讨论"接纳"的途径与"转化"的方法。这里选择晚清至"五四"两代学者重建"中国文章"的过程,探讨"传统"作为一种重要的思想资源,是如何进入"现代"人的精神生活、并参与当代文化建设的。

三十年代中期,鲁迅曾感慨,新文化运动以来,"散文小品的成功,几乎在小说戏曲和诗歌之上"[1]。有类似判断的,还可以举出胡适、曾朴、朱自清、周作人等。根据当事人的描述,文学史家很容易演绎出另一个更加有趣的命题:散文小品之所以获得成功,得益于其丰厚的传统资源。因为,在中国文学史上,小说、戏曲很长时间里不登大雅之堂,而散文则源远流长,名家辈出,历来高居文坛霸主地位。经过"五四"文学革命的洗礼,现代中国的小说、戏剧、诗歌等,其体制及基本精神,均与"世界文学潮流"接轨;唯独散文,尽管已经改用白话,仍保有鲜明的"民族特征"。

---

[1] 见鲁迅《小品文的危机》。

倘若此说成立，接下来的问题便是：到底是何种传统资源，通过什么方法与途径，促成了现代中国散文的辉煌？

近百年中国文坛上，小说、诗歌群雄角逐，唯有散文双峰并峙——鲁迅、周作人的地位无可争议。可是，周氏兄弟的文章趣味又是如此不同，以致从二三十年代起，论文者总喜欢以其作为"分门别类"的依据。或寸铁杀人，辛辣遒劲，或舒徐自在，清冷苦涩，均与其思想倾向与文化性格大有关联。从阿英、郁达夫到近年的舒芜、钱理群等，对此都有精到的评述。这里希望提供另一思考维度，即"文学史写作"与"文章趣味"之间的良性互动。作为新文化运动的主将，周氏兄弟都曾积极鼓吹白话文；白话文运动成功后，又都努力"混合散文的朴实与骈文的华美"，并借杂糅口语、欧化语、古文、方言等，以造成"有涩味与简单味"的"有雅致的俗语文"来[1]。几乎与此同时，二人所撰文学史著，也都引起学界的广泛关注，并波及文学潮流。

周氏兄弟虽曾在大学教书，却并非一般意义上的专家学者，其文学史写作，颇有表明个人文学趣味的倾向。因此，其"言说"固然重要，其"沉默"同样意味深长。对"文章"的研究，鲁迅的目光集中在从先秦到魏晋，周作人则关注南北朝以降。鲁迅偶尔也会提及公安、竟陵，就像周作人之谈论庄周、孔融，远不及对方精彩。把周氏兄弟的目光重叠起来，刚好是一部完整的"中国散文史"。1923年后的周氏兄弟，已经告别"兄弟怡怡"的情态，也不可能再有学术上的分工合作。正因如此，周氏兄弟对于中国文章的不同选择，大

---

[1] 见周作人《〈燕知草〉跋》、《〈苦竹杂记〉后记》。

有深意在。讨论这一点,最好将其师长章太炎、刘师培的眼光考虑在内。

晚清那一代学人,虽然接受西潮的冲击,但思考方向及提出问题的方式,大多是延续本土已有的纷争。所谓"开眼看世界"、"向西方寻求真理",很大程度是意识到单靠本土的理论资源,无法走出面临的困境。考虑到这一代人的探索与挣扎,描述二十世纪初中国的学界与文坛,"西潮东渐"之外,必须添上"旧学新知"。以文论而言,刘师培之承袭阮元,痕迹十分明显。章太炎更具独立意识,但《自定年谱》及《自述学术次第》之谈论文章,依然是对清代文派之争的回应。借助于两位师长,二周的思考,自然而然地"往上走"。《汉文学史纲要》由六朝的文笔之辨,带出阮元的《文言说》;《中国新文学的源流》之提倡晚明小品,却以批判八股及桐城为中心,这些都绝非偶然。在三十年代关于小品、杂文、随笔的争论中,周氏兄弟之所以高人一筹,与其学术渊源大有关系。后世之追慕周氏兄弟文章者,不见得思考有清一代桐城、选学、朴学三派文章的消长起伏;可周氏兄弟的选择内在地影响着此后中国散文的发展方向。在世纪末回眸,周氏兄弟文章的轴心地位日益凸显,而其摒弃唐宋、偏爱六朝的趣味,在接续传统的同时,也为现代中国散文开出一条新路。

六朝文章,此前因拒绝载道,沉湎于声色藻绘,而受到严厉的谴责。晚清以降,西学的介入,使得情况发生了巨大变化。当刘师培强调"其以文学特立一科者,自刘宋始"[①]、鲁迅渲染魏晋乃"文学

---

① 见刘师培《中国中古文学史》。

的自觉时代"①、周作人以不曾强求"载道"作为六朝文章的魅力所在②时,显然都有其关于文学自主性的理论预设——鲁迅甚至称:"或如近代所说的'为艺术而艺术'(Art for Art's Sake)的一派。"可是,尽管出现了"纯文学"的口号,刘师培"骈文之一体,实为文类之正宗"③的预言,依然没有得到实现。六朝文章的复兴,并不等于骈文派的胜利。姑且不说"纯文学"的想象,受到章太炎、梁启超以及后来的陈独秀、胡适之等人的狙击,而没能真正展开;落实在文学史层面上的重新阐释六朝,也与骈文派的初衷大相径庭。

与刘师培相比,章太炎的论述更具颠覆性:六朝确有好文章,但并非世代传诵的任、沈或徐、庾,而是此前不以文名的王弼、裴頠、范缜等。在《自述学术次第》中,章氏对有清一代追慕六朝最成功的骈文大家汪中、李兆洛表示不以为然,而格外推崇综刻名理、清和流美的魏晋玄文:"观乎王弼、阮籍、嵇康、裴頠之辞,必非汪李所能窥也。"六朝人学问好,人品好,性情好,文章自然也好,后世实在望尘莫及——如此褒扬六朝,非往日汲汲于捍卫骈文者所能想象。撇开骈文,专门欣赏无意为文故骈散相间,或干脆纯用散行文字书写的"著作",章氏师徒的这一选择,乃"六朝文"得以顺利进入"现代中国"的特殊途径。

章氏论文,讲求思想独立,析理绵密,故重学识而不问骈散。这一点,对鲁迅、周作人影响极深。周氏兄弟不治经学、子学,对太炎先生之欣赏议礼之文与追求玄妙哲理,不太能够领略。鲁迅赞

---

① 见鲁迅《魏晋风度及文章与药及酒之关系》。
② 见周作人《关于家训》。
③ 见《文说》。

美的是嵇康之"思想新颖",周作人则欣赏颜之推的"性情温厚",只是在重学识而不问骈散这一点上,兄弟俩没有分歧:辨名实,汰华词,义蕴闳深,笔力遒劲,深得乃师文章精髓。

现代作家对于六朝文章的借鉴,不再顶礼膜拜,而是有选择的接纳。王闿运、刘师培、黄侃、李详等雅驯古艳的骈文,经由新文化运动的冲击,已经退居一隅,不再引领风骚。而太炎先生对于六朝文的别择,经由周氏兄弟的发扬光大,反而产生巨大而深远的影响。经历一番解构、挑选、转化、重建,六朝文作为重要的传统资源,正滋养着现代中国散文。胡适曾断言章炳麟的文章"及身而绝",但是,如果不过分拘泥、不局限于"古奥"与"艰深",允许其接上鲁迅的"魏晋风度"与周作人的"六朝散文",再连通废名所说的"新文学当中的六朝文"(实即擅长借鉴"六朝文"的"新文学"),则成了现代中国文坛的一大奇观。

"文起八代之衰,道济天下之溺",此乃苏轼称颂韩文公的千古名句。章太炎及周氏兄弟对于唐宋派及桐城文章的批判,对于六朝人及六朝文的表彰与借鉴,将随着历史的推移,日益展示其风采。

1998年10月27日删改旧作而成

(初刊1998年第12期《人民论坛》)

# 哪个"东方"？ 谁在"崛起"？

除了国际政治、全球经济以及外国文学的专家,一般人之谈论"西方",大都醉眼蒙眬。不管是毛泽东眼中的"纸老虎",还是梁启超笔下为我育"宁馨儿"的"西方美人",抑或鲁迅主张的"拿来主义",都是一种文学隐喻。将西方作为一个没有时空限制、不分国家种族的统一体来论述,表面上高屋建瓴,实则雾里看花。好在此类高论,大都是为了解决自家问题,其"一厢情愿",也就不构成根本性的缺陷。

就像西方人谈论东方,东方人之谈论西方,也是将对方作为工具性的镜子或鞭子。关于"他者"的真实性,学界已多有质疑;但在我看来,更严重的,很可能是未被认真反省的主体本身。如果说,西方是个弹性很大且文学色彩浓厚的"虚构的共同体",那么,东方呢?

作为东方人,当我们在东西方对峙或对话的语境中讨论问题时,往往将自己虚拟为东方的代表甚至化身——这里所说的,不只是中国,更包括日本、韩国、印度等国的学者。都是东方人,都有资格代表以及谈论东方;可扪心自问,我们真正理解"东方"吗? 可以毫不夸张地说,绝大部分生活在东方的学者,对真正的东方其实相当陌生。因为,作为"地理—政治—文化"概念的"东方",不只是中国,也不只是印度或日本。

常常出现这样令人尴尬的局面:东方各国学者聚集在一起,只能用英语、在西方文化语境中、讨论流行于欧美的"全球性话题"。这不只是个语言沟通的问题,更根源于各国学者普遍对自己的邻居不太感兴趣,而更愿意关注西方世界的一举一动一颦一笑。"五四"那代学者,还有了解印度文化或日本文学的强烈愿望,今日中国,除了专家,喜欢到邻居后花园散步、认真领略人家的风土人情以及哲学艺术的,并不太多。

这种乐于结识远方客人,而懒得与邻居打交道的状态,撇开可能存在的势利眼,更与一种盲目自信有关:作为东方人,我还不了解东方?

如果说西方人眼中的东方过于笼统,东方人眼中的东方,则很可能失之偏执。以"我"所在的种族、文化、历史,涵盖整个东方,并以此为基点,与作为"他者"的西方对话,进而实现"东西合璧"的文化理想,这种心态,绝非罕见。结果是,对于很多生活在东方的知识者来说,"东方"其实相当遥远——甚至比西方还要遥远。因此,当他们在国际讲坛上侃侃而谈,纵论东方文化之优越、比较东西文明之异同、预言二十一世纪东方的崛起时,必须追问一句:哪个东方?谁在崛起?

"现代性"并非独一无二,"东方"似乎也应该是复数。日本人、印度人之谈论东方,与中国人心目中的东方,很可能有绝大的差异。对此,既不必大惊小怪,也没理由强分正统。努力理解另一个很可能同样合理而又相当陌生的"东方",对于中国学者来说,乃当务之急。除了知识谱系的补缺，更有现实政治的催逼。

想象整个东方"万众一心"，面对西方的压力"共荣共存"，并"共同崛起"于二十一世纪，未免过于罗曼蒂克。伴随着东方各国经济乃至军事实力的增长，很可能不是携手共进，而是因生存空间的挤压而显得矛盾日益突出。从地缘政治着眼，二十一世纪的东方，必定是"此起彼伏"，因而也就不可能永远"风平浪静"。如何协调东方各国由于政治权势、文化类型以及经济利益冲突而不可避免产生的摩擦，将是中国学者必须面对的重大课题。

但是，以目前中国学人对邻居的淡漠与隔阂，很难胜任这一严峻的挑战。政治家尽可高喊"友好"，学者则必须强调"理解"。所谓"世世代代友好下去"，假如没有相互间深入沟通以及真正意义上的理解，基本上是一句空话。在这个意义上，"理解"比"友好"更难，也更重要。

发展东方各国之间（或曰"亚洲之内"）的对话，其重要性，一点不弱于目前正如日中天的东西文化比较。不是说后者不重要，而是有感于人们常常以后者覆盖前者，以为东方的学者只需研究西方，便是"走向世界"。

意识到不可能、也不应该独占东方文化及其相关的价值体系，如何在积极面向西方的同时，认真思考东方——既反省自家立说的根基，也理解东方的多样性，我想，这不是一个轻松的话题。

1998年8月11日于边陲旅次

（初刊《掬水集》，百花文艺出版社，2001年）

# 作为"文章"的"著述"

1909年,针对上海有人"定近世文人笔语为五十家",将章太炎与谭嗣同、黄遵宪、王闿运、康有为等一并列入,章大为不满。在《与邓实信》中,除逐一褒贬谭、黄、王、康的学问与文章外,更直截了当地表述自家的文章理想:"仆之文辞为雅俗所知者,盖论事数首而已。斯皆浅露,其辞取足便俗,无当于文苑。向作《訄书》,文实闳雅,箧中所藏,视此者亦数十首。盖博而有约,文不奄质,以是为文章职墨,流俗或未之好也。"这里所说的"论事数首",大概是指《驳康有为论革命书》以及发表在《民报》上的时论,对此类得到社会及学界高度评价的"战斗的文章",章太炎本人并不十分看重,以为"无当于文苑";反而是那些佶屈聱牙、深奥隐晦的学术著作如《訄书》等,因"博而有约,文不奄质",在章太炎眼里,方才真正当得起"义章"二字。

无论为人还是论学,特立独行的太炎先生都喜欢出奇制胜,有时甚至故意颠倒时论。可这回不一样,以"著述"为"文章",这一思路,从早年的《国故论衡》,到晚年的《国学讲演录》,一以贯之。而且,在《自定年谱》和《自述学术次第》中,章氏都对34岁后读魏晋玄文而文章渐变,做了专门的交代。无疑,此乃了解章氏学术与文章的关键。

太炎先生论文之独尊魏晋,在《国故论衡·论式》中有充分的表述:"魏晋之文,大体皆埤于汉,独持论仿佛晚周。气体虽异,要其守己有度,伐人有序,和理在中,孚尹旁达,可以为百世师矣。"这里所说的"文",基本上限于"持论",而不涉及今人格外看重的"叙事"与"抒情"。之所以如此突出"持论",那是因为,在古代中国,文章最重要的功能,非"持论"莫属——"叙事"则史家见长,"抒情"有诗人在先。明知"文以载道,诗以言志"的分工,只是相对而言;可在重体式讲类例的章氏看来,判断文章高下的标准,只能是"持论"之优劣。

同样是擅长"持论",章氏又因知识结构的差异,分为文士之文与学人之文两类。"夫持论之难,不在出入风议,臧否人群,独持理议礼为剧。出入风议,臧否人群,文士所优为也;持理议礼,非擅其学莫能至。"[1]套用到自家头上,《驳康有为论革命书》属于"出入风议,臧否人群",至于"持理议礼",则只能推《訄书》和《国故论衡》了。章氏历来对"好为大言,汗漫无以应敌"的文士之文很不以为然,对时人之表彰其"文士所优为也"的"出入风议,臧否人群",自是极不情愿,因而才迫不及待地跳出来自我辩解。

照章氏的说法,自家所撰"文实闳雅"的,除了《訄书》,还有箧中所藏的数十首。这数十首,应该就是第二年结集出版的《国故论衡》。胡适称"这两千年中只有七八部精心结构,可以称作'著作'的书",而《国故论衡》即是其一。如此皇皇大著,其中各章,依胡适

---

[1] 见章太炎《国故论衡·论式》。

156

的评价,"皆有文学的意味,是古文学里上品的文章"①。我很欣赏适之先生的这一看法,不过,作为文章,我更看好《论式》《原学》,而不是适之先生推荐的《明解故上》和《语言缘起说》等。另外,胡适称章氏文章"是古文学的上等作品",其实暗含讥讽,即"他的成绩只够替古文学做一个很光荣的下场"。可是,有周氏兄弟的显赫成绩,起码薪火相传,所谓太炎文章"及身而绝"的断言,其实大可商榷。

这里暂不涉及文、白之争,而只局限于"文"与"学"能否合一。在这一点上,胡适是解人,毫不含糊地承认太炎先生著述的文学价值。随着西学大潮铺天盖地,专业化倾向日益明显,即便是研究中国文史者,也大都视文学与学术的分工为理所当然。谈论古代中国,或许还会提及《文心雕龙》《文史通义》的文学意味;至于二十世纪中国文学史,一般不会涉及已被划归"学术"的专业著作。

学术著作能不能入文学史,此乃小事一桩,尽可见仁见智;可学者撰述时有无文体意识,讲不讲究论学文字,却是非同小可,因其关系到"文"与"学"是否永远分道扬镳。我的态度颇为骑墙:不主张"以文代学",却非常欣赏"学中有文"。仔细说来,不喜欢以夸夸其谈的文学笔调瞒天过海,铺排需要严格推论的学术课题;但同样讨厌或干巴枯瘦、或枝蔓横生、或生造词语、或故作深沉的论学文字。至于什么是理想的论学文字,我同意钱穆先生的意见,章太炎可以算一个。

1960年5月,钱穆给时正负笈哈佛的得意门生余英时写信,畅

---

① 见胡适《五十年来中国之文学》。

谈述学文字:"鄙意论学文字极宜着意修饰,近人论学,专就文辞论,章太炎最有轨辙,言无虚发,绝不支蔓,但坦然直下,不故意曲折摇曳,除其多用僻字古字外,章氏文体最当效法,可为论学文之正宗。"被钱氏列为"论学文之正轨"者,还有梁启超与陈垣。对论学宗旨基本相左的胡适,钱穆嫌其发言"多尖刻处",但不否定其文章"清朗"、"精劲"且"无芜词"。反而是在学界如日中天的王国维、陈寅恪,其述学文体,受到宾四先生比较严苛的挑剔①。我很欣赏钱穆先生对诸名家论学之文的品位,尤其是表彰《清代学术概论》"其文字则长江大河,一气而下,有生意、有浩气,似较太炎各有胜场",这段话深得我心。经由朱维铮、夏晓虹先生前后两次认真校订,《清代学术概论》引证失误之处,已广为今日学界所知悉;可我还是偏爱这册薄薄的小书,认定其最能体现任公先生的学识与才情。将该书对启蒙期学术的鉴定,移用来评价梁氏自身的著述,我以为再恰当不过:"在淆乱粗糙之中,自有一种元气淋漓之象。"

不知是政治理想对立,还是治学路数差异,钱穆没有提及另一位同样"着意修饰"其"论学文字"的学者——我指的是太炎先生的入室弟子鲁迅。鲁迅无疑是白话文写作的健将,代表了以提倡白话取消文言为表征的文学革命之实绩,而且曾公开表示:"我总要上下四方寻求,得到一种最黑,最黑,最黑的咒文,先来诅咒一切反对白话,妨害白话者。"②可有谁能解释得清,当鲁迅开始撰写《中国小说史略》时,为何不采用其炉火纯青的白话文体,而非要选择已

---

① 余英时:《钱宾四先生论学书简》,《犹记风吹水上鳞——钱穆与现代中国学术》之"附录",三民书局,1991年。
② 见鲁迅《朝花夕拾·〈二十四孝图〉》。

被胡适判为"死文学"的文言文？单用"虑钞者之劳"来辩解，无论如何是说不通的①。依我浅见，很可能是基于对述学文体的格外在意，即，非如此写作，不足以实现其"学中有文"的追求。谈及作为文学史家的鲁迅之成功，我曾提及其著述中体现出来的清儒家法、文学感觉、世态人心，以及小说类型理论设计②。以上说法，我仍然坚持；可我还想再补充一点，那便是鲁迅对于述学文体的高度重视。

有一点，我觉得很能说明问题：治小说史者，喜欢引用鲁迅的判断。不管是只言片语，还是整段文字，将其织入自家论著，不说"蓬荜生辉"，起码也是"感觉良好"。同样是大学者，比如胡适、郑振铎等人的著作，便没有这种幸运。比如，我就宁愿转述胡、郑诸君的意见，或用注释的办法表达对先贤的敬意，而不太喜欢直接引录其文字。如此厚此薄彼，主要不是基于意识形态的考虑，而是鲁迅的述学文字确实显得更为优雅、讲究。正是这种阅读感觉，使我坚信，鲁迅在写作《中国小说史略》时，很可能是"字斟句酌"，将其作为"文章"来苦心经营的——就像他所尊崇的恩师章太炎先生那样。

假如有一天有人向我提问，二十世纪中国的述学文字，你最喜欢哪几部，我想，我会毫不犹豫地举出章太炎的《国故论衡》③、梁启

---

① 见鲁迅《中国小说史略·序言》。
② 陈平原：《鲁迅的小说类型研究》，《小说史：理论与实践》，北京大学出版社，1993年；《作为文学史家的鲁迅》，《文学史的形成与建构》，广西教育出版社，1999年。
③ 《国故论衡》，东京：国学讲习会，1910年；收入《中国现代学术经典·章太炎卷》，河北教育出版社，1996年。

超的《清代学术概论》[①],以及鲁迅的《中国小说史略》[②]。至于理由,很简单,因其较好地实现了"文"与"学"的沟通。

1999年8月5日于京北西三旗

(初刊1999年第11期《书摘》)

---

[①] 《清代学术概论》,商务印书馆,1921年;收入《中国现代学术经典·梁启超卷》,河北教育出版社,1996年。
[②] 《中国小说史略》,北京大学新潮社,1923、1924年;收入《鲁迅全集》第九卷,人民文学出版社,1981年。

# 关于"小说"的命运

就文学而言,宋代以后,庶民文学的崛起,叙事文学的勃兴,以及文学家对日常生活、民众语言的关注和认同,与以前以贵族文化为中心、以抒情文学为主导相比,确实另有一番风光。这一趋势,在二十世纪,由于时势的激荡、西洋文化的输入,得到很大的强化。最典型的表征,便是用白话写作、以叙事为主体的"小说",成了二十世纪中国文坛最为亮丽的风景。

展望新世纪,小说的文坛霸主地位将受到很大挑战。从世纪初知识者为"改良群治"而推小说为"文学之最上乘",到世纪中政治家别具慧心地将小说作为政治斗争的导火线,再到世纪末,小说为取悦受众而努力与影视结盟。小说在二十世纪的命运充满戏剧性。但不管是被捧还是挨骂,文学总算被全民所关注。这一好运,下世纪恐怕难以维持。

就想象之丰富、叙事之细腻以及场面之波澜壮阔,影视的潜力远非小说所能比拟。而作为一种语言艺术,曾经风光无限但在二十世纪却沦为配角的诗、文将有可能重返舞台中心。至于各种人物传记、历史叙述、风土记忆、文化随笔乃至人文社科的专门著述,都将夺去原先属于小说的"注意力"。在某种意义上,文学创作或研究作为一个专业的边界,将日益变得模糊,而目前仍在萌芽状态的"网络文学"起码提醒我们,随着教育逐渐普及以及科技水平的迅速提高,"五四"时期所提出的"爱美的"(amateur)文学理想将成为可能。这一可能出现的新趋势,我是乐观其成的。古来中国人,本来就有将文学作为"修养"而非"技能"看待的趋向。倘若有一天,衣食基本无忧的国人,能腾出更多的物理时间和心理时间,在文学的创作、欣赏、研究中获得精神上的愉悦,将是我辈所梦寐以求的。

**附记**:1999年底,北京的《中国文化报》和上海《文汇报》要我各写一则短文,畅谈即将到来的"新世纪"(那时普遍认为,2000年元旦即"新世纪"第一天)。我在北京谈"世运变迁",在上海谈"文体兴衰"。此文初刊《文汇报》时,被改题《小说霸主地位受到挑战》,且加上"学者陈平原近日接受《文汇报》记者采访时表示"字样,于是,"随感"变成了"答问";2000年2月1日《文论报》转载此文时,又改题《学者陈平原预言21世纪诗文东山再起小说风光不再》,显得更加耸人听闻。2000年1月26日的《中华读书报》上发表长篇采访,题为《小说在新的世纪会失宠吗?》;2000年5月27日的《解放日报》则以《新世纪小说的流变与走向》为总题,刊发一组讨论文章;《北京文学》2000年第6期上的《小说的前景及想象力——平谷金海湖文学现状研讨会纪要》,也是围绕这则小文展开。关于此文引起的争议,以及我自己的态度,在《当代中国文人观察》(人民文学出版社,2004年)最后一章《怀念"小说的世纪"》中,有详细的考辨,有兴趣的朋友请参阅。

(初刊2000年1月3日《文汇报》)

# 关于"小引"

不敢替别人打包票,起码我自己读书时从不敢忽略、甚至有点偏爱搁在书前的闲言碎语。相对于作为主体的"大书",此等"小引",只起陪衬和导入的作用。如果"小引"成了书中最为亮丽的风景,那肯定是喧宾夺主。同样道理,只读"小引"而怠慢"大书",当也属于本末倒置。

可话又说回来,倘若不是着眼于思想深度或学术水准,而是从文章的美感考虑,轻巧的"小引",自是比厚重的"大书"容易经营。像章太炎的《国故论衡》、梁启超的《清代学术概论》、鲁迅的《中国小说史略》那样可以作为"文章"来品味的"著述",在现代中国,并不多见。而随意挥洒,弄出几则漂亮的"小引",对于有文人趣味的学者来说,还是比较容易实现的。

今人常见的序、叙、自序、绪言、题词、题记、前言、小引、导言、引语等等,其实都是一回事,不外搁在书前(古代则不一样),用以介绍写作缘由、个人心境、著述体例以及内容特征等。借用宋人王应麟《辞学指南》对于"序"的界定,此乃"序典籍之所以作"。作为一种常见文体,序言在中国有悠久的历史传统。两千年来,无数骚人墨客,在介绍书籍的同时,不经意中,创造出许多有思想有学识的好文章。"五四"以降,随着出版物的迅速增长,序言的产量遽增;而"美文"概念的引进,更使得不少文人下笔时着意经营。读读周氏兄弟等现代作家、学者的序言,当能明白这一文体的妙用,如何在二十世纪中国被发挥得淋漓尽致。

到了我辈著书立说的时候,序言之可以是"美文",已经成为文学常识,甚至可以说到了妇孺皆知的地步。正因为有了此前百年的着力耕耘,后来者要想出新,绝非易事。为自家或友人著作写序,相对还好说些,叙事抒情,谈天说地,尽可随意挥洒。而一旦跳出这内涵确定的专著,转而为一套虽有共同宗旨、却非个人著述的"丛书"作序,可就没那么简单了。又要体现自家的文化情怀,又不能把话说绝,以免成了虚假广告;既须笔墨清新,亦不可过于空灵,否则汗漫无所归依。讲究的是切题、含蓄、有余味,能提起读者兴趣,而不试图包揽所有注意力。

撰写此类文章,近乎"戴着镣铐跳舞",其实并不轻松。近年,由于某种特殊机缘,我也偶有尝试。不敢说有多大的创获,只是对这一写作方式的甘苦略有领会。以"大书小引"为题,收录五则明知不登大雅之堂的"小引",除了体现自家的学术理想与文化情怀,也希望借此留下文体探索方面的雪泥鸿爪。

2000年1月17日于西三旗

(初刊2000年第3期《文艺争鸣》)

# 我看俗文学研究

听说要我当中国俗文学学会的会长,开始以为是在开玩笑。后得高人指点,明白这种违反常规、迭出怪招、充满戏剧性、偶尔也可出奇制胜,正是咱"俗文学"的重要特征。再到后来,我想清楚了,不是因为我能干,而是依照有关规定,会长年龄不得超过七十,而学会挂靠北大,会长只能由北大人出任。过去讲时势造英雄,如今则是"年龄出领导"。就这么三弄两弄,我就被推上了所谓的"历史舞台"。好在此乃民间组织,无权无势,主要是干活,估计告状的人不会太多;而且,上一届领导成员或继续留任,或虽退未休,还可继续指引方向,我也就不再执意推辞了。

我之所以"不客气",不是因为胸有成竹,觉得自己准行,而是基于以下三个考虑。一是北大历史上对于俗文学的提倡,曾取得举世瞩目的成绩,使得后来者不好意思过于偷懒;二是我长期从事小说史研究,早就与俗文学发生"剪不断理还乱"的关系;三是"文革"后期我到粤东山村插队,曾对潮州歌册、民间故事、说唱、灯谜、楹联等产生浓厚的兴趣,而且略有尝试。八年知青生活,最值得炫耀的,莫过于春节期间村口广场上搭台"讲古"。这最后一点,如果不是参加俗文学学会,大概得等撰写回忆录时才会提及。按照过去的说法,这就叫"有缘"。

山乡的生活体验,使得我明白,真正影响广大农民知识、道德与情感的形成的,主要不是"高文典籍",而是说唱、歌谣、传说、故事乃至笑话等俗文学。而在小说史研究中,雅俗之间的对峙与转化,始终是我关注的重点之一。从《千古文人侠客梦》的写作中,我得到两点深刻的印象:一是谈论中国文化,只讲儒释道,而不涉及侠等民间文化精神,很难体贴入微;二是俗文学有自己的一套叙事语法和价值体系,不应该站在文人文学的立场居高临下地审视。很可惜,碍于时间和精力,一直没有真正在这方面下功夫,虽然明白其研究价值及基本路向。这回诸位的信任,大概会将我"逼上梁山"。

对我来说,写一部俗文学方面的研究著作,远比出任新一届会长有把握。到目前为止,我还没做好上阵的充分准备,还在紧张拜读诸位前辈的著作,了解国内外学界的动态。在这方面,有两本书对我帮助很大:吴同瑞等编的《中国俗文学七十年》使我了解学科的历史,王文宝编的《中国俗文学学会概况》则让我明白学会的现状。补课半年多,对前辈的奋斗精神十分敬佩,同时,对学会的发展略有所思,谨向诸位汇报。

第一,以俗文学为根基,挑战雅俗文学等级森严且分而治之的研究格局。清末孙宝瑄《忘山庐日记》称:以旧眼读新书,新书皆旧;以新眼读旧书,旧书皆新。文学的雅俗,也当作如是观。俗文学的研究,完全可以取得"不俗"的成绩。这一点,已被1922年《歌谣》周刊创办以来的无数实践所证明。如果说,"五四"时期俗文学研究的主要任务是争取独立,发出自己的声音;1984年中国俗文学学会成立,则是恢复一度被中断的学术传统,逐步走上正轨,从事常规建设;那么,二十一世纪的俗文学研究,很可能是在学有根基的前提下,主动出击,以开阔的视野与灵活的姿态,介入当代中国的学术文化思潮。

第二,十九以及二十世纪上半叶的学术潮流,更多的是考虑建立学科,以及如何划定边界。二战以后,尤其到了本世纪末,沟通与融合,成了主要课题。在我看来,建立学会,不是为了争地盘,划圈子,而是集合同道,开展研究。过去相对注重与其他学会与学科的差异,以便凸显自家的声音,以后则可能需要强调通力合作。所谓"跨学科研究",在目前的教育及研究体制中,不太容易实现;而在无权且无钱的民间学会中,阻力相对小些。不只不必强求专治"俗文学",而且应该鼓励从俗文学的研究出发,纵横驰骋于人文社科诸领域。无论眼光、思路,还是论述范围,均不以"俗文学"自限,这样,学问方才可能做大。

第三,学会组织与个人研究不同,需要调动众多学者参与,吸引公众目光,谋取经费支持,推出精彩成果。而所有这一切,关键在于找到具有前瞻性的研究课题与恰如其分的研究方法。因此,我希望学会的工作,围绕"课题"而不是"人事"来展开。至于研究方法,我自己的体会是:借鉴历史学的严谨求实、民俗学的田野调查、戏曲研究的当代意识,以及文化研究的理论视野。

第四,做起来,走下去;纳新人,出新意。前者说的是抛弃不全宁无的完美主义取向,在现有条件下,尽力而为。只有坚持经常性的学术活动,才能知道自家的长短并做适当的调整。目前中国的任何一个民间学会,都不可能单靠会员交纳的费用,就能开展卓有成效的学术活动。而到处拉赞助,非我等能力与趣味所及。诸位所关注的出版研究集刊等,都应该以学术实力而不是人事关系去争取。至于将吸纳新人与取得富有新意的研究成果捆绑在一起,不是否认前辈学者的成绩,而是基于如下考虑:学会组织与个人研究应该有不同的"管理目标",后者以出大成果为唯一目的,前者则必须承担推出新人的任务。只有新人不断涌进,才能保证学会正常运转,以及学术传统得到发扬光大。不用说,新人必定带进来新的学术兴趣与研究思路,对老会员造成一定程度的冲击,但这对整个学科的发展有好处。具体的建议是,降低入会的门槛,将各大学里的研究生作为重点争取的目标。在我看来,关键在于兴趣,而不是已经取得的成绩。

第五,学术思路上的兼容并包与组织形式上的五湖四海。俗文学研究的面很广,极少横通之才,这种知识上的相对隔阂,更需要思路上的互相理解与欣赏。至于受有关规定的限制,学会理事大多集中在北京,如何发挥外地学者的积极性,必须专门开会讨论。这里暂时说不出个所以然来。但问题明摆在那里,必须正视它。

最后,我想讲讲明天的学术研讨会。因为,会议的题目是我拟的,开会的程序也是我与秘书组的朋友一起商定的。而这一切,都是为了有个好的开头。选择"学术史上的俗文学"作为议题,基于如下三点考虑:二十一世纪的中国文学史家,无法完全漠视"俗文学"的存在;而这,有赖于我们自身研究水平的迅速提高,而不是咄咄逼人的挑战姿态;学术史的清理,可以让我们获得清晰的前景,起码知道"路在何方"。至于连开会程序都要做出如此详尽的规定,则是因不尚空谈,希望从小事做起。其实,能把学术会议开得像模像样,也并不简单。

说实话,能否干好,没把握;不过,在其位,必须谋其政,我会尽量去做。对于诸位的信任,我非常感谢,但千万不要寄予过高的期望,免得日后形成太大的心理落差,也便于我轻装上阵。

(此乃作者2000年3月4日在中国俗文学学会第四次代表大会上的发言,6日整理成文,初刊2000年3月15日《中华读书报》)

# 走出"话本正脉"

游侠之所以活跃在古往今来无数文人笔下,因其容易成为驰骋想象、寄托忧愤的对象。值得注意的是,现代学者中不乏对游侠情有独钟的,倒是新文学家基于思想斗争的需要,完全舍弃对于游侠的追怀。这未免有点可惜。

不以武侠小说见长的张恨水,在《我的写作生涯》中,有一段话值得关注:"倘若真有人能写一部社会里层的游侠小说,这范围必定牵涉得很广,不但涉及军事政治,并会涉及社会经济,这要写出来,定是石破天惊,惊世骇俗的大著作,岂但震撼文坛而已哉?我越想这事越伟大,只是谢以仆病未能。"张氏心目中理想的武侠小说,应是"不超现实的社会小说",故将目光锁定在"四川的袍哥、两淮的帮会"上。李劫人的长篇小说《死水微澜》《大波》等,倒是以四川袍哥为主要描写对象,但其对于传统中国文学的借鉴,主要取艳情而非武侠。

另外两位有可能写作武侠小说的新文学家,一是老舍,一是沈从文。前者不只有《离婚》中的赵二爷或短篇小说《断魂枪》可作样稿,据说还真有闯荡江湖的打算;后者极力赞赏湘西混合着浪漫情绪与宗教意识的游侠精神,甚至称"游侠精神的浸润,产生过去,且将形成未来"。很可惜,以长篇小说见长的沈、舒、李诸君,虽则对游侠精神、世俗生活以及民间帮派深有体会,却不曾跨越雅俗之门槛,介入武侠小说的写作。

二三十年代关于武侠小说的论争,使得占据文坛主导地位的新文学家,轻易不肯"浪迹江湖"。只有像宫白羽那样到了山穷水尽的地步,方才改行写起武侠小说来。让章回小说家垄断关于游侠的想象,在我看来,乃"五四"新文化人的一大失策。现实中的武侠小说不尽如人意,这不应该成为放弃游侠的充足理由。在我看来,理解中国历史与中国社会,大传统如儒、释、道固然重要,小传统如游侠精神同样不可忽视。作为一种民间文化精神的游侠,在许多一流文人的视野中消失,这对现代中国的思想史及文学史,都是难以弥补的损失。

文学史家承诺,大作家的出现,可以提升一个文学类型的品位。这自然没错,可还必须添上一句:武侠小说能否继续发展,取决于文类的潜力以及作家突围的策略。从《三侠五义》到《笑傲江湖》,一百多年间,武侠小说迅速走向成熟。鲁迅《中国小说史略》称"侠义小说之在清,正接宋人话本正脉,固平民文学之历七百余年而再兴者也"。鲁迅所赞赏的"平民文学",包括精神和文体。前者定位在庙堂之外,自是十分在理;后者局限于"话本正脉",则略嫌狭隘。

或许,武侠小说的出路,取决于"新文学家"的介入(取其创作态度的认真与标新立异的主动),以及传统游侠诗文境界的吸取(注重精神与气质,而不只是打斗厮杀)。某种意义上,金庸等新派武侠小说已经这么做了;但我以为,步子可以迈得更大些。毕竟,对于史家及文人来说,游侠精神乃极具挑战性且充满诱惑力的"永恒的话题"。

(原刊 2001 年 1 月 5 日台湾《联合报》)

# 历史需要细节,但不等于只是细节

有感于时人之过于迷恋必然性,或热衷争辩思想意义,或一味追求"以史为鉴",而有意无意地忽略充满变数的"细节",使历史叙述显得过于苍白干瘪,若干年来,我相对关注五光十色的私人叙事,希望借此调整研究思路与述学文体。从颇获好评的"学者追忆"丛书,到《北大旧事》《老北大的故事》,再到《触摸历史》《图像晚清》,总的指导思想是,用无数精心挑选的细节来充实日渐淡忘的印象,帮助读者尽可能"回到现场",并做出自己的判断。在这方面,当事人的回忆与流传甚广的逸事,无疑起了很好的作用。

可古希腊的哲人早就说过,人们无法两次进入同一条河流。所谓"回到现场",只能是借助于各种可能采取的手段,努力创造一个"模拟现场"。而创造的"过程"本身,很可能比不尽如人意的"结果"更为迷人。听学者们如数家珍,娓娓而谈,不只告诉你哪些历史疑案已经揭开,而且坦承许多细节众说纷纭,暂时难辨真伪。提供如此"开放性的文本",并非不负责任,而是对风光无限的"回忆史"既欣赏,又质疑。对于当事人来说,"追忆逝水年华"时所面临的陷阱,其实不是"遗忘",而是"创造"。事件本身知名度越高,大量情节"众所周知",回忆者越容易对号入座。一次次的追忆、一遍遍的复述、一回回的修订，不知不觉中创作了一个个似是而非的精彩故事。先是浮想联翩，继而移步变形，最终连作者自己也都坚信不移。面对大量此类半真半假的"逸事"，丢弃了太可惜，引录呢，又不可靠。能考订清楚，那再好不过；可问题在于，有些重要细节，根本就无法复原。"并置"不同说法，既保留丰富的史料，又提醒读者注意，并非所有的"第一手资料"都可靠。

正是基于这一设想，我会不断强调，那些众口相传的"逸事"，其实颇多虚构或修饰的成分，既可爱，也可疑。倘若只是作为清谈的资料，自是不必过于认真；可一旦引入专业著述，必须十分小心。在挑战"宏大叙事"的专断与夸饰的同时，警惕"私人叙事"的偏狭与破碎，这样，方才可能走出矫枉过正的泥潭。可实际上，这个提醒基本上不起作用；许多有趣但虚假的"逸事"，已被论者随心所欲地引用与发挥。"历史"一转而成"逸事"，生动有余而厚实明显不足，这可不是好兆头。

在我看来，历史需要细节，但不等于只是细节。对于一般读者来说，能够拥有丰富且生动的逸事，以便其驰骋想象，进入历史，自是值得庆幸；而对于专门家来说，问题要复杂得多——就像"以诗证史"一样，如何在史著中巧妙地穿插"逸事"，是高难动作，需要认真经营。因而，所谓欣赏"逸事"与"细节"，注重已成时尚的"私人叙事"，并不减轻，甚至更可能加重了史家质疑、考辨与重构的责任。

2001年4月14日于京北西三旗

（初刊2001年第3期《世纪》）

# 现代史视野中的教育与文化

关于现代史视野中的教育与文化,我想谈五个问题。

第一,关于"读者"。这两天,不断有人追问:你所研究的报纸、杂志,读者是谁?数量有多少?在我看来,这种追问,基本上不可能获得准确的答案。因为,晚清以降的报刊业者,大都不提供这方面的数据。我更想做的是,区分不同类型的读者。在我心目中,有两种读者,一种是一般读者,其购买与阅读,乃纯粹的文学消费;另一种则是理想读者,不只阅读,还批评、传播、再创造。如果举例,前者为上海的店员,后者则是北京的大学生。讨论文学传播,除了考虑有多少读者,还必须考虑是哪些读者在阅读。大学的课堂讲授方式、集体住宿制度,还有社团活动等因素,使得同样一本书,卖给店员与卖给大学生,传播的广度与速度是不同的。因此,我才会特别强调《礼拜六》与《新青年》的读者构成不同,直接影响其传播效果。现在讨论大众文化的人,经常会举这么一个例子:当年张恨水的读者,比鲁迅的读者多得多。可这说的是短时间内某部作品的印刷与销售,我想提醒一点,张、鲁作品的读者素质不一样,后者有批评、转载以及模仿写作的可能。这也是我们讨论文学生产时,必须引进"教育"的缘故。

第二，关于"传播文明三利器"。1899年，梁启超在《自由书》里，引用了日本犬养毅的说法，传播文明有三种利器：报章、演说与学堂。这一说法影响很大。而在我看来，三者中，学校最为重要，占据关键的位置。因为，现代中国的"学校"，已经注重"演说"的教学，并主动与"报章"结盟。很长时间里，大学教授的地位，远高于卖文为生的作家。这种崇高的社会地位以及使命感，使其更有可能承担提倡文学革命的重任。另外，教育者的权力、地位、修养以及趣味，实际上主宰了"现代文学"的诠释，也深刻影响读者的选择。我们谈论作品的销量时，必须考虑"畅销"与"长销"之间的差异。举个例子，1924年世界书局出版《中学国语文读本》，收录鲁迅四篇小说、五篇杂感，还有叶圣陶、郭沫若等人的小说诗歌。张恨水作品的发行量，确实比《呐喊》《彷徨》来得多；可后者进入了中学国文教材，日后的传播与影响，不可限量。再举一例，1935年，开明书店推出《国文百八篇》，那也是流行很广的教材。这套书的编者是夏丏尊和叶圣陶，所选的自然也都是新文学家的作品，张恨水等通俗小说家没有立锥之地。

第三，关于"课程"。作为教育者，我特别关注大学里开什么课，用什么方法来教学生。我做过几个个案，比如1910年到1920年代北京大学国文系课程的变化；又比如北京大学与中央大学（包括其后身南京大学）在文学教育方面的差异；还有，大学中文系的课程，为何从"文章源流"转变为"文学史"、"古文史"如何被"小说史"取代、"戏剧史"以及"外国文学"又怎样迅速崛起等。所有这些课程的变化，跟中国现代文学的成长，步调大体一致。另一点也很有意思，1927年后教会大学的"本土化"策略，使其特别注重中国文化研究,催生出一批"国学研究所",比如燕京大学、辅仁大学、金陵大学、齐鲁大学等,都有类似的专门机构,这对现代中国人文学术的转型,起了不小的作用。

第四,我想谈文学史家之"介入"意识。将"教育"从纯粹的教育史中导引出来,带入文学研究领域,这一论述策略,其实是根源于现代中国教育的特殊性。一,作为西学东渐最重要的分支;二,承担了启发民众的重任;三,处在不断的变革与建构中;四,跟整个新文学发展密切相关,甚至可说是新文学的"摇篮"。以上四点,决定了"现代中国教育"不可能安于校园一隅。"文学"如何"教育",是个大问题。把文学当作一种知识,还是一种教养;将文学教育封闭在校园,还是汇入社会思潮,这里有很大的差异,值得认真探究。在我心目中,"文学教育"必须介入当代文学进程,而不应局限于大学课堂。这当然是与我自己的学术背景有关。北大中文系有个特点,教现当代文学的教授,与教古代文学的教授,数量上大致相当。表面上看来很不合理,一百年与两千年,很不相称;之所以如此安排,背后有强大的文化关怀与学术野心。以前是意识形态方面的考量,比如深受毛泽东《新民主主义论》的影响;最近十几年有所改变,主要是强调本国文学教育,应承担更多的社会责任,介入当下的思想文化进程,而不局限于具体知识的传授。

最后,我想谈"大众文化"研究。对于大众文化,我既无深入探讨,也没有什么偏见。我更倾向于在与精英文化的对话状态中,来讨论大众文化;而不是将其孤立起来,越说越深刻,越说越伟大。理解二者之间的互相对立与互相转化,可以把事情说得更全面,课题也能做得较为深入。这些年学界热衷于谈张恨水、谈鸳鸯蝴蝶派,这是对以前独尊精英文学的反拨。这一思路,我是同意的。我只是担心走到另一个极端,比如,以鸳鸯蝴蝶派作为现代中国文学的主轴,那我是无论如何不能同意的。文化研究的思路进来以后,现代中国文学的研究很有活力,可也蕴含着某种危机。比如,一谈到上海,全都是咖啡厅、歌舞场、电影院,学生听得很开心,觉得三十年代的上海真是幸福啊!可三十年代的上海,并不都是靡靡之音,并不都是声色犬马。我不像有些上海朋友那么激进,说这是学界的"媚俗";我只是希望谈三十年代的上海时,一定要把茅盾的《子夜》等左翼文学带进来。李欧梵的《上海摩登》写得很好,在大陆很受欢迎,可也受到一些批评,其中最重要的,就是把左翼的这条线抽掉了。三十年代的上海,咖啡厅、歌舞场、电影院等,确实是很重要的生活场景与文化氛围;可我提醒诸位注意,那是一个"左翼文学的时代",即便施蛰存、穆时英、刘呐鸥等新感觉派,也都提倡过革命,甚至是在咖啡厅里谈革命。"革命"对于三十年代上海的文化人来说,也是一种"时尚"。

(此乃作者2002年11月8日在台湾大学"教育·文化·教化——现代史的视野"圆桌会议上的发言,据台大学生的纪录稿略做整理,最初与《教育的边界与魅力》及《关于"经典"》合并为《教育·经典·大众文化》,刊2006年第2期《邯郸学院学报》)

# "未刊稿"及其他

文献整理工作,我也做过一点,比如编小说史资料以及校点章太炎的《国故论衡》等。我的体会是,编作家的集子好办些,整理学者的文献,尤其是清末民初的大学者,难度很大。今天的会议,本来应该请夏晓虹来,她做晚清,尤其是花了将近十年的时间编梁启超的《饮冰室集外文》,这书一百多万字,在北大出版社排了五年,目前只能说是"快出来了"。为一个"大家"编"全集",满世界跑,到处搜集各种边边角角的资料,这样的经历,很多人都有。围绕今天讨论的题目,我想着重谈谈全集编纂的宗旨、体例及方法等。有些思路,只是临时想起,提出来,供大家参考。

第一个问题是,全集有没有必要编,以及怎么编才对得起作者与读者。我的想法很简单:不是所有有名气的作家、学者都值得出全集;说绝对些,大部分作家学者都不应该出全集。因为,如果水平不够,出全集,对他们本人,对学术界,都没有好处。

为什么这么说?让我从清人全祖望的一篇文章说起。在《奉九沙先生论刻〈南雷全集〉书》中,全祖望谈到,黄宗羲前面的文集好,是他自己编的;后面的文集不好,因生前来不及校订,弟子义不敢删改,难免玉石杂陈,可惜了。全祖望说得没错,唐人宋人的文集,看上去很精彩,那是大量淘汰的结果——有本人删改,有弟子校订,还有时人及后人的自然选择。再说,雕版印刷成本高,编纂文集时不能不有所取舍。现在不一样,出书太容易了,于是各家文集、全集遍地开花。为已经谢世的著名作家学者出全集,是好事,起码是一种文化积累。可编纂时必须认真考量:这个作家学者到底是出文集好,还是非出全集不可?想清楚了,再谈具体操作问题。要不,都想出全集,什么都进来,表面上很有分量,但过分芜杂,反而降低了水准。我说过,有些人出了全集,没加分,还减分,就这个意思。

我想谈的第二个问题,是关于稿本。编全集的人,都特想找到"未刊稿"。因为,万一找到的话,全集的意义就非同寻常了。如果这些"未刊稿"真有价值,那不用说,宝贝得不得了。但好些并非如此,作者有意淘汰的,我们反而收进来了。或者是思考过程中的零星想法,或者是写作中的边角料,这样的东西,全弄进全集里,我看没这个必要。大家都有这样的工作习惯,撰写一篇论文,或从事一个课题研究,会事先做些笔记,拟拟大纲,还写成若干片段什么的。这样的东西,正式论文发表后,一般来说就没什么价值了。放在博物馆,以便后世专家查阅;或者影印行世,作为书法作品欣赏,这都挺好。但如果非要把它也收进全集,很可能有违作家学者的本意。就好像编《钱锺书集》,没必要把那些读书笔记收进去。将钱先生的读书笔记影印刊行,那是给有考据癖的专家,或书法爱好者看的。我个人的看法,对待稿本,必须慎重,一看是否真有学术价值,二看是否作者故意舍弃,三看是否已有更完整的版本流传。

第三个问题,编全集要不要尊重作家学者本人的意愿。为什么这么说？我的感慨，缘于钱锺书先生的打官司。钱先生生前不允许人家重印他早期的文章，还起诉出版《围城》校勘本的出版社及作者，这些举措，很多研究现代文学的人有意见。怎么看待这件事？我以为，这涉及现代文学和古代文学的一个重大区别。

古代作家编集子，大都是晚年自己或门生帮助定稿。写完了，即便开始流传，也都可以不断修改，最后以晚年的定稿为准。现代文学不一样，随写随刊，没必要等十年二十年后再公开发表。这就带来一个问题，很多人"悔其少作"，但那些东西已在社会上广泛流传，你拿它怎么办？这个时候，作家有没有权利舍弃早年刊发的文字，只保留晚年的定稿？作者的审美趣味、读者的好奇心、研究者的阅读需要，三者是有矛盾的，怎么办？作者说，出全集请以我的改定稿为准；研究者说，我希望了解你思路的演变，初刊更有用。应该说，二者都有道理。对于研究者来说，东西越多越好，越是芜杂混乱，越有利于我们观察分析，并从中找到缝隙，展开论述。那么作者及读者呢，有没有必要尊重？

跟这有关联，还有两个比较具体的问题，一是如何处理文件与书札，二是怎样对待某些特殊文稿——说明白点，就是作家学者在历次政治运动中被迫撰写的检讨书。

曾任要职的大人物，如蔡元培、梁启超、胡适、郭沫若等，他们签署的公文收不收？蔡元培是个特例，因为他当大学校长、中央研究院院长，签署的命令与自家学术思想相关，故都被收进全集里。但梁启超呢？他当司法总长的时候，每天都在签文件。怎样区分行政官员签署的文件与个人著述，这是个难题。你说没关系吧，是有些关系；但你说关系很大，又不见得。收与不收，在我看来，是两难。

关于书札,现在编全集的,都很重视这一块,一般会在报纸上刊登启事,或向师友学生发信。征集来的书札,是否都该收进去?也不见得。记得我们编王瑶先生的文集时,有一个规定,王先生晚年的书札,要看原件,再决定收不收。因为,先生晚年有些不太要紧的信,是老钱(钱理群)回的,还有个别是我代笔的。我相信,很多名人都有这种情况。编全集的时候,最好能甄别一下。

如何处理文件与书札,是个技术问题,比较容易平心静气地讨论;怎样看待检讨书,则一不小心就上升到思想路线,没有多少回旋的余地,这样,反而限制了其思考的深入。编《王瑶全集》时,要不要收他的检讨书,关于这个问题,我是少数派。我不主张将这些东西收进全集,而希望把它们放在现代文学馆里供人查阅。我当然知道,这些东西对于理解那个时代知识分子的命运非常有帮助,对于研究者的思考与论述,也很有用。但我始终有个顾虑:要不要尊重作者的意愿?最后还是收了。书印出来后,关于这一点,学界评价很好。

我的印象中,好像现代中国的作家学者还没有谁立了遗嘱,规定不准(或多少年内不准)出版自己的某些作品(包括书信、讲稿或文件等)。如果立了,你怎么办?要不要遵守?我的意见是,应该尊重作家学者的个人选择。不能说为了某某崇高的目标,对不起,个人利益服从集体利益。当然,王先生并没叮嘱出或不出他的检讨书,只要家属同意,全集收录进去,没有任何问题。我只是陈述一个基本观念:尊重已逝者的权利与意愿。

为作家学者编全集,对于文学史、学术史研究来说,意义非同寻常。现在的思想文化界,确实还有很多禁忌,有些人在故意隐藏自己某些不光彩的行为与言论。这些,当然需要揭发。但除此之外,还应该有文章及学术方面"精益求精"的考虑。就像我刚才所说,每个写作的人,都会有札记、资料、大纲、一稿、二稿什么的,经过深思熟虑,最后才凝聚成为一部完整的著述。这些前期工作,对于研究者本人来说很重要;可作为"作品"发表,则没有必要。这与意识形态没关系,也不涉及个人的道德品质问题。当年编《王瑶全集》,我负责第一卷,关于中古文学部分,王先生还有好些草稿,开始我很兴奋,仔细比照后,发现大都已经改写成短文,或编织进著作里去了。最后确定为"佚文",收进全集里的,不是很多,就是这个原因。假如你非要把那些思考过程中的点点滴滴,全都收进来,一来浪费纸张,二来不利于作者的"形象"。

我说有的人全集出来后,不只不加分,还减分,不是指道德意义上的,而是文章或学问意义上的。名人留下来的文稿,即便只言片语,也都值得珍惜,这我承认。但有些东西是给人阅读、品位的,有些东西则是供查阅、使用的,功能及价值不一样。如果已经公开发表,即使内容重复或目前看来有违碍处,比如像周作人的文章,我主张照单全收;但如果是草稿,则又另当别论。换句话说,处理未刊稿时,应该更多考虑作者的意愿;对待已刊稿,则着重保护读者的知情权。前者,不是为了掩盖某些"历史真相",而是基于对作者的尊重,以及对文章、学问本身的敬畏。

(初刊 2004 年第 3 期《中国现代文学研究丛刊》)

# 知识生产与文学教育

　　大家都在大学里念书或教书,深知大学这种体制,这种组织形式,对于知识生产和文学教育的意义。近年来,作为一个文学教授,我花了好多时间关注教育问题。因为,在我看来,教育既是一种社会实践,也是一种制度建设,还是一个专门学科,一种思想方式,甚至可以说是一套文本系统,有必要进行深入的探究。即便你只是想了解"什么是文学",或"怎么做文学",你也必须介入到关于教育的讨论里来。

　　大概一个月前,我在北大主持召开了一个学术会议,题目是"教育:知识生产与文学传播"。在那个会议上,我们从晚清北京的女学,到民国国文教学实践,再到当今中国大学的发展趋势,目光贯穿整个二十世纪。具体论述中,既关注教育小说的兴起,课程建设的推进,社会教育的风貌,更关注具体的知识团体以及文学流派的大学背景,还有学科体制的建设与意识形态的纠葛,比如说"现代文学"这个学科的建立,或者"文学史"和"文艺学"这两个学科的对峙,以及"大批判文体"的形成等。总的思路是,在思想史、学术史、文化史以及文学史的背景下,来考察阐释晚清以降的教育问题;通过许多个案研究,来沟通理论和实践、思想和制度、精英和大众,将教育研究从过多过细的操作层面解放出来。这不仅仅是我们的愿望,教育学界也有这种想法。在此之前,我跟一些从事教育学或教育史研究的专家交流,他们也有强烈的合作意向。在我看来,"教育"的范围不仅限于课堂,而是牵一发而动全身。我们讨论的问题,其实牵涉到启蒙论述、文化政治、权力运作、经典确立、文学传播、学科规训等。所有这些,都是现在很"时尚"的题目。只是我不习惯空谈理论,更愿意从小处入手,讨论如何探究现代中国的"文学教育"问题。

大概二十年前,做博士论文的时候,我涉及到晚清及"五四"学堂和小说叙事方式的关系,写了初稿,可最后还是割舍了,没放到书里去,只是在"导言"中略为提及。原因是,那个时候,我没有能力把握整个教育制度的演变和具体的文本形式之间的关系。这些年来,学界在这方面有所推进。十年前,我写过一篇长文《新教育与新文学——从京师大学堂到北京大学》,利用北大校史资料,来描述从"文章流别"到"文学史"这个科目及课程的变化。在这一过程中,蕴涵着知识体系的迁移,以及文学趣味的变化。我以为,正是这些当时看来无足轻重的制度建设,导致了新文化的诞生。换句话说,我们以前更多关注"五四"精英们的个人才华,现在转而关注教育制度的变化,看它是如何影响着整个文学潮流。不仅仅讨论"白话文"为什么成功、"现代文学"学科怎么建立,也包括八九十年代中国学术转向,所有这些问题,我都力图深入到教育制度层面,去进行细致的考察。但我不太希望过多地引入福柯的"规训"、"惩罚"等,担心那样做会导致"过度阐释"。我更关注的是,具体的历史演进中,诸多影响文学教育的因素,是如何交互作用的。因此,努力搜寻并解读各种档案、报刊、回忆录、诗文小说等,通过激活这些旧资料,催生新的问题意识以及理论视野,而不是先构建一个理论框架,再去填补相关资料。

我想举几个具体的例子,那样,或许更能说明问题。

以前我们都知道,"五四"新文化运动的发生,有个重要的中间环节,那就是民国元勋章太炎。章太炎的几个学生,如鲁迅、周作人、钱玄同等,在"五四"时期十分活跃,在思想文化界影响很大。我一直想知道,章太炎对那时京城里的大学生,是否真有那么大的影响力。后来,一个偶然的机遇,我在伦敦大学的亚非学院图书馆里找到一本很有趣也很有用的书,那就是半部《国故论衡》。经我考证,那半部书是傅斯年带到英国去的,上面有很多批注,还引了顾颉刚的一段话,大意是:章太炎所攻击的人,正是他从中获益最多者。正因为我们对某个人的书读得太多、太细,知道他毛病所在,以后反而刻意不提。据老同学毛子水回忆,成名后,傅斯年提及章太炎时,不免有轻蔑的语气,那都是因为早年用力太深。以前我惊讶"五四"那一代天资聪颖的大学生,为何日后不太谈及章太炎,现在我明白了。不说,不等于没受影响——这半部《国故论衡》上的批注,坐实了章太炎与傅斯年等北大学子的学术及思想联系。

第二个例子是,去年,我在法兰西学院汉学研究所图书馆发现了二三十种老北大的油印讲义,那是我们学校没有的。那些讲义,字迹已经不太清楚了,法兰西学院图书馆并不看好,堆在角落里。我问他们,能不能让我带回北大,他们说不行。我说,那好,我回北大以后,请校方出面,用一些新书跟你们换。新文化运动时期的北大,教授们讲课前一般先印讲稿,一页一页发给学生,以便听讲时参考。这些讲义,很少及时装订,大都丢失了,学校图书馆也没保留。现在,反而是在法国,保留下来这么几十种,语言的、文学的、历史的讲义,这太好了,对我们理解那个时期北大的教学,实在太有用。比如,吴梅的《中国文学史》以及黄侃编的两种文章选本,以前我们都不知道。这些东西,促使我思考一个问题:早年北大是如何开展文学教育的。以前我们只是读吴梅的《曲学通论》(即《词余讲义》)、黄侃的《文心雕龙札记》,对那个时候北大课堂的了解,是有偏差的。巴黎这些讲义出来后,我重读《北京大学日刊》上当年国文门教授会的会议记录,发现一个有趣的现象。那时国文门的教授们曾达成共识:我们的文学教育分成两类,这两大类界限分明,一类叫"文学",一类叫"文学史"。"文学"课强调的是文学的技术,讲究形式、美感以及艺术分析等;"文学史"则注重文学思潮以及历史变迁。在他们看来,这两者是很不一样的。这让我一下子明白,五十年代以后,我们用"文学史"来整合整个中文系的文学教育,所可能碰到的以及遗留下来的问题。

再有一个例子是,我们谈文学教育,大都关注文学的"经典化"过程。我们都知道,进入中小学教材以及各种选本,是文学经典化的一个重要途径。除此之外,师友之间的互相揄扬,其实也是一个关键。我在北大图书馆保存的胡适藏书中,读到胡适自留的第二版《尝试集》,上面有很多作者修改的痕迹,除了各种批注,还夹了两封信。批注部分包括老同学陈衡哲、任鸿隽的意见,还有俞平伯和康白情这两位得意门生,也都谈了自己的看法。更重要的是鲁迅和周作人的信,他们两个当时是胡适的同事,应胡适之邀,帮他选诗。具体的不说,我只想指出,作为"定本"的《尝试集》,包含了师友们的很多建设性意见。仔细对照,我发现,胡适对于白话诗的某些"坚持",是因为有周氏兄弟的意见在做支撑。这让我想到一个问题,某一作品之所以成为"经典",所以能够广泛流传,影响后世,不完全是作品本身的力量,也包括作家本人的刻意经营,以及师友、学生的褒扬与传诵。换句话说,在文学生产和流播的过程中,大学体制——包括课堂讲授以及朋友、师生、同事之间的互相提携,构成了另外一个重要的"文学场"。这跟一般意义上的"读者"或报刊上的"书评"很不一样,不太张扬,也很难量化,但更有效。当然,教育体制对于具体作品的影响,可能是激扬,也可能是压抑。一般来说,我们更关注"激扬";其实,"压抑"也是一种重要的影响。

谈论教育对于文学生产与传播的影响,晚清以降比较好办,我们都会关注各个大学的校史档案,还有各种校内校外的出版物等;利用这些资料,我们大致能复原晚清以降的整个文学教育状态。比如说,早期白话文的写作与教会学校课程设置的关系、"五四"时期北大校园刊物与文化思潮的纠葛、北京女高师的文学创作、西南联大的新诗及小说教学等,所有这些,我们都能找到确凿的证据。可再往前推,描述传统中国教育和文学生产的关系,就碰到了比较大的困难。好多年前,北大有位博士生做桐城文派的研究,我建议他把清代的书院教育考虑在内,因为我们知道,姚鼐在钟山书院、紫阳书院等教了四十年书,还有一部影响极大的"自编教材"《古文辞类纂》,讨论教育和文学的关系,这是一个非常好的个案。但因资料搜集困难,他最后放弃了,又回到关于考据、义理、辞章的分辨上来,实在有点可惜。我在北大的课堂上,不断谈论这个问题,希望学生们把古代中国文学和古代中国教育结合在一起来讨论。在此之前,我们知道,程千帆先生、傅璇琮先生他们讨论唐代科举和诗文的关系,做得非常好。至于宋元以降的书院教学和文学生产及传播的关系,还没有得到很好的清理。这些年来,有年轻的学者开始介入,包括北大的学生、南大的学生,都在关注北方或江南的书院如何影响某一文学流派的形成。其实,在教育史领域,这些年"书院研究"做得不错,积累了不少成果,假如能和文学史论述相勾连,那样来阐述"中国文学生产",我相信会有比较好的发展前景。

〔此乃作者 2005 年 6 月 26 日在"中国文学:传统与现代的对话"国际学术研讨会(南京)上的主题发言,初刊 2006 年第 2 期《社会科学论坛》〕

第三辑

# 序跋与书评

陈平原　依旧相信

# 《诗界十记》[1]小引

"人无癖不可与交,以其无深情也;人无疵不可与交,以其无真气也。"这话是明人张岱说的。夏君有癖有疵,大概可免此讥。自称平生三大嗜好:集邮、旅游、看电影。因嗜而成癖,因癖而成疵,人讥人笑,我行我素。弄邮票时之严肃认真,跑山川时之吃苦耐劳,观电影时之废寝忘食,如此神态如此风采,皆为平日做学问时所罕见。只是不想加入影评协会,也不读集邮手册,唯一未能免俗的是喜欢翻翻名胜辞典,走一处圈一处,好端端一部辞典涂得花花绿绿。

夏君从来不是好学生。倒不是因为头上长角身上长刺,或者特别富于反叛精神;而是以其智商,应付功课绰绰有余,可也就到此为止,不求百尺竿头更进一步,常令伯乐们大失所望。可谓深得北京文化精髓:闲适加懒散。能卧不坐,能坐不站。说不上憎恶功名利禄,也谈不上道家风骨,只是不愿意活得太累,开口"悠着点"。

看过电影喜欢讲故事,旅游(乃至上街)归来喜欢讲见闻,这或许是女性的"通病"。只是在夏君口中,电影里的故事成了片段,旅

---

[1] 夏晓虹:《诗界十记》,浙江文艺出版社,1991年。

途中的见闻全是细节。对各种小情趣记得特别牢,观察也特别细致,常有出人意外的妙论。可就是不同故事经常串味,而且苏联电影主人公永远是瓦西里和卡佳,法国电影故事则老发生在里昂和巴黎。你要是再三追问,她干脆用字母来代替。在她看来,这一切全是虚幻的,值得记忆的不就是那么一个奇特的神情和那么几句隽永的对话吗?说的也是,这世界本来就没那么多完整的故事。

并非倚马立就的才女,常有才思枯竭的时候,可夏君写文章还是从不拟提纲,连题目也不先定一个。有了大致的范围和朦胧的想法,提笔就写。实在写不下去,随手丢开,一搁一年数月,有兴致时捡起来接着写;当然也不乏"含冤埋恨",再也不见天日者。写顺手了,则一气呵成,得意处半夜里会把你拉起来听她念文章。你还没听明白,她已经为自己文中的趣事妙论乐得合不拢嘴。引征古文本就中看不中听,更何况韵味往往全在字里行间,非仔细品味不得了悟。

写专业著作《觉世与传世——梁启超的文学道路》时,夏君正襟危坐,一脸浩然正气。朋友家人轻易不敢惊动她,免得写不出来埋怨你打断她的思路。写这本学术小品集则潇洒得多了,不时还有打趣神聊的雅致,嘴角常挂着一丝狡黠的微笑,像是一个随时准备弄点小恶作剧的调皮学生。文章孰高孰低,非我所敢斗胆评说;只是觉得她写学术小品时,心境出奇的平静,兴致格外高,文字似乎也显得流走秀逸些。

也许,就其立身处世、治学为文,夏君更近于疏淡闲散的小品,而远于庄重厚实的专著。

为自己妻子的书作序,无论如何是吃力不讨好的。说低了妻子自然不饶,说高了世人恐怕也不依。好在我不想品评文章高低,只是就我所知,为作者勾一幅漫画像。无意于提供"阅读指南";再说,"知人论文"据说也已经过时了。这里,只不过为一本闲书添一篇闲文,此外,别无深意。

1988年8月于北大

# 《晚清文人妇女观[①]》序

"晚清文人",这是我比较熟悉的课题;至于"妇女观",则一窍不通。近一年来,伴随着夏君研究的深入,我似乎也对这陌生的题目产生了兴趣。

不是因为我好学,而是夏君"诲人不倦"。每当"案情"略有进展,夏君需要有人分享其"发现"的快乐,我便成了最佳听众——名义上是"切磋学问"。听多了"化为女人"的男人与"化为男人"的女人的故事,久而久之,我也能插上几句,而且显得不太外行。这里得说明一下,明明是著书立说,为何偏牵扯到什么"案情"。夏君对公案小说及侦探电影情有独钟,说是有助于"考据"。反过来,写作考据文章时,也就有了"案情"一说。晚清文人喜欢用各种笔名写作,分疏不易,弄不好就张冠李戴。明知对于学术著述来说,旁搜博采以及辨析真伪,可能只是入门功夫,夏君还是乐此不疲。

长于考经考史者,学界一般承认其学问渊博,功力深厚;可晚清研究就不一样了,说古不古,说今不今,能否称为"考据",似乎尚有疑问。只是看多了开口便错的"高头讲章",不想步其后尘,夏君

---

[①] 夏晓红:《晚清文人妇女观》,作家出版社,1995年。

一头扎进各家图书馆的特藏部。每次访书归来,若是满脸堆笑,准定又发现了有趣或有用的材料;于是一边冲洗那因翻阅旧报刊而显得污黑的双手,一边迫不及待地报告其"考古新发现"。若是阴着脸,不用问,要不找不到想看的书刊,要不翻阅半天一无所获。可惜,由于晚清报刊查阅艰难,在我的印象中,"万里晴空"似乎不如"阴转多云"的时候多。

比起思辨精微的朋友,夏君著述历来以"史"而不以"论"见长。这部《晚清文人妇女观》也不例外。夏君自称对西方女性主义理论所知甚少,只是关注转型期中国妇女的历史命运。至于为什么不直接题为"晚清妇女生活史",夏君的解释是,既然依据文献材料,我们今天所能感觉到的,主要是"晚清文人"(以男性为主)关于"妇女生活"的"叙述"。能用文字表达自己愿望的妇女,在某种意义上,也是"文人"。"文人"的"叙述",与实际生活形态之间,仍有好大的距离。今天的历史学家,只能借助于这种"叙述",来理解晚清妇女生活;但在具体操作中,必须对"史实"与"叙述"之间的缝隙,保持应有的警惕。

一半源于历史观,一半是出于天性,夏君对晚清的"女学""女报"等寄予特别的兴趣,而且强调在妇女谋求解放过程中"温和派"的作用。说是"历史观",因夏君认为,文化及风俗的转变,受中间阶层的影响最大。清廷及其反叛者的针锋相对,固然旗帜鲜明,容易理解,也容易描述。可真正实现社会转型,很大程度依赖于"温和派"的实际操作。后者因为强调可行性,不愿把问题推到极端,立论因而常常受时势所牵制,显得不够"彻底"。后世学者往往对"激进"或"保守"感兴趣,并依此构建新旧对立模式。这么一来,

"一切历史"可就真的都成了"思想史"了。这是夏君所不敢苟同的。书中对不缠足的叙述、对国民之母概念的分疏、对并非激进的务本女学堂的赞赏等,在在体现其学术思路。

至于说到"天性",夏君为人为文,皆不喜走极端。对历史及历史人物,更多理解之同情,故难得有"惊世骇俗"之论。举个例子,世人论及"不缠足",多就其重要性发挥一通,再复述一下当年提倡者的宏论。夏君则详细考察放足女子可能碰到的各种难题,及其克服的途径。比如,放足的过程中如何减少痛苦,放足后没有合适的鞋子怎么办,"放大的小脚"日后婚姻的困难等。此类问题,初听起来有点琐碎。当我表达这种担心时,夏君反唇相讥:男人只管观念的合理,而不理解女性解放每迈出一步所付出的代价;对于具体的女人来说,这些代价都是实实在在的,绝非几句"历史的合理性"所能掩盖。以这种心情来体贴晚清妇女,夏君或许不够"高瞻远瞩";可听其娓娓道来,有心人不难在冷静的考证中,体会其笔墨之外的"温润"。

对大历史中具体人物命运的关注,使得夏君此书采用"综论"与"分论"相结合的结构。"分论"中讨论林纾"茶花女的幻影"、蔡元培之"发现俞正燮",以及"综论"中追踪"子见南子的现代阐释",我以为最能显示夏君的著述风格。注重晚清文化转型中的"古今"与"中外",此乃学界的共识。只是这种学术思路,操作起来不太容易,其间的"起承转合",本身便是一篇大文章。擅长于在极细微处发现问题,然后上下左右,穷追不舍,力图出新意于"常识"之中,夏君的论述风格以细密为主,然也时见奇崛。

当然,因写作时间的限制,原定论述康有为、秋瑾、何震等人的章节被迫取消,此书的结构显得不太完善。夏君自嘲曰:此乃开放性的结构,有进一步发展的可能性。我欣赏这种"幽默",可我更希望在不久的将来,夏君能把此书的结构"封闭起来"。

1995年4月29日草于京西蔚秀园
(刊1995年9月3日《中国文化报》)

# 《旧年人物》[①]小引

往日未必真风流,只不过夏君好古,故常能忆及"过去的好时光"。

绝非孤臣孽子,更讨厌真真假假的遗老遗少;夏君之怀古,与政治倾向无涉,纯属文化趣味。好古但不仿古,或者说不薄今人爱古人,使得夏君评古论今时通达宽厚,不刻薄,也少调侃。偶尔发现一点先贤的小破绽,也都一笑置之,无意于穷追猛打,更不想打破"过去"的偶像。

明知没有特异功能,只因爱看侦探片,夏君顺带着喜欢坐在电视机旁,凭直觉侦破刚刚发生的国内外大案要案——当然,成功率不会太高。以此脾性阅读古书古人,不免常于无疑处见疑。平日里柴米油盐,东西南北,老理不清头绪;唯独此时感觉格外灵敏,常能读出点与众不同的味道来。

太平盛世,时人或者对时间的流逝不大在意;唯有易代之际的文人学士,最能感觉物换星移,也容易有一种苍凉的历史感。夏君于是对明清之际和清末民初的士大夫命运及其心理格外感兴趣。

---

[①] 夏晓虹:《旧年人物》,中国广播电视出版社,1997年。

既不想借古讽今,也不期望回到过去,不过借助时间的洗涤,少点尘世的喧嚣。还是和常人一样逛商场、挤公共汽车,只是静夜沉思,多了个回味的去处。只要是即将沉入历史深处的,都可能成为夏君关注的对象。可惜对大熊猫没有多少好感,对绿色和平组织的宗旨也还不大了然。至于搜集粮票、抢购禁书、收买古钱和文化衫,也都有始无终。尽管总想收藏点或俗或雅的历史文物,可命定永远成不了收藏家。主要还不是因住房太窄,或经济实力有限,而是"乘兴而行,兴尽而返",并自诩是"跟着感觉走"。

　　照夏君的说法,"玩物"就必须"丧志",老想着日后如何派上用场,那叫"工作",不叫"玩"。如今,夏君把这两年追寻古人心路历程的若干短文集成一册《旧年人物》,不知是在研究历史,还是在品味人生?抑或两者兼而有之?

1992年7月7日于京西蔚秀园

# 《晚清社会与文化》[①]序

为夏君的书作序,是我写作生涯中的一大乐趣。不敢说"知妇莫如夫",但毕竟熟悉其每一篇文章的写作思路及面临的困境。眼看着端坐书桌前十天半月的夏君,"无中生有"地变幻出一大篇灿烂的文字,真应了那句老话:"心里乐开了花"。

文章完稿,夏君脸上重新挂满笑容,凝固了多时的空气终于开始流动,家庭生活也逐渐恢复正常,其乐一;面对突然变得格外大度,且摆出一副从善如流架势的夏君,除了提供某些建设性的意见,还可以横挑眉毛竖挑鼻子,甚至来几句刻薄的点评,其乐二;借评审论文偷偷补课,了解不少有趣的晚清事件、人物与场景,也算是一种卓有成效的读书法,其乐三。

虽说"晚清社会与文化"是我俩的共同研究领域,可她比我上路早,用心专。因战线过长而"居无定所"的我,对于夏君论文的心思绵密特有感触。正是这种既欣赏,又挑剔,有时还想邯郸学步的特殊视野,使得我可能成为夏君文章的最佳读者。故每当文章完稿,夏君乐,我也乐,各自自得其乐。

---

[①] 夏晓虹:《晚清社会与文化》,湖北教育出版社,2001年。

几年前,我写过一则短文,题为《晚清的魅力》,那是在回答学生的提问后一挥而就的"即兴之作"。文中有这么一段:

> 这种"上下求索"的姿态,着实让人感动。比起立场坚定的"战士",我更喜欢"思想者"。除了同样需要勇气与毅力,后者更必须在怀疑中自我抉择,以及承担绝望中抗争的痛苦。晚清文人中,具有思想家气质的其实不太多,但普遍崇尚独立思考,就因为时代并没有提供统一的答案,非自己决断不可。还有一点值得后人羡慕,那就是晚清文人多特立独行,洒脱自然,即便其"名士风流"略带表演色彩,毕竟也有真性情在。

文章最后,我用略为夸张的口吻称:"在我看来,晚清的'人',比晚清的'文',更为'楚楚动人'。"此文一出,甚得夏君欢心,被断为同晚清文人一样,"毕竟也有真性情在",因而,也就同样"楚楚动人"。

晚清社会与文化研究,在我们眼中,既是百舸争流的大河,也是赏心悦目的"自己的园地"。耕耘其间,与其说是"竞争",不如说是"嬉戏"。与一般饱学之士略有不同的是,我俩的"尚友古人",主要不在先秦圣贤、唐宋名家,而是六朝或晚明、晚清的众多狂狷之士。而且,欣赏的重点,不是其可能有的盖世功业,而是其或飞扬跌宕、或寄沉痛于悠闲的生命形态。

这种阅读视野,与史家的讲求冷静、博学不太一致,似乎更适合于随笔或清谈。实际上,夏君优雅从容的学术随笔,确有不少知音,以至在某种程度上掩盖了其专业名声。可我还是想强调,一旦进入专业著述，作为史家的夏君，其风采依然博得不少掌声。

经常有人对夏君处理史料的能力以及推论的严谨表示"大惑不解"，说：这不像是中文系教授写的文章。言下之意，逞才使气、天马行空，方才是文学研究者的"本色当行"。这自然是一种并不美丽的误解。每当听到此类赞赏，我便忍不住掩嘴偷笑：在我看来，史学功夫只是夏君著述的表面形态，其选题之突兀、推进之奇巧，以及文章趣味的讲求，依然可见早年接受文学训练打下的深刻烙印。

而这，正是其史学著述的特色与魅力所在，没必要刻意掩饰。

其实，论文与衡史并重，正是我辈苦苦追求的理想境界。虽不能至，心向往之。

1999年9月15日于京北西三旗

（序言以《论文与衡史》为题，刊1999年10月27日《中华读书报》）

# 《返回现场——晚清人物寻踪》[1]小引

十四年前,我为夏君的第一本小书《诗界十记》写序,提及其热爱旅游的癖好,其中有这么一段略带调侃的话:"唯一未能免俗的是喜欢翻翻名胜辞典,走一处圈一处,好端端一部辞典涂得花花绿绿。"书出版后,拙序大受赞扬,友人中颇有希望一睹那"涂得花花绿绿"的名胜辞典者,害得夏君不断辩解,称那是早已放弃的"不良习惯"。

夏君之所以放弃此习惯,其实并非省察到此行为有何"不良",而是有感于文物部门与旅游行业通力合作,使得"名胜古迹"迅速增加,远非区区辞典所能涵盖。随着学识的日渐丰厚与眼界的日渐开阔,夏君不再满足于各类辞典的简要介绍。开始时,夏君还很认真,每次旅游归来,亲笔订正辞典上不太准确的解说;后来发现改不胜改,干脆束之高阁,不屑一顾。

时光流逝,岁月不居,如今已饶有阅历的夏君,热爱旅游的癖好依旧,只是将早年涂抹辞典的行为,变成了不时撰写些我很喜欢的"学术游记"。

---

[1] 夏晓虹:《返回现场——晚清人物寻踪》,江西教育出版社,2002年。

"学术游记"这词,是我杜撰出来的,为的是便于解说夏君那些不太空灵、因而偏离"文学"的游记。夏君出游,赏玩山水,但更欣赏带有人文气息的历史遗迹;喜爱国外的,但更喜欢国内的名胜景观——尤其涉及晚清史事者。除了早年从事过关于《诗经》、杜甫的研究,最近十几年,夏君的学术兴趣,始终集中在晚清社会与文化,尤其是梁启超。这就难怪其趣味盎然的"寻踪",会以"晚清人物"为主题。

说实话,我也喜欢"寻幽"与"访古"。因此,每回与夏君结伴同行,双方都很愉快。同样有强烈的好奇心,又同样以文字为业,每回出游途中,都相约要写点东西。可事后证明,好多当初让我们激动不已的"新发现",均属少见多怪,早有"崔颢题诗在上头"。加上旅游归来,坠入杂乱的日常生活,忙于教学等本职工作,那些旅途上的奇思妙想,很快便被抛到九霄云外。

相比之下,夏君比我强多了,不满足于"东张西望",而是始终扣紧晚清,当时写下的笔记,日后鬼使神差,说不定什么时候就派上了用途。单从文字上看,夏君的游览很潇洒,顺手拈来,纵横古今,似乎记忆力特好。其实,那是持之以恒关注的结果,或者干脆就是有备而来,书包里藏着相关资料。如此"拆穿西洋镜",并无贬抑夏君文章的意思,而是想突出其游记的特色——既有人文景观的"寻踪",也包含某些学术上的"发现"。

七年前,也是挥汗成雨的三伏天,夏君为我的《阅读日本》撰写五千言长序,叙述"周游日本"的共同经历。这回夏君出版《晚清人物寻踪》,轮到我来为其"小引"。记得夏君那篇长序是这样开篇的:"读书人真是不可救药,'周游日本'最终变成了'阅读日本',而且读后有感,写成文字,结集成书,这确是平原君一贯的作风。"当初标榜游览时一无牵挂、"乐不思其他"的夏君,这回出版比"阅读"还要严肃的"考据"之作,让我大为开心,起码日后偷偷写作游记时,不用再"自惭形秽"了。

2002年7月17日于京北西三旗

(序言以《寻踪与发现》为题,刊2002年10月30日《中华读书报》)

# 研究视点与理论设计
## ——关于《十九—二十世纪中国文学思潮史》

空口说话无凭,我还是以河南大学出版的《十九—二十世纪中国文学思潮史》为评述对象,顺带引申发挥,讨论文学史研究中的一些理论问题。以一个学校的力量,独立完成这么一套大书(计划出版六卷,已出一、三、四卷),很不容易。看得出主编和各卷撰稿人下了很大功夫,而且颇有新意。我下面谈到的问题,多借题发挥,不是严格意义上的书评或学术鉴定。

以两个世纪的文学思潮为学术课题,这基本上属于法国年鉴学派所主张的"长时段"研究。"长时段"研究不同于注重危机、突变和偶然事件的"短时段"研究,强调结构、群体无意识和缓慢的演进。由于相对忽略"事件"而突出"结构","长时段"研究更依赖于视点的选择和理论框架的设计。描述一个"独立"的事件或分析一个"孤立"的作家,当然也需要理论眼光的透视;但不像研究一个时代的心态、经济结构或文学思潮那样,需要全史在胸,并有相对严整的可供操作和验证的理论设计。因此,我翻阅这部著作时,首先想知道作者是靠什么来统摄这两百年的文学思潮的;也就是说,窥视这百万言具体论述背后的视点及史说。

为什么不叫"中国近代文学""中国现代文学",或者"二十世纪中国文学",而要把十九世纪和二十世纪的中国文学思潮放在一起加以考察?作者称这是因为"近代中国文学是中国文学走向现代化的发轫、准备与起步",而"现代文学革命则是中国文学走向现代化的第一个高潮、第一次飞跃"(见全书前言)。也就是说,作者注目的中心仍然是"五四"文学革命,溯源到十九世纪是为了找"序幕",延伸至三四十年代乃至七八十年代,是为了找"回声"。把视点定在"五四",依"五四"文学革命的理论和实绩来确定评价标准,然后上推下移,借以描述近几十年乃至两百年的文学变迁,这是目前现代文学界的共同思路。由于主要撰稿人是现代文学研究者,故仍沿袭这一思路。这一思路的形成,基于"五四"文学革命开天辟地的神话;而这一神话的创造者,则是"五四"文学革命的参加者。现代文学界过多地依赖鲁迅、胡适、茅盾等人对"五四"文学革命的总结(想想《中国新文学大系》各卷的序言基本确定了这个学科的基调,就不难明白这一点),使得整个研究很难超越当事人的历史记忆。比如"五四"文学革命的提倡者有意无意地抹杀其先驱者——晚清文学改良的历史功绩,后世学者也就只好强调这两代人的"根本区别"。用这代人的理论来诠释这代人的实践,本就有很大的局限;用这代人的眼光来编撰文学史,那弊端就更大。且不说依人门下,做得再好也只是为胡适或鲁迅做注脚、补漏洞,更重要的是忘了当事人的证言必须验证,不能偏听偏信。

将十九至二十世纪中国的文学思潮作为一个整体来考察,本来潜藏着一种研究视点的转移;追踪这两个世纪的文学进程,不只是描述西学东渐的步骤,更突出中国传统文学寻求变革的内在动力。只可惜作者无法消解"五四"情结,仍然相信"群山万壑赴荆门",此前的一切努力都只是为"五四"文学革命做准备。只是这么一来,晚清文学改良作为中介,转捩很不好写,第一卷(甲午以前)和第三卷("五四"以后)如何接轨是个难题。

作者在全书的前言中提到非线性思考,主张注意文学思潮的涨落及复杂形态,这点很有意义。只是倘若仍然以"五四"文学革命的理论成果为标尺,即便像理解连续性一样理解非连续性,并且抛弃"成者王败者寇"的进化史观,仍然无法摆脱新旧斗争你死我活的思维方式。也就是说,仍然必须找主潮,争道统,而不是"众声喧哗"中的竞争与对话。过去提倡革命,批判复古;如今烧饼翻过来,轮到林纾和学衡派吃香——这种研究,结论相反,思维方式一如既往。"五四"先驱者为了宣扬其文学主张,立论甚多偏颇之处,其中尤以"新旧对立"模式及"斗争精神",对后世影响最大,流弊也较多。

文学思潮研究,不同于具体的作家作品分析,必须大处着眼,突出其整合的功能。在这里,我想强调一下学术史与文学史的关系;借助于"思潮",二者不难挂上钩。在中国,汉以上,文与学不分;魏晋以降,始有能文而无学或绩学而不能文者。但古人大都明白"不学则文无本,无文则学不宣"[1]的道理,希望能兼擅二者之长。能不能真正做到是一回事,第一流大作家大都确实学有根基。讨论龚自珍、魏源、梁启超、章太炎、刘鹗、鲁迅等人文章,而不涉及其学术师承,几乎是不可能。我想提醒注意的不是个别作家的学问功底(这点已有一些研究成果),而是某种学术思潮对文学发展的

---

[1] 见焦循《家训》。

影响。比如晚清佛学的复兴,儒学中经世精神的发扬;"五四"后期的整理国故运动、古史辨讨论;以及三十年代的中国社会史论战等,都对同时代的文学思潮乃至作家创作,产生不容忽视的影响。但这种影响不是很容易说清,切忌抄一段学术史作为帽子就了事;学风如何影响士风再影响文风,需要大量实证研究。这点关爱和撰写的第一卷处理得不错,讨论嘉道之际学风士风的转换,最终能归结到"言关天下与自作主宰的文学精神"和"惊秋救弊与忧民自怜的文学主题",很不容易。尽管我不能苟同他对乾嘉学术和今文经学的评价,但赞赏他的研究思路。这大概也是学有师承,因为他的导师任访秋先生治学的最大特点恰好是注重学术史与文学史的联系。

"长时段"研究必然注重理论设计,重设计就只能谈大体、谈轮廓,以至简化文学过程。因此,研究者在建立理论模式的同时,必须意识到使用的局限,随时准备超越。二元对立的框架,对把握和描述文学进程很有用;但因其大简化的思路,遗漏了许多血肉,使用时必须十分谨慎。比如,第一卷中对太平天国与曾国藩集团的对峙所做的描述,就有明显的缺陷。就政治、军事而言,这两大集团的对峙是成立的;但就文学而言,太平天国根本构不成曾国藩文学集团的对手。曾氏等人的学术思想、文化观念是承道统,继绝学,开太平;将其局限在与太平天国的文学冲突中,很难说清桐城中兴的内涵及意义。

(此乃作者1992年9月17日在开封"十九—二十世纪中国文学思潮"研讨会上的发言纪要,初刊《回顾与前瞻——19—20世纪中国文学思潮讨论集》,河南人民出版社,1994年)

# 文学意趣与史学品格

## ——关于《二十世纪中国文学与区域文化丛书》

讨论"二十世纪中国文学与区域文化",首先必须意识到这是一个文学史而不是文学批评课题。文学史研究需要品位鉴赏,但更注重史学品格。史学品格最起码要求概念明晰,论证严密,单纯依赖灵感与才气显然不够。

"区域文化"基本上是个史学命题,讨论某一特定时空由经济、地理、历史等因素促成的人文风貌,这需要许多实证材料,不能"想当然"。我们都是文学研究者,本就缺乏史学训练;再加上喜欢做哲学思辨,讨论玄妙的"精神"问题,我担心失之于"虚"。区域文化不只落实在几位先贤遗留的典籍中,更体现为乡风民俗、饮食起居、娱乐庆典等生活方式。即便无法多做田野调查,也必须尽量阅读有关资料。也就是说,少点哲学的思辨,多点史学的实证。

区域文化并非千古不变,引证一些先秦典籍,固然有助于思考诸如"吴越文化""齐鲁文化"的轮廓,可距离说明二十世纪中国文学的某些基本品格未免太远了些。两千年的时间跨度,并非几句话就能带过去的。倘若没有稍为精细的历史沿革考察,一下子从先秦跳到二十世纪,读者会感到眩晕。先秦时晋国的风土人情思想文化,到底在多大程度上影响其两千年后的子孙后代的文学创作,是个很难确证的问题。当然,先秦文献的研究比较成熟,容易借用,而且确实对后代影响极大,从此溯源不无道理。要求我们对某一区域文化的历史沿革做一番精细考察,然后再进入此课题,那既不现实也不必要。但我以为,考察某一区域文化,在溯源先秦的同时,注重明清,有利于本课题研究的开展。各地具体情况不一样,但明清以降风土人情文化心态大致定型(相对于二十世纪初作家的生活背景而言),而且有大量相关资料可供利用,从此入手,容易做到"言之有据"。

讨论区域文化,往往只抓两头:哲学精神和乡风民俗。我以为必须注重特定地区流行的学说、学风、学派对区域文化的影响。谈哲学精神太玄了,说来说去就那么几句话。而中国古代之"学"涵盖面很广,不只包括知识体系,还有价值观念。影响某一时代某一区域士人心态乃至乡风民俗的,是其"先贤之学"(包括整个思想学术,而不只是哲学或史学)。"先贤之学"的影响,往往有源可追,有流可辨,可以从事实证研究。比如研究周氏兄弟的思想、文章,必须考察浙东学术潜移默化的影响,而这不难做到——起码比说"吴越文化"妥帖些。"哲学精神"太虚了,"乡风民俗"又太实了,对读书人影响最大的,还是"学术思想"。摸一下特定区域学术发展的脉络(不一定从事学术史专门研究),可能对"区域文化"这概念有进一步的理解。

"二十世纪中国文学与区域文化"这一课题的研究,着眼点应落在"与"字。要不上篇是某一区域文化特征的概述,下篇是表现此区域生活的文学作品分析——那没有多大价值。我们毕竟不是文化学家，对区域文化的研究估计不会有特别大的贡献，甚至好多地方还必须借用那方面专家的成果。要学会藏拙，诀窍是不做某一区域文化的概述（那既没价值又容易出漏洞），而是讨论文学作品中体现出来的区域文化特色。抓住几个典型文学现象，发掘其文化内涵，这样来使用我们的区域文化研究心得，才能扬长避短，同时切合本课题的要求。也就是说，切入点是文学，区域文化只是我们用来理解和诠释这些文学现象的背景资源。切忌把这思路倒过来，那既非我们的知识结构所允许，也容易把文章做得很零碎，变成用文学材料来印证乡风民俗。

（此乃作者1992年9月24日在长沙"二十世纪中国文学与区域文化"学术研讨会上的发言纪要，初刊1996年8期《群音》）

# 走向苦涩的成熟

好些年前,我也读三毛的小说,颇为欣赏其流浪者心态。那时候我正告别莱蒙托夫《当代英雄》中那渴望大海的水手,而走向"无端狂笑无端哭"的苏曼殊,故连带接受了三毛笔下文明人的漂泊感。林语堂赞赏中国人的率性而为与流浪汉气质,可那是很久很久以前的中国人;起码近百年来的中国人都显得太现实太少梦想了。

很快地我告别了三毛。就这么点寂寞这么点痛苦,值得一说再说?说多了,成了有意鉴赏痛苦展示寂寞,不免带很大的表演成分。另外,三毛的小说创作本以性情取胜,谈不上有多少才华。文学生性喜新厌旧,岂容三毛一再重复自己?再说,读者在长大,三毛却永远长不大。以少女的口吻来表现中年落寞心态,总让人觉得很不自然——当然,这跟记者的寻根探源,以致诱使读者将现实中的三毛与小说中的三毛对照阅读有关。就如怕见美人迟暮,真希望三毛不要再写;有时突然会冒出一个刻毒的想法:她要是突然死去,难过之余我会暗暗为她庆幸。

几个月前,报载三毛回四川寻根,并表示愿落叶归根,找位"中国先生"。那时第一感觉是三毛长大了,不过长大的方式还是略显滑稽。

听到三毛自杀的消息,我又突然猛醒:三毛根本就没长大,或者说没想长大。

人生总是如此,经过天真烂漫、无忧无虑的童年,过渡到充满幻想和浪漫情调的青年,再进入心智成熟事业发达的中年,最后走向睿智而又无可奈何花落去的暮年。少年老成不好,"老夫聊发少年狂"或甚至冬行春令也欠佳。最好是顺应自然,体验人生各阶段的痛苦和欢乐。可这只是就一般人而言。精神分析学家将心境永远滞留在人生某一阶段者视为病态,文学家肯定不以为然。比如三毛,我以为她的心态始终不愿跨越少女阶段,并以此自傲。那种骚动不安漂泊无根的心境,那种着意渲染的浪漫情调,那种故作轻松的无拘无束与独立不羁,似乎更多属于十八岁的少女,而不属于成熟的职业女性。

拒绝长大,说到底也是一种怯弱。所谓成熟,意味着走出幻梦,承认社会的丑恶与人类的局限,与现实妥协,由我行我素到内圆外方或内方外圆或根本就没有方圆。以后夜深人静,你会突然重温少年时的幻梦,因而悄悄落泪。第二天挤公共汽车上班,你又汇入现实的人流,过去的一切都只是遥远的记忆。可三毛不愿让青春的幻梦沦为记忆,进入中年而仍要保持少女的感觉,那就只有拒绝成熟,拒绝攀登上帝架设且为社会认可的人生进化阶梯。

三毛拒绝被同化,拒绝世故也拒绝成熟,最后用这种断然的手段永远保住少女的幻梦,这点令人感动。三毛的死,起码提醒我们永远记住那绚烂而又略带忧郁的青春幻梦。只是我们还是得走,走向那苦涩的成熟。

（此乃作者1991年1月7日在北大社会学社举办的关于三毛之死讨论会上的发言纪要。平日里极少参加学生集会，只因深感近年北大校园过于寂寞冷清，再加上主持人慨叹师生隔膜，于是出席这一本来毫无兴趣的会议并发言。为了怕引起过分丰富的联想，会后追忆成此短文，以备不测。如今不避浅陋收录于此，借以纪念一个时代。初刊《书生意气》，汉语大辞典出版社，1996年）

# 《清代长篇讽刺小说研究》[①]序

记得是四年前的事情了。也是盛夏,燕园里来了位韩国学者,指名道姓要与我进行"学术交流"。这种没有事先联系,近乎突然袭击的访问,让人感觉不大愉快。放下手头的研究工作,不无勉强地接待了这位远方的来客。

"我叫吴淳邦,是韩国蔚山大学的副教授。这是我在台湾大学完成的博士论文,请先生指教。"说完,递上厚厚一本论文打印稿,然后正襟危坐,摆出随时准备答辩的架势。

这么开门见山的自我介绍,倒也别致,最怕的是没完没了的寒暄。凭我的经验,此类客套话不多的外国学者,不是中文表达有困难,就是自视甚高。眼前这位吴先生,汉语说得挺流畅,大概属于第二类。接过论文,一看题目为《清代长篇讽刺小说研究》,更是不敢等闲视之。

念大学时,受鲁迅杂文影响,再加上年轻气盛,对"讽刺""机智""幽默""喜剧"等特别感兴趣,甚至还选了"讽刺文学"作为我的硕士论文题目。开始论证选题时,非常得意,自认为有许多新见

---

[①] 吴淳邦:《清代长篇讽刺小说研究》,北京大学出版社,1996年。

解。及至真正动手,方才意识到啃了块硬骨头。阅读作品,考辨史实,这相对好办些,无非多下点功夫。最头疼的是"讽刺"概念的界定,以及如何描述其在文体、风格、趣味、技巧之间的自由移动。刚好那时北京大学招收博士研究生,我必须提前半年毕业,于是将此论文匆匆打发出去。

十年寒窗,三篇学位论文中,属硕士论文最煞风景,这点我心里很清楚。因此,不时会冒出重上梁山再论"讽刺"的念头。可惜,一晃就是十年,尚未找到切实可行的补救方案。当我表示愿意"拜读"吴君大著时,并非纯属外交辞令。这题目,起码让我怦然心动,初则惊喜,继而惭愧。

毕竟是初步踏勘过,我知道,这矿藏不大好开采。对外国学者来说,谈"讽刺"更是不容易。如果只论述讽刺对象,那好办,哪个时代哪个国家都有真贪官与伪君子,而且手法大同小异;不过,一旦涉及讽刺方式,比如说表现技法以及背后隐含的审美趣味,可就不大好说了。鲁迅曾经抱怨《儒林外史》之不为世人所欣赏,并将此风尚归之于"留学生漫天塞地"(《叶紫作〈丰收〉序》)。不能理解《儒林外史》的"伟大"者,并非只是留学生;揣测鲁迅的用意,大概是指西洋"文学概论"训练出来的眼光,欣赏不了此类不以情节、人物,而以细节和风韵取胜的"讽刺小说"。可以褒扬英雄气概的《水浒传》,也可以赞叹儿女情长的《红楼梦》,但就是难以领略这同样深深浸润着中国文化精神的《儒林外史》,实在有点遗憾。领略讽刺小说中那些难以言传的微妙之趣,需要机智,需要幽默,更需要较为丰富的历史文化知识。这对外国学者来说,无疑是个严峻的考验。

周作人谈论日本文学,特别喜欢"揭穿人情的机微"、略带玩世不恭态度的川柳(《日本的讽刺诗》),近乎说笑话,"其歇语必使人捧腹绝倒"的落语(《日本的落语》),以及"平凡的述说里藏着会心的微笑"的滑稽本和俳文(《谈日本文化书》)。如此叙述日本文学传统,自是有感于"中国文学美术中滑稽的分子似乎太是缺乏"。而缺少笑声、不够幽默,在周氏看来,乃是国民性格不健全的征候。除此之外,周氏之喜欢谈论日本文学中"滑稽"与"洒脱"这一侧面,或许与其最能体现论者的批评眼光与鉴赏口味有关。在《日本的讽刺诗》中,周氏提到川柳的特色在于:"其所讽刺者并不限于特殊事项,即极平常的习惯言动,也因了奇警的着眼与造句,可以变成极妙的略画。"而领略这种"毫不客气而又很有含蓄"的讽刺,需要对该民族的文化习俗乃至性情趣味有较为深入的了解。故而,周氏如此谈论日本文化,表面上语气谦恭,骨子里却颇为倨傲,甚至不无自我炫耀的意味。实际上,以文化趣味论,周氏也确有可以炫耀的本钱。

尽管周作人对中国文学受道学及八股影响,难得洒脱与诙谐,甚不以为然;可《谈日本文化书》中仍承认《儒林外史》能"描写气质",与日本的滑稽本不无相通之处。以日本的"滑稽"来评价中国的"讽刺",就好像以英国的"幽默"来衡量日本的"滑稽"一样,当然只能是"都不很像"。论及在中国提倡"滑稽"与"幽默",周作人、林语堂功不可没;只是作为史学研究,以"滑稽"或"幽默"为标准来贬斥"讽刺",则有欠公平。倘若换一个角度,讨论中国的寓言、民谣、笑话乃至今天仍很活跃的杂文与相声,可知中国的"讽刺"并不贫乏。至于吴君论题所及的清代长篇讽刺小说,如《儒林外史》《西游补《何典》,以及晚清李伯元、吴趼人等人著述,更是大有可观。

吴淳邦君对中国的"讽刺小说"情有独钟,以晚清为硕士论文选题,又以清代为博士论文范围。前者,吴趼人是主将;后者,自然又是以吴敬梓为中心。聊天时,我曾讥笑其"存有私心",没想到吴君竟毫无反应。看来,此君与安徽全椒吴、广东佛山吴"了无干系"。

近年吴君治学日渐精细,教学之余,还与同好组织了中国小说研究会,刊行了二十几期《中国小说研究会报》,其精力充沛雄心勃勃真令人羡慕。不过,我也注意到,吴君近年更关心"小说",而不是"讽刺"。真想建议他别丢了"讽刺",此乃了解中国文学以及中国人心灵的一把很好的钥匙。

可古语云:"败军之将,不可以言勇。"当年知难而退,如今怎好意思为人家出谋划策?

1995年7月29日于京西

# 1996年大陆图书掠影

面对着年产八九万种图书的出版狂潮,眼花缭乱的读书人,真的无所适从。即便是专业的书评家,也只能满足于走马观花。既然你我他全都是"惊鸿一瞥",难保不看走了眼,或者遗漏了不该遗漏的好书。好在目前中国极少专业书评家,多的是喜欢书籍、而且擅长借题发挥的读书人。"读书人"说书,自是以一己之趣味为主,所谓"出版态势"云云,不过顺带提及——本文之掠影1996年大陆图书,当作如是观。

一定要说'96大陆图书出版有何新特点,不妨用"功夫在书外"来描述。天上(电视)地下(报刊),最大限度地利用传媒的秘诀,已经为出版家所普遍习得。加上各种软性广告铺天盖地(如新闻发布、系列报道、特约书评等),读者很难再有独立选择的自由。尽管如此,畅销书自有畅销书的命运,并非一句"精心包装"就能概括。

年初,北京大学出版社推出比尔·盖茨(Bill Gates)《未来之路》(The Road Ahead)的中译本,便是一次相当成功的出版行动。百分之十的版税以及五万美金的预付款,对于刚刚习惯购买版权的中国出版家来说,是个不小的压力。成功的制作、宣传与营销,使得中美双方皆大欢喜(首版十万,目前累计印数已达四十万)。

更重要的是,北大出版社由此而取得 Microsoft 出版社的信任,获得了《Windows95 使用指南》等八种计算机图书的出版授权。

以国人目前对于发财的热切期待,以及个人电脑之迅速普及,《未来之路》的畅销,本在意料之中。相反,章培恒、骆玉明主编的《中国文学史》①,居然也能成为畅销书,却是令人眼界大开。强调"人性与文学的紧密联系",不足以成为该书畅销(首版五万五)的理由;真正的原因,恐怕在于恰如其分地利用传媒造势,书未出版,已经"好评如潮",便是一个标志。

因出版"第一推动"丛书而声名鹊起的湖南科技出版社,去年推出了图文并茂的《科学的历程》②。从译介西方科学著作,到写作科普读物,出版社传播"科学精神"的良苦用心,得到不少第一流科学家的赞赏,或公开表态,或撰文推介。可想而知,这比任何广告都有效。此书之大量使用图版,与这两年"图说历史"的潮流相吻合。

比"图说历史"更容易深入民众的,是各种"漫画经典"。有趣的是,真正的漫画集反而不被看好。外文出版社推出的《我画你写——文化人肖像集》③,乃创意甚佳的奇书。近八十幅漫画像本就相当传神,所配像主自述与友人评点更是精彩,两相对照,真用得上一句老话:"珠联璧合"。可就是这么一册文人气很浓的"雅书",居然"曲高和寡"。

"高雅"不等于不卖钱,这还要看出版家的本事。钱锺书记录

---

① 章培恒、骆玉明:《中国文学史》,复旦大学出版社,1996年3月。
② 吴国盛:《科学的历程》,1996年。
③ 丁聪画,宗文编:《我画你写——文化人肖像集》,外文出版社。

六十年前与陈衍谈话的《石语》(中国社会科学出版社),一月初版,五月重印,累计印数已达三万六。此书兼及书法与文史,颇得读书人的爱好。只是一万两千字的文章,定价十元,让穷书生有苦难言。

去年是鲁迅先生逝世六十周年,可想而知,会有不少纪念活动。纪念鲁迅,很容易发展出现实批判的策略。报刊上确实出现了不少值得品味的好文章;至于书籍,我只想推荐《恩怨录·鲁迅和他的论敌文选》[①],四篇学者所撰序言尤其值得一读。

韩少功的长篇小说《马桥词典》[②]出版后,评论界普遍看好,赞扬声不绝于耳。年底前,张颐武出而狙击,指责其"套用和模仿"塞尔维亚作家帕维奇的《哈扎尔词典》。如此批评,非同小可;再加上各种文摘报刊的爆炒,一时成了万众注目的文学事件。此事尚未了结,很可能波及1997年文坛。

近年大陆的古籍整理成绩斐然,至于大批影印古书,则不得一概而论,其中也不无偷懒的意味。在我看来,真正要讲嘉惠士林,各种档案资料的整理与出版,更值得表彰。天津古籍出版社推出皇皇三十三册《北洋军阀史料》,自然博得国内外史学界的赞誉。

去年出版的新生代学者著述,如收入"三联·哈佛燕京学术丛书"的《古代宗教与伦理——儒家思想的根源》[③],以及作为"学术史研究丛书"之一的《士大夫政治演生史稿》[④],都是颇有创作的佳作。

---

① 鲁迅与中国现代文化名人课题组编:《恩怨录·鲁迅和他的论敌文选》,今日中国出版社,1996年11月。
② 韩少功:《马桥词典》,作家出版社,1996年9月。
③ 陈来:《古代宗教与伦理——儒家思想的根源》,三联书店,1996年3月。
④ 阎步克:《士大夫政治演生史稿》,北京大学出版社,1996年5月。

此类苦心经营的专家著述,只能在学院里流通,极少为传媒关注,实在有点可惜。

以年度为界评说图书,颇多不便之处。比如,三联书店前年12月出版的《陈寅恪的最后二十年》(陆键东著),真正与读者见面并产生影响,是在去年。该书去年一再重印,在知识界反响甚大,并引申出关于现代中国学者命运及如何坚持"独立之精神,自由之思想"等一系列问题的反省,本该认真评说。可限于命题作文的体例,这里只好作为"补记"提及。

1997年元月6日于京西蔚秀园

(初刊1997年1月30日《亚洲周刊》)

# 如何面对先贤
## ——"中国现代学术经典丛书"简介

题目之所以"洗尽铅华",就因为面对如此皇皇巨著,轻狂不得。有些事情,比如丛书的宗旨、体例以及印刷装帧,不必我说,只要翻翻书本,再看看"编例",便一目了然。至于对"经典丛书"来说至关重要的校对质量,未做认真比勘,不敢信口开河。剩下的,还有三种论述策略可供选择:上策"全面评价",中策"简要介绍",下策"借题发挥"。上策非我所能,下策非我所愿,只有中策差强人意。

九十年代的中国学界,在建立并阐扬晚清以降的"现代学术传统"方面,取得了较大的成绩。在此过程中,出版界的主动介入与诚恳合作,起了很大作用。古籍的整理与出版,得到了国家及高校两个古委会的大力资助,取得成绩不足为奇;大量晚清以降学术著作的重印,并非源于政府的策划,基本上是一种"民间行为"。学者的提倡,读者的渴求,加上出版家的敏感,共同促成了这一"总结百年学术,面向二十一世纪"的"文化奇观"。

既然基本上是市场行为,其运作便明显不同于国家资助的古籍整理项目。举例来说,既然北大承接了"全宋诗"、川大承接了

"全宋文",没有任何一个单位和个人会投入时间和金钱,与北大、川大竞争。现代学术著作的整理与出版可就不一样了,群雄竞起,逐鹿中原。面对纷至沓来、重复出版的"学术经典",苦了不知所措的读书人。有兴趣兼收并蓄的,想来不会很多;书店里的匆匆浏览,即便火眼金睛,一时也难断真假。至于书评家们,习惯于轮番赞誉,而尽量避免"一决高低"。用"尺短寸长"之类的套话来搪塞,当然也可以,而且也不无道理;而我更愿意推荐这套"中国现代学术经典"[1],因其比较符合我对学术著作整理出版的设想。

首先,编辑此类丛书,必须有史识,能鉴别,对所选范围比较熟悉,方不至于出现"乱点鸳鸯谱"的尴尬局面。在我看来,这套丛书的选录,以人而论,比较精当,没有滥竽充数的;以文而论,大致公允,能够体现诸位学者的基本面貌。对于这一点,主持其事者功不可没,但更重要的是,各卷编校者多为一时之选。如编《陈垣卷》的刘乃和、编《康有为卷》的朱维铮、编《萧公权卷》的汪荣祖,都是无可替代的最佳人选。裘锡圭之编《董作宾卷》、李学勤之编《余嘉锡·杨树达卷》、王钟翰之编《洪业·杨联陞卷》,虽有助手襄助,选目及小传还是能够体现其学术眼光的。至于出而担纲的年轻学者,如陈来、王守常、夏晓虹、雷颐、欧阳哲生等,更是对所选对象专攻多年,驾轻就熟。可以这么说,编者的阵容,已经基本决定了这套书的定位与品格。谈论"学术史",与泛论"中国文化"不同,必须术业有专攻,方才可能体贴入微,也方才可能"矫附会之恶习,而具了解之同情"(陈寅恪语)。在这个意义上,任何包打天下的许诺,

---

[1] 刘梦溪主编:"中国现代学术经典"丛书,河北教育出版社,1997年,五十卷。

都必定落空。对于主编来说,能否请到众多学有所长的专家"共襄盛举",乃成败的关键所在。

我对这套丛书有好感,更主要的,是认同其"出版先贤著作,应该整理校勘"的原则。影印旧作,便利流通,作为一种文化积累,当然有意义;但主要属于商业行为,不必刻意拔高。至于不作校勘的旧书重排,只能增加新的错误,最令人放心不下。比起"不着一字"的整书重印来,编校选集,危险与机遇同在。做得好,既显示编者的眼光与学力,也使先贤的学术思想得到真正的张扬;弄不好,则备受挑剔,赔了夫人又折兵。操选政,本就上下高低,不可同日而语。虽则如今流行"剪刀加糨糊",可也仍有以编校为著述者。只是重印,不做任何整理与研究,说实在的,有点愧对先贤。私心以为,以"文化工程"自命的大套丛书,应该能够体现一时代的学术水平,而不只是工艺水平。我之所以较为认同这套丛书,便因其除讲究衡文定篇外,所附学人小传、学术年表和著述要目,颇能显示其学术追求。

相对于历史悠久的古籍,晚清以降的著作,其整理工作历来不受重视。其实,晚清的不少学人,涵泳古今与中外,思想驳杂,学识渊博,其著述的整理,一点不比唐宋古籍省事。稍不留神,便会闹出大笑话。更因工具书缺乏,语词千变万化,古典今典混杂,注解晚清文集,实在不是一件容易的事。若钱仲联之笺注《人境庐诗草》,庞俊之疏证《国故论衡》,都是当之无愧的著述。这套丛书各卷的编校,其难度当然不及钱、庞二作,但也有工作态度极为认真的。如夏晓虹之编校《梁启超卷》,将梁氏著作中的所有引文重校一遍。晚清学者引述前人的言论,大都只凭记忆,或仅及书名,或张冠李戴,重新查核,绝非易事。十年前,朱维铮编校《梁启超论清学史二种》,曾经这么做过。夏晓虹有意将此传统发扬光大,除重校朱维铮已经校过的《清代学术概论》,更将此卷所收各书(文),按此体例,全部查对一遍。阅读编者所出大量校记,不难想象其"临文以敬"的著述态度,与时尚大相径庭。当然,《梁启超卷》只能算特例,并非各卷都有如此水平。但平心而论,在近年出版的众多丛书中,"中国现代学术经典"依然值得称道。

1997 年 11 月 7 日于京北西三旗

(初刊 1997 年 11、12 月号《好书》)

# 汉学家眼中的中国学者

今年8月间,在欧洲的历史文化名城布拉格开会时,主持人米琳娜教授神秘地塞给我一本仍散发着墨香的新书,并叮嘱:"有空请翻翻。"

这是一本印刷精美的英文书,薄薄的,连目录带作者介绍,总共只有117页。当天晚上,连猜带蒙,一口气就读完了,感觉却是沉甸甸的。第二天的会议上,没能集中精神,总想跟人聊聊。聊什么?其实也没什么。不是生活在内地的学者,除了当事人,对这本小书,大概不会像我那么感兴趣。

我与吴晓铃先生从未有一面之雅,对其为人与为文,也只是道听途说,缺乏深入的了解。不过觉得像他这样的著名学者,去世已经三年多,还没见报刊上发过像样的纪念文章,实在有点可惜。令人感觉不可思议的是,如今竟然在异国他乡,见到小巧玲珑的《追怀吴晓铃》(*Wu Xiaoling Remembered*, PRAGUE, 1998)。须知,为一个中国学者出纪念文集,在欧美汉学界,不说破天荒,也绝非易事。

第一感觉是惭愧,本该由我们做的事情,偏劳欧美汉学家了,有点过意不去。转念一想,学术乃天下之公器,何必以"国家""民族"自限？没有人规定中国学者只属于中国，只能由中国学界发起纪念。也许，这未尝不是一件好事，正应了那句老话，"东方不亮西方亮"。中国学界对吴先生的相对冷淡，自有其理由；我关注的是，汉学家们为何如此郑重其事地发起纪念。撇开人事关系的牵扯，仍有值得评说的地方。

这册由加拿大多伦多大学荣誉教授兼捷克查理大学访问教授米琳娜（Milena Dolezelova-Velingerova）、哈佛大学讲座教授韩南（Patrick Hanan）共同编辑，有十二位欧美学者参与写作的纪念文集，篇幅不大，却当得起"情深意长"四字。外国人谈论其眼中的中国学者，更注重个人的接触与感受，不像中国人喜欢戴高帽，非"盖棺论定"不可。是不是"伟大的学者"，能否在学术史上占一席位，并非谈论的中心。汉学家们集中追忆的，是吴晓铃如何帮助他们从事中国文化研究。不管是五十年代来华学习的韩南、米琳娜，还是七八十年代访问中国的林培瑞（Perry Link）、魏爱莲（Ellen Widmer），都对吴教授的诲人不倦感慨不已。

除了极左思潮泛滥、学者们自顾不暇的年代，中国人对待汉学家的态度，一般来说是相当友好的。"诲人不倦"的，远不止一人两人，为何韩南等格外感怀吴晓铃？我想，个中缘由，双语交流的便利之外，一是丰富的藏书，二是广博的学识，三是优雅的生活趣味。

吴先生在古代小说、戏曲、宝卷方面收藏甚丰，这在学界早已不是秘密。与公共图书馆"善本书"借阅之艰难形成鲜明对照，到吴先生家读书，更舒适，也更有效率。这还不算吴家有些藏书，确实称得上"海内孤本"。对于汉学家来说，中国学者能够提供的最大帮助，不是"哲学思想"或者"文学观念"，而是丰富而且可靠的原始资料(此举之得失,这里暂不分疏)。在这方面,吴先生的优势十分明显。

在中国学界,吴晓铃先生不以著书立说见长,其学问功力主要体现在校注《西厢记》、编校《关汉卿戏曲集》以及《古本戏曲丛刊》上。擅长校注的学者,一般短于理论思辨,也缺乏整体把握能力,但在其关注的领域,往往出入经史子集,以知识渊博著称。当汉学家需要请教具体问题时,吴教授显然比"体系完整"或"才华横溢"的大学者,更能给予他们有效的帮助。这就难怪在本国学界影响不太大的吴先生,能够得到汉学家们的普遍尊重。

吴先生得天独厚的,还有其生活环境与文化趣味。纪念集中有一则短文,题目相当有趣:《吴晓铃——学者的典范、真正的北京人、难以忘怀的朋友》。表彰"学者"与"朋友",乃纪念文章题中应有之义,突出渲染"真正的北京人",这倒有点出人意外。吴先生出生于河北,长期生活在北京,但这并非关键所在;更重要的是其欣赏民间习俗、传统戏曲以及剧场艺术的文化趣味,再加上待人接物的热诚、居家环境的幽雅,给汉学家们留下了深刻的印象。几乎每篇文章里,都提到校场头条那座洋溢着浓郁人情味的小四合院,以及温馨的吴家。在他们看来,这才是"真正的北京"——幽静的四合院,配上优雅的学者,这本身便具有独立的审美价值。选择这座小四合院的大门以及庭中老树,作为该书的封面封底,且说明此乃吴晓铃精神之象征,很能体现汉学家的趣味。

不只是学识,更以其人格和趣味,成为汉学家阅读、品鉴的对象,这就是被中国学界冷落的吴先生,在汉学家圈中备受关注的主要原因。谈论此等"博雅君子",最合适的文体,不是"专论",而是

"随笔",这就难怪纪念集所收诸文,重在怀念与欣赏,而不是理解与评判。

1998年10月2日于京北西三旗

(初刊1998年第12期《群言》)

# 众声喧哗与想象中国

"众声喧哗"与"想象中国",这大概是王德威先生最喜欢使用的两个概念。文章中经常亮相不说,甚至还两次站到了论文集的封面上。就像解读"文明类型"或"理论体系",理解具体的学者,同样必须关注蕴涵着生存与发展基因的"关键词"。拨开人云亦云的套语,再剔除转瞬即逝的俏皮话,一个成熟的学者,都有相对固定的论述语调、修辞手法和研究思路。而这,往往蕴藏在可意会也可言传的理论术语背后。

拜读王德威最近出版的《如何现代,怎样文学?——十九、二十世纪中文小说新论》[1],第一印象是,这不只是五年前那部名噪一时的《小说中国》之续编。几乎从第一本著作《从刘鹗到王祯和》起,王便选择了日后逐渐明晰的学术思路:注重西方与东方、晚清与当代、大陆与台湾之间的相互沟通与诠释。时过境迁,后两者成了论述的主体,但早年比较文学的训练并未完全消退,而是化作一种理论兴趣与学术眼光,潜伏在具体对象的论述中。当作者强调"我企图运用不同的文学理论及批评模式来阅读晚清到当代的小

---

[1] 王德威:《如何现代,怎样文学?——十九、二十世纪中文小说新论》,麦田出版公司,1998年。

说,而作品的选择,也尽量超越主流或典律的局限"①时,其"方法学"上的立场,基本上是十几年一以贯之。

与此前对于晚清小说的零星论述不同,这一回论文的结集,以"被压抑的现代性"为首辑,很能显示作者的立场与趣味。开门见山的《没有晚清,何来"五四"?》,尤其值得读者关注,因此乃作者若干年来研究思路的大曝光。追踪晚清小说中的狭邪、公案侠义、谴责、科幻四文类,不只是为了说明其时文人创作力之丰沛,更回应了十年前作者对于巴赫金"众声喧哗"理论的热情推介。

考掘《品花宝鉴》《老残游记》等晚清小说,对于王德威来说,很可能不只是出于知识性的需要,而是提供一个与众不同的思考角度与理论立场。借助于"众声喧哗"的晚清,颠覆"整齐划一"而且已经"定于一尊"的文学史想象;强调晚清小说体现的"被压抑的现代性"并未离我们远去,"而是以不断渗透、挪移及变形的方式,幽幽述说着主流文学不能企及的欲望,回旋不已的冲动"②,目的是构建百年中国小说发展的谱系。前者使其得以理直气壮地质疑"主流与典律",后者则与众多浅尝辄止的"批评"拉开了距离。

借助晚清小说四文类的发生与演进,思考百年中国文学的四个方向,探讨一代代作家"对如何叙述欲望、正义、价值、知识的形式性琢磨",这一思路,在此书的其他各辑文章中,得到相当精彩的铺陈与展开。比如,谈论现代中国的"正义论辩""情欲想象"或"饥饿写作",便很能显示王先生处理"文学与历史"错综复杂关系时的

---

① 王德威:《如何现代,怎样文学?——十九、二十世纪中文小说新论》,麦田出版公司,1998年,第17页。
② 同注①,第34页。

机智与缜密。我故意略去这三则很有特色的文章之正题,目的是突出作者的问题意识。与小说家之"虚构中国"相映成趣,作为学者的王德威,正自觉地借小说"想象中国"。

不是每个论题或谱系都可以追溯到晚清,比如"乡土修辞"与"反共小说",便另有渊源。但作为研究思路,不满足于就事论事,而是习惯性地上挂下联,这一史家风范,倘佐以鲜活的当代感与文体感,能出举重若轻的好文章。王先生的得意之笔,很可能不是关于晚清小说的专门论述,而是像《从"海派"到"张派"——张爱玲小说的渊源与传承》那样学有本源而又随意挥洒的"急就章"。在最近一轮"张爱玲热"中,能不被铺天盖地的悼念、追忆及评价文字所淹没,正是得益于其广阔视野与敏锐感觉的相得益彰。在学院派著述与报刊文章之间取得某种协调,将明确的问题意识、鲜活的当代感觉,与厚实的史家笔法融为一体,这其实很不容易。

在学术高度分化,"晚清"与"当代"、"大陆"与"台湾"均成为专门研究领域的今日,看王德威横刀立马,在如此广阔的"小说"疆场任意驰骋,而且偶尔耍几下无伤大雅的花招,实在令人心旷神怡。

1998年11月9日于西三旗

(初刊1998年11月16日台湾《联合报》)

# 小扣大鸣与莫逆于心

论及学者间的情谊,倒真的是"古已有之"。我很喜欢黄宗羲的《思旧录》,寥寥数语,表达对于故人的思念与感激之情,尤其是结尾处余韵无穷:"余少逢患难,故出而交游最早,其一段交情,不可磨灭者,追忆而志之。开卷如在,于其人之爵位行事,无暇详也。"只有历尽沧桑的饱学之士,方能用平淡的语气表达如许深情。

近世学者中,也不乏此类性情中人。我读胡适与杨联陞的书信集,便有这种感觉。

去年夏天,在布拉格开会时,承余英时先生赠送联经刚刚推出的一册大书《论学谈诗二十年——胡适、杨联陞往来书札》。会议还没开完,我已风卷残云般将此书翻阅一遍。并非书薄(共426页),而是深为其中流露出来的真正的中国读书人之间的至深至淳全厚的情谊所感动,故只好"挑灯夜读"。当时还认真做了点笔记,准备回家后略为补充,使叫动笔。没想到此后杂事缠身,文章一拖再拖。要不是这回中秋赏月之暇,抽空重新温习一遍,勾起不少美好的回忆,很可能此文将胎死腹中。

书印刷精美,倒在其次;编辑工作做得很到位,尤为难得。每个出场人物的注释,要言不烦,非一味照抄辞典者可比。若干有明显政治色彩的人物,如郭沫若①、朱家骅②、冯友兰③等,只介绍其学术经历及主要著述,而不牵涉其迥然不同的政治立场。这样处理,我以为是明智的。唯一感到遗憾的是,有些已经去世多年的学者,如陈世骧、郑德坤、罗尔纲、缪钺等,未能及时注出其卒年。

到目前为止,关于胡适书信,收录最丰的,还是北大出版社1996年版《胡适书信集》。尽管编者全力搜求,仍有不少遗珠,与杨联陞通信之残缺,便是其中之一。胡、杨关系非同寻常,这点学界早有耳闻。比如,杨之始终以胡为师,以及胡在遗嘱中指定杨为其英文著作的整理人,便广为人知。尤其重要的是,从1943年到1962年,二十间师生书信频繁,且所论多为思想学术而非私人琐事,故这批保存完备的往来书信(胡致杨88封,杨致胡117封),实在是不可多得的中国现代学术史的"基本素材"。

胡适乃大名人,一般读书人都会感觉"如雷贯耳";至于杨联陞(字莲生,1914—1990)则除了专业研究者,知道的人不会太多。杨先生自23岁(1937年)那年毕业于清华大学,随即赴美留学。而后长期执教哈佛大学,在国际汉学界影响很大。其主要贡献在经济史,但文史方面同样功力深厚。说实话,杨先生真正的代表作《中国货币及信贷简史》《中国制度史研究》等,我未曾拜读;倒是文史

---

① 见胡适纪念馆编:《论学谈诗二十年——胡适、杨联陞往来书札》,联经出版公司,1998年3月,第2页。
② 见胡适纪念馆编:《论学谈诗二十年——胡适、杨联陞往来书札》,联经出版公司,1998年3月,第77页。
③ 见胡适纪念馆编:《论学谈诗二十年——胡适、杨联陞往来书札》,联经出版公司,1998年3月,第82页。

方面的《国史探微》①和《中国文化中"报"、"保"、"包"之意义》②有缘见识,感觉确实很好。但最让我感兴趣的,却是其以大专家的身份,为《哈佛亚洲学报》和《清华学报》写了不少专业水平极高的书评,其立论之严谨,态度之冷静,思路之缜密,以及体现出来的学识之丰厚,令人望而生畏。

正因有此感觉,当我读到他关于注重学术批评的建议时,不禁会心一笑。1945年,杨联陞恭贺胡适出任北大校长,并为中国史学的发展出谋划策,其中有这么一条建议③:

> 出版一个像《史学评论》一类的杂志,特别注重批评介绍(书籍文章都好。中国需要很多像伯希和一类的"汉学界的警察")。

由于政局变化,胡、杨的学术野心没能真正落实。读此书信集,方知杨先生锲而不舍,其1954年撰文评论《中国科学技术史》第一册"导论",以及1956年因欣赏张相《诗词曲语辞汇释》,认为"他的叙言所讲的方法与态度都很可取",而给《清华学报》赶写书评,都是大有深意在。表演的场景变了,可问题意识依旧:即认定好的书评,对于端正学风,引导潮流,意义重大。我同意杨先生的思路,学界之有无称职而不专权的"警察",乃这个领域能否顺利发

---

① 杨联陞:《国史探微》,联经出版公司,1983年。
② 杨联陞:《中国文化中"报"、"保"、"包"之意义》,中文大学出版社,1987年。
③ 见胡适纪念馆编:《论学谈诗二十年——胡适、杨联陞往来书札》,联经出版公司,1998年3月,第57页。

展的关键。当杨先生用狮子搏兔的心态,在海外撰写一篇篇学术书评时,其扮演的角色,应该就是他给胡适信中提到的"汉学界的警察"吧?

拜读胡、杨四十年代的通信,第一印象是后者主要扮演"知音"或"解人"的角色,强化前者的学术兴趣。比如,杨告诉胡,读他的某则考据,感觉"大有举重若轻之妙,读过好像看过一场干脆利落的戏法,舒服之至"[1]。于是引起适之先生豪兴,回信大谈文章"最大困难,在于剪裁,在于割爱"。又比如,杨曾写信劝胡完成其高屋建瓴的思想通史,理由是:"越是概论,越得大师来写。哈佛的入门课永远是教授担任。你的书千万不要放弃。"[2]同年(1944年)年底,胡适真的在哈佛开讲"中国思想史",每周三次各一小时,最初只有九人选课,可后来连旁听竟超过五十人[3]。这一意外的成功,对于适之先生晚年念念不忘完成《中国思想史》著述,大概不无帮助。

可到了五十年代,情况发生了很大变化。一是老师进入晚年,精力明显大不如前;二是弟子读书渐入佳境,学识今非昔比。好在胡、杨二君心态极佳,对于这一理所当然的"易位",没有任何不适应。

师生间真诚坦率的学术交流,可以举出很多;我想单挑一件小事说说。1956年,杨联陞读到周作人的《鲁迅的故家》和《鲁迅小说

---

[1] 见胡适纪念馆编:《论学谈诗二十年——胡适、杨联陞往来书札》,联经出版公司,1998年3月,第35页。

[2] 见胡适纪念馆编:《论学谈诗二十年——胡适、杨联陞往来书札》,联经出版公司,1998年3月,第33页。

[3] 胡颂平编著:《胡适之先生年谱长编初稿》,联经出版公司,1984年,第1855页。

里的人物》,当即写信给胡适,大发感慨:"启明先生只可以乃兄著作的注释者姿态出现,实在可怜。不过,讲人情风俗,倒是苦雨老人长处。"[1]胡适马上复信,称[2]:

> 我近来收集周作人一生的书,已近八九册,他的最近两部书是《俄罗斯的民间故事》及《乌克兰的民间故事》,已够可怜悯的了。(但序例里尚无肉麻的话,也没有引证马、列诸大神!)你信上说的周遐寿的两书,我还没有见到,当托香港朋友代为访求。

适之先生性情温厚,颇为念旧,其晚年之收集周作人著作,即为一例。学界中人大都记得,抗战爆发之初,远在伦敦的胡适,因怀念沦陷在北平的周作人,曾作《寄给北平的一位朋友》。诗中有云:

> 藏晖先生昨夜作一梦,
> 梦见苦雨庵中吃茶的老僧,
> 忽然放下茶钟出门去,
> 飘萧一杖天南行。……

据周作人的《知堂回想录·北大感旧录七》,此信他是收到了,

---

[1] 见胡适纪念馆编:《论学谈诗二十年——胡适、杨联陞往来书札》,联经出版公司,1998年3月,第285页。
[2] 同[1],第289页。

而且还作了一首表白自己心境的白话诗,寄到华盛顿的中国使馆转交。诗的长度翻一倍,关键是中间四句:

> 海天万里八行诗,
> 多谢藏晖居士的问讯。
> 我谢谢你很厚的情意,
> 可惜我行脚却不能做到。

没有离开北平的周作人,终于落入附逆的境地,此事令人扼腕再三。晚年的胡适,回忆"五四"时期《新青年》诸君的意气风发,以及后来的各奔东西,该是何等感慨!收集显然已经十分落寞的周作人的著作,大概不会只是简单的怀旧吧?

就像余英时先生为此书所做精彩的序言所说的,胡、杨二君论学二十年,"达到了相悦以解、莫逆于心的至高境界"。"这一知性的乐趣,寓隽永于平淡之中,自始至终维系着两人师友之间的深厚情谊。后世读他们书信集的人是不能不为之神往的。"私交深厚,加上讨论学术时能出于公心,既敢于献疑辩难,又能够择善而从,这才是真正意义上的学术交流。师友间倘能"小扣大鸣",定然有益学业,这点一般人都能明白;难得的是余先生所说的"莫逆于心"。因为,只有当这种"对话"不仅限于具体学业,对双方都是一种精神享受时,方才可能坚持二十年而不衰竭。

至于谊兼师友的胡、杨二君,其交情为何如此深厚,余先生的说法在理:"这不仅因为两人性格都温厚开朗,特别投缘,而且知识上的兴味也最为接近。他们都喜欢历史考据,都好研究中文的文法和语法,尤其是都爱写诗。这些共同兴趣很早便使他们两人的交情进入了不拘形迹的境地。"在序言中,余先生除了对胡、杨的精神交流称羡不已,还提及1977年他离开哈佛时,杨先生如何感叹二十年间和适之先生文字往复,受益无穷,乐趣也无穷,"因此他希望我去后依然能继续我们之间长期论学的习惯"。杨、余的论学书札未见刊布,不敢妄加评论。不过,我拜读余先生的《犹记风吹水上鳞》[①]时,却对其附录的《钱宾四先生论学书简》赞叹不已。

随着电话以及电子邮件的迅速普及,急匆匆赶路的现代人,难得再有"闲情逸致"停下脚步,给朋友写封像样一点的书信,更不要说将其作为文章来"苦心经营"了。长此以往,文人雅士间显学识、见性情、有文采的书信集,大概真成"广陵散"了。

1999年9月25日于西三旗

(初刊2000年3月18日《文汇读书周报》)

**附记**:周作人《知堂回想录》引胡适《寄给北平的一位朋友》,作"飘然一杖天南行";此处据《胡适之先生诗歌手稿》(台湾商务印书馆,1964年),采用"飘萧一杖天南行"。考虑到手稿有涂抹痕迹,且最后一句("谁人知我此时一点相思情")也与周文所引略有差异,无法判定周收到的是初稿还是定稿。不过,在我看来,用作此诗,"飘萧"比"飘然"好。

---

① 余英时:《犹记风吹水上鳞》,三民书局,1991年。

# 仪态万方的《点石斋画报》

创刊于1884年5月8日,终刊于1898年的《点石斋画报》,十五年间,共刊出四千余幅带文的图画,这对于今人之直接触摸"晚清",理解近代中国社会生活的各个层面,是个不可多得的宝库。正因如此,近年学界颇有将其作为重点研究对象的。尽管目前国内外的研究成果尚未大批面世,但不难感觉到春潮正在涌动。

伴随着晚清研究的急剧升温、大众文化研究的推进,以及图文互释阅读趣味的形成,《点石斋画报》必将普遍站立在下个世纪的近代中国研究者的书架上,对于这一点,我坚信不疑。研究思路可能迥异前人,可对于这批史料的价值之确认,我想,不会有太大的分歧。

三十年代初,鲁迅称:"这画报的势力,当时是很大的,流行各省,算是要知道'时务'——这名称在那时就如现在之所谓'新学'——的人们的耳目。"(《上海文艺之一瞥》)鲁迅虽批评作者对于外国事情很不明白,可欣赏其"内外新闻,无所不画",以及"他画'老鸨虐妓','流氓拆梢'之类,却实在画得很好的,我想,这是因为他看得太多了的缘故"。1958年,郑振铎在《近百年来中国绘画的发展》中,称吴友如为"新闻画家",尤其赞赏其在《点石斋画报》里贡献的许多生活画,"乃是中国近百年很好的'画史'"。这加引号的"画史"二字,明显是从中国人引以为傲的"诗史"引申而来的。对此,郑君是这样解释的:"也就是说,中国近百年来半封建、半殖民地社会前期的历史,从他的新闻画里可以看得很清楚。"今日学界的朋友,对于历史与现实、艺术与想象、图像与文字,以及租界的是非、时务之得失等,都会有新的看法,其对于《点石斋画报》的品位与诠释,也必然会出现大的变化。

为了给即将到来的研究热打前站,我想介绍若干种目前比较容易得到的版本,以供有心人"择优录取"。除了专门的藏书家,原刊的《点石斋画报》基本上是无处寻觅的了。好在最近四十年,已经有五个不同的整理、影印本问世。按各书出版时间,顺流而下,看看后来者是否"百尺竿头,更进一步"。

1958年,中国古典艺术出版社推出了郑为编注的《点石斋画报时事画选》,底本用的是上海集成图书公司1910年印行的《点石斋画报大全》,复制时将2页合成1幅,印成12开本,颇为精美。图画共139页,外加2页《前言》和14页介绍背景并略加评说的《叙录》。本书的编选,目的十分明确,工作态度也很认真,只是在强调"在四千余幅图画中,我们看到十九世纪末叶帝国主义的侵华史实和中国人民抵抗外侮的英勇斗争"(《前言》)时,走过了头。以艺术上的"现实主义道路"和政治上的"反帝反封建立场"作为硬指标,来衡量一百年前带浓厚市民趣味的"画报",有时难免削足适履。

随便举个例子,第一部分"帝国主义侵华史实"收了71幅,第五部分"中国人民反帝、反封建斗争"则只有5幅;不是编者偷懒,我相信实在是找不出来。每代人都有自己的思想立场和知识结构,不好对前辈学者过于苛求。我只想指出一点,由于该书题旨过于鲜明,编者有时不得不扭曲原作,来完成其既定目标。这样做,难免损害其学术价值。比如,《西人恤囚》这样的题目,本来已经表白了作者的态度,可在《叙录》中,编者却硬要强调这幅画表现的是"被羁押在'英租界'会审公廨内的中国人民,受尽了帝国主义的虐待"。图上的文字,明明是表扬英捕房总巡柏君如何仁义,"复查至楼下押所,见各犯皆贫苦不堪,柏君等恻焉,悯之,慨然给洋四元,俾合均分购食"。编者当然有权追根究源,分析国人为何贫困潦倒,巡捕哪来施舍的钱,或者通过缜密的分析,讲清楚"西人恤囚"的"险恶用心";但无论如何不该撇开画面另讲一套,一味发挥"微言大义"。即便如此,我还是认为,这是一本做得非常用心的好书。

经过多年的沉寂,1983年,香港广角镜出版社终于刊行了《点石斋画报》;而且,用的是最初的本子,这点殊为难得。因为,画报停刊后出现的各种重刊或重编本,一般都将封面和广告,以及作为附录的王韬的《淞隐漫录》等删去。而这,对于研究者来说,极为不利——缺了这些"边角料",今人很难设想和理解这份重要杂志到底是如何生存与发展的。香港版有两页编者所撰《前言》,虽嫌过于简略,但也还讲得很是得体。介绍过这份杂志的大致历史和主要画家吴友如的生平,接下来便是这段半论述半广告的文字:"总之,《点石斋画报》是极有价值的刊物,它对研究香港历史的人士也有参考价值,对研究中国风俗者有研究价值。对中国绘画有兴趣的人有欣赏价值和收藏价值。对西方事物和思想的传入中国,它以图文并茂的方法记录下来。对法国侵占越南,和日本侵略朝鲜的重大史实,都以专辑的形式留下大量史料给我们,是研究近代史者所不可缺少的参考资料。有关妓女与妓院的描写,对鸨母与流氓的描绘,这些图画,应该也是有价值的一部分。"香港版上、下两册,印刷相当精美,应该说是用心之作。可有一个很大的纰漏,那便是,编者不该忘记告诉读者,这不是画报的全部,而只是收录了1884年5月至1885年8月部分。也就是说,十分风光,仅得其一。

几乎与此同时,广东人民出版社刊行了连史纸影印线装本,共五函,依据的是点石斋石印书局1897年的重刊本。广东版的《点石斋画报》,好处是使用了最早的重印本,没有残缺和遗漏,故到目前为止,仍最为研究者所倚重。至于缺点,也很明显,当初重印时,大概为了节省篇幅,删去了每册的封面和广告,以及从第六号起便附载的王韬撰、吴友如配图的《淞隐漫录》。另外,这个本子,既无前言,也无后记,连介绍所用底本之类技术性说明也都免了,光秃秃的,实在不好看。

1989年,日本福武书店出版了中野美代子和武田雅哉合作的《世纪末中国のかわら版——绘入新闻〈点石斋画报〉の世界》,所用底本,正是此广东版。全书分五个专题,共选编了82幅画,并译注了图上的文字。书前近万言的"导读"甚见功力,体现作者的专业水平,非前三种本子的编者可比。正像该书的广告所称的,《点石斋画报》可从美术史、文学史、科学史、宗教史、社会风俗史等角度解读,因而,也就没必要将视野仅仅局限于帝国主义压迫和人民生活贫困。除了收图太少外,本书作者对幻想文学有特殊兴趣,故偏重于妖怪鬼魅,而不是社会历史,这点非我所能苟同。

1998年10月,上海文艺出版社推出了两大册的《点石斋画报》。既然认定是理解晚清社会与文化的绝好素材,虽已有了1983年广东版的影印本,我依然不敢漏过刚刚面世的上海版。一般说来,资料整理方面,应该是后来者居上。可万万没想到,拜读之后,竟大失所望。已经讲了多年学术与出版的规范化,可该书居然连影印时到底使用的是什么底本,都不做任何交代。如此"瞒天过海",留下了很大的隐患,使得这套定价180元的大书,很难被研究者所接受。

第一号的《点石斋画报》上,本有两页尊闻阁主人(即《申报》创办人美查)所撰的"准发刊词",对于我们理解这个杂志的性质与特征,非常有用,可惜已不见于上海版:

> 近以法越搆衅,中朝决意用兵,敌忾之忱,薄海同具。好事者绘为战捷之图,市井购观,恣为谈助。于以知风气使然,不仅新闻,即画报亦从此可类推矣。爰倩精于绘事者,择新奇可喜之事,摹而为图。月出三次,次凡八帧,俾乐观新闻者有以考证其事,而茗余酒后,展卷玩赏,亦足以增色舞眉飞之乐。

为满足民众了解战事的兴趣而创办的《点石斋画报》,配合新闻,注重时事,图文之间互相诠释,乃是其特色所在。当然,也有风土人情、琐事逸闻、幻想故事等,但对于"时事"的强烈关注,始终是"画报"有别于一般"图册"的地方。与新闻结盟,这就使得画报的"时间意识"非常突出,文字中因而常见"本月""上月"字样。

这样的杂志(著作),一旦打乱顺序,颠倒时空,整个变成"剪辑错了的故事",真不知道还有谁能读懂。专家们倘若想按图索骥,找到同时期的《申报》或其他报刊互相比勘,基本上是不可能的。删去了约三分之二的图文,这还不说,更要命的是重新洗牌,随意穿插,弄得你根本无法辨认出其本来面目。同一件事,本来是连贯报道,可现在却随意藏身。举个例子,甲午战败,清廷被迫签订屈辱的马关条约,正式将台湾割让给日本。消息传出,舆论哗然,台湾民众更是奋起抗争,在唐景崧、刘永福等率领下,与日军展开了殊死搏斗。这时,远在上海的《点石斋画报》,以很大的篇幅,连续报道战斗的进展。从1895年4月17日签约,一直追踪到这年10月间日军从海陆夹击台南,安平炮台陷落在即,刘永福匿乘英轮逃回厦门,甚至日本占领后台湾民众的生存状态等。这些绝好的史料,如今散落在上、下册的各个角落,而且前后颠倒,毫无秩序可言,实在可惜。

在《点石斋画报》存在的1884年到1898年间,有如此之多的重大历史事件,被其用图像和文字记录下来。即便这些记录不太准确,也都弥足珍贵。现在可好,成了一地散钱,研究者只能徒唤奈何。前面几个本子,虽也有这样那样的毛病,但不妨碍阅读,也还能够复原;而面对上海版的《点石斋画报》,即便训练有素的学者,也都一筹莫展。如果只是欣赏图画,或者寻找几个好玩的风俗场面,那倒无大碍;可要想进行深入研究,则很难相信这种已被随意颠倒、胡乱安插的本子。我也曾花了好大工夫,对照各种本子,希望读解其编辑意图。但到目前为止,能确定的只有一点,即重编时依据的不是题材、事件,也不是构图、作者,更不是姓氏笔画。那还能是什么?为什么要如此打乱时间顺序?不知道。

将新闻性质的"画报",改造成时空错乱的"图册",这一在我看来不能原谅的错误,并非今人所为。我感到奇怪的只是,出版社为何偏偏选中这个本子。就像前面所说的,《点石斋画报》不是僻书,已经有过几次重刊,编者不应该一无所知。无须特别高深的学问,拿过来稍为比较,就不难明白这个版本的致命缺陷。唯一的解释是，因系旧书影印，出版社也就不太在意，以为只需工艺技术，而不必依靠专家的学识。

当然，也可能出版社不是一时大意，而是有别的文化追求。真怕冤枉好人，误解了人家一片苦心，撰文前，我也曾变换各种思路与角度，希望找到一个合理的解释。可惜，实在茫无头绪。只能回过头来，埋怨出版社为何不写个"前言"之类的说明文字，连起码的版本介绍都没有，难保不被悟性不高的我辈随意误读。

上海版《点石斋画报》，是其计划中的"中国古典精品影印集成"的一种。据"出版说明"，这套丛书，有明确的选择标准："凡是经过历史筛选、被认为具有文化价值的图书；凡是资料厚重、编纂独到的图书；凡是对当今学术研究能提供参考和借鉴的图书，均在选取视野之中。"按照这个标准衡量，《点石斋画报》的入选，当之无愧。我很欣赏"出版说明"所说的，"如今浮躁之风盛行，请读这类著作，或许会给你带来另一种厚实、清新的感觉的"。不过，我想略做补充，即，正人先正己，出版者也必须力戒"浮躁之风"，这样，方才有可能提供值得认真品读的大书。

联想到近年影印旧书成风，在为学界提供许多好书的同时，也因贪多求快，落下了不少毛病。如果是好书好版，影印确实可以减少重新排印造成的讹误。可这有个前提，必须有严格的学术鉴定。否则，拿来就印，连此书的来龙去脉都没弄清楚，更不做必要的交代，说好听是过于相信读者的判断能力，说难听则是不负责任。从注重整理校勘，变成影印加前言，再一转而只讲版本不做评价，最后到连简单的版本说明都免了——这二十年的"旧书开发"之路，我以为不太理想。书是越印越漂亮了，与五六十年代的"简朴平实"不可同日而语;可编辑水平和校对质量呢？我的感觉是直线下滑。你可以批评前人立场僵硬视野狭窄等,但不能不承认,那种认真劲,非今日的作者与编辑所有。

不是说,世界上怕就怕"认真"二字吗？

1999年10月12日于西三旗

(初刊1999年10月19日《中国图书商报·书评周刊》)

**附记**:这是我发表的第一则关于《点石斋画报》的短文,乃截取其时正在撰写的长文之一节,且删繁就简。没想到,文章发表后颇受关注。先是上海文艺出版的总编辑诚恳地表示接受批评并致歉意;继而各方约稿纷至沓来,迫使我扩大写作计划。此前几年,虽也利用《点石斋画报》从事近代文化研究,却并未将其作为专门课题;此后几年,关于图像与文字的关系,将成为我关注的重心之一。只是当初关于《点石斋画报》整理本的介绍并不周全,特补充如下:1977年台北的天一出版社刊行了33集的《点石斋画报》,颇成规模,可惜仍有不少缺漏;1990年江苏广陵古籍刻印社据香港广角镜版重印,但不做任何说明。西文方面,有Fritz van. Briessen从《点石斋画报》中选译52幅图像并详加注释和解说的 *Shanghai-Bildzeitung*, 1884-1898, *eine Illustrierte aus dem China des ausgehenden* 19. *Jahrhunderts* (Zürich : Atlantis, 1977),以及Don J.Cohn选译50幅图像的 *Vignettes from The Chinese, Lithographs from Shanghai in the Late Nineteenth Century* (The University of Hong Kong, 1987)。

# 书品二则

## 《艺术发展史》[①]

在已译成中文的六七种贡布里希教授的著作中,《艺术发展史》无疑是最为通俗易懂的。这是由作者的写作意图决定的:"本书打算奉献给那些需要对一个陌生而迷人的领域略知门径的读者。"这就难怪此书自1950年问世以来,被译成20种文字,在世界各地广泛传播。难得的是,此书"通俗"但不"浅薄",作者举重若轻,将深刻的理论与复杂的史实,用简单的语言表述出来。更何况,作者还不时穿插有趣的细节,帮助非专业的读者尽快进入规定情景。在这个意义上,原来的书名《艺术的故事》,或许更能体现此书的特色。书前所附短文《为什么要有艺术史?》发人深思,但有点语焉不详。不妨抄录《艺术与人文科学:贡布里希文选》[②]中的两句话,作为补充说明:"如果我们失去(对过去的)记忆,我们便失去了为我们文化提供深度和实质的维度";"前人的美术提供了一条直接的、鼓舞人心的

---

[①] 贡布里希著,范景中译,林夕校:《艺术发展史》,天津人民美术出版社,1998年6月第3版。

[②] 范景中编选:《艺术与人文科学:贡布里希文选》,浙江摄影出版社,1989年。

接近过去时代精神的通道"。

## 《失去的建筑》[①]

古往今来的建筑,除了实用功能外,还有历史意义和审美价值,这点,稍有文化修养的读者,大概都会承认。问题是,时世变迁,天灾人祸,大部分精美的建筑都已化为尘土。不要说阿房宫、始皇陵"楚人一炬,可怜焦土",也不用追问为何铁蹄到处,只剩下废墟残垣,就在我们眼前,每天都有代表前人智慧与想象力的建筑在坍塌。有的是必要的丧失,有的则是无奈的挣扎——不管前者还是后者,只要留下印记,便值得后人凭吊。本书将已经消失的古建筑的照片汇集成册,再加上简要的文字说明,奉献给读者的,便必然是一曲挽歌。据主编称,"它不仅可将失去的重要古建筑的形象永久保存下去,而且为研究中华民族悠久的历史文化,研究中国建筑史、艺术史等提供宝贵资料,还可以为某些古建筑的修复、重建提供科学的依据",这说法自然在理,可惜只局限于建筑专业。作为建筑学的门外汉,我将此书作为别具一格的"文化史"阅读的。因此,除了鉴赏1860年的北京正阳门(据说是现知拍摄北京最早的照片之一)外,我更关心照片背后的故事。比如,梁思成之热心保护古城墙、罗哲文的追踪西直门拆除全过程,以及东、西长安街牌楼1954年为方便交通而被拆除后,如何根据周恩来总理的指示迁建于陶然亭公园,"文革"中又何以被江青以破四旧的名义彻底拆毁。从这一角度出发,我对某些只讲建筑形式,而不涉及画面内

---

[①] 罗哲文、杨永生主编:《失去的建筑》,中国建筑工业出版社,1999年。

容的署名文章,略感遗憾。比如,第12页"天安门前千步廊"一则,只满足于介绍千步廊的建制、功能和何时被拆毁,而没有提及画面上的众多人物——那可是八国联军在"饮马天安门"!

(初刊1999年9、10月号《好书》)

# 民间的记忆

自八十年代后期起,几乎每年,我都能收到一册浙江平湖顾国华先生寄赠的《文坛杂忆》①。毛笔清誊,油印线装,一卷读完,非洗手不敢上饭桌。在书籍装帧日渐精美的当下,简朴得近乎寒碜的《文坛杂忆》,竟然在我狭小的书房里占据一席之地,不免引起来访者的好奇。于是,一次次地,我成了《文坛杂忆》的义务宣传员。

一百多位作者,平均年龄八十,闲来谈文说史,自是无所顾忌。如此秉笔直书,娓娓道来,即便记忆有误,也值得仔细倾听。更何况撰稿、编辑、清誊、油印等,都属于义务劳动。要说"民间写作",没有比这更合格的了。当众多作家为争取读者和奖项而争相标榜"民间"姿态时,僻处小城、非官非商、而且"七老八十"的一批"业余作者",竟能以如此平静的心态纵谈文史,着实让我感动。

此等全凭个人兴趣、没有任何功利目的的雅事,不出在八百年古都北京,也未浮现于商品经济比较发达的广州,而是落实在历来人文荟萃的江南,实在并非偶然。因如此"或欣然会心,或慨然兴怀""煞有好议论"的笔记文体(参见罗大经《鹤林玉露》和洪迈《容

---

① 顾国华编:《文坛杂忆》初、续编,上海书店出版社,1998年。

斋续笔》),本来就是传统中国读书人的拿手好戏。

明人桃源溪父《五朝小说·宋人小说序》提及"非公余纂录,即林下闲谭"的宋人笔记时,称:"所述皆生平父兄师友相与谈说,或履历见闻,疑误考证,故一语一笑,想见前辈风流。其事可补正史之亡,裨掌故之阙。"这段话,移赠现已印行16卷的《文坛杂忆》,几可一字不易。

此等文章,不以字字珠玑见长,除了"履历见闻"的真切、"林下闲谭"的洒脱,再就是集腋成裘的积累。就像郑逸梅之被誉为"补白大王",要论单篇文章,未见十分精彩;但几十年勤于写作,还是给后世留下许多弥足珍贵的文化史料。正是基于这一点,我对《文坛杂忆》之能否持之以恒,始终耿耿于怀。

去年年底,远游归来,又见顾君邮包,发现重量及开本均有变化。打开一看,喜出望外,原来是上海书店出版社将1—12卷《文坛杂忆》略做删改修饰,分为初、续二编正式刊布。依稀记得,顾君先前来信确曾提及此事。只是因前几回的功亏一篑,让我不敢轻易置信。直到发现"梦想成真",首先想到的,是替百位老人高兴;接下来,便是自告奋勇,为其"广而告之"。不为别的,就冲这蕴藏于民间的历史——文化记忆。

2000年2月28日于西三旗

(初刊2000年3月12日《新民晚报》)

# 过去的大学

由北大、清华、南开以及云南师大合编的《国立西南联合大学史料》[①]，对于近年急剧升温的"西南联大热"来说，可谓"火上添油"。全书共六册，分总览卷、会议记录卷、教学科研卷、教职员卷、学生卷、经费设备校舍卷，排版印刷均很讲究，配得上这二十世纪中国教育史上最辉煌的一页。

"史料"不同于体系严密的"通史"，更不同于趣味盎然的"故事"，其阅读需要一定的知识准备。可一旦读进去，纵横驰骋，点石成金，真的"其乐无穷"。这种自主性很强的阅读，其实不限于专门家，任何一个对西南联大历史感兴趣的读者，都可如入宝山，保证不会空手而归。

抗日战争中由北大、清华、南开三校组成的西南联大，乃战时中国的最高学府。其环境之恶劣与成绩之显著，形成极为鲜明的反差，以至今人看来，有点"不可思议"。因先后问学的几位导师出身西南联大，我对其时学校设施之简陋、师生生活之艰难略有所闻。即便如此，翻阅"史料"时还是很受冲击。收在第一册的《西南

---

[①] 北京大学、清华大学、南开大学、云南师范大学编：《国立西南联合大学史料》六册，云南教育出版社，1998年10月。

联大概况调查表》(1945年5月)称:"近来昆明物价飞腾,教职员一般皆入不敷出,负债借薪度日";学生"虽有公米可购,而柴菜昂贵,颇有营养不足之虑"。这些还略嫌抽象,真正让我大吃一惊的是"图书总数及增添情形":"中文总数33910册,西文总数13478册,每年添书约五百册。"只要稍有读书、藏书经验者,就会明白这数字背后的辛酸与沉重。堂堂中国最高学府,中西文藏书合起来还不到六万(请注意,今日北大图书馆藏书461万册),真不知教授们如何"传道授业解惑"。开始以为排版时漏了一个零,可核对第六册所收众多图书馆报告,证实此数字准确无误。

只有这个时候,我才理解西南联大为何需要制定那么严苛的图书借阅制度。1939年关于阅览室、借书处、书库证等若干规定,1943年被综合而成《西南联大图书馆阅读指南》。该"指南"规定:学生一般在阅览室读书,每次只能索书一册,且以四小时为限。正在撰写论文的四年级学生可凭论文导师证明,借阅与论题相关书籍三册,时间一周;如无他人需要,可续借一次;若到期不还,除停止借书权利外,还按管理规则予以处分。我先读的是第二册"会议记录卷",当时很惊讶西南联大常委会为何经常议决处罚学生,而最常见的理由竟然是违反图书管理规定。等到阅读第六册"经费设备校舍卷",了解联大图书馆的收藏以及相关规定,方才废书长叹——如此不近情理的规定,实不得已而为之!

第一册"总览卷"所收《国立西南联合大学纪念碑碑文》,在中国读书人中广为传诵;更因燕园立有此冯友兰撰文、闻一多篆额、罗庸书丹的名碑,我对其可谓"耳熟能详"。可重读一遍,照样还是感慨万千。碑文称西南联大可纪念者有四,最让我感动的是第三:

"联合大学以其兼容并包之精神,转移社会一时之风气,内树学术自由之规模,外来民主堡垒之称号,违千夫之诺诺,作一士之谔谔,此其可纪念者三也。"碑文力求简洁,有些话无法敞开来说。比如此"兼容并包之精神",一般人都会联想到蔡元培校长确立的老北大传统。这当然没错,可在战时特殊环境下,西南联大之所以能坚持"兼容并包之精神",成为大后方重要的"民主堡垒",还必须提及由清华大学带入的教授会制度。

著名经济学家陈岱孙曾撰文,高度评价梅贻琦校长之建立教授会制度,称其:"在校内,它有以民主的名义对抗校长独断专权的一面;在校外,它有以学术自主的名义对抗国民党派系势力对教育学术机构的侵入和控制的一面。"(《三四十年代清华大学校务领导体制和前校长梅贻琦》)而西南联大决策和管理之相对民主,与梅贻琦长期主持常委会工作,以及教授会制度的确立不无关系。西南联大的教授会,比起清华时期来,权限有所缩减,基本上属于咨询机构①;但在处理突发事件的关键时刻,教授会挺身而出,支持学生争取民主运动,作用非同小可。

1945年11月25日晚,西南联大等四校学生自治会召开反对内战呼吁和平的集会,在教授们的演讲声中,会场四周响起恐吓性的机关枪、冲锋枪、小钢炮;散会之后,交通又被军警断绝,数千与会者在寒风中颤抖。第二天,各校学生相继罢课,以示抗议。12月1日,大批特务和军警闯进联大等五处校园,捣毁校具,殴打师生,导致四人牺牲、十一人重伤,昆明学生争取民主运动由此迅速展

---

① 参见《国立西南联合大学史料》第一册收录的《西南联大教授会组织大纲》。

开①。关于这一历史事件，史书中多有记载；我关注的是校方及教授们在此"危机时刻"的态度及反应。第二册"会议记录卷"里，包含常委会、校务会和教授会三部分，恰好都有关于此次运动的记载，值得认真品读。

事件期间，常委会开过四次会，讨论了很多问题，也做了不少决议，除第三五七次会议议决"由本委员会即函本大学全体教师分别劝导学生于下星期一一律复课"和"推请本大学教务长、训导长、总务长代表本大学出席明日之本市各界为死难学生丧葬善后会议"外，其余均与此无关。校务会也开过四次会，每回议程倒是紧扣此事，只是决议很简单，没有多少约束力。在整个事件处理过程中，最为活跃的，当属教授会：共举行了九次会议，每回均有决议，且态度明确，措施得力。比如，第一次会议"推冯友兰、张奚若、钱端升、周炳琳、朱自清、赵凤喈、燕树棠、闻一多八先生为抗议书起草委员"；第二次会议"推派周炳琳、汤用彤、霍秉权三先生参加死难学生入殓仪式，代表本会同人致吊"；第三次会议组成以周炳琳为首的法律委员会并委托其"搜集有关本次事件之史料"，准备起诉云南军政首领，"务期早日办到惩凶及取消非法禁止集会之命令"。如此有条不紊地展开工作，边要求学生复课，边敦促政府惩凶，对于保证此次民主运动之有理有利有节，起了重要作用。

如此叙述，很可能给人教授会非常勇敢，而常委会和校务会则相当懦弱的印象。教授比校长激进，普遍倾向于支持学生的民主诉求，这一点毫无疑问。我想补充的是，问题可能还有另外一面，

---

① 参见闻一多《一二·一运动始末记》。

即不排除这种由教授会出面发表抗议声明、安抚学生复课并起诉军政当局,包含校方的策略选择。因仔细观察你会发现,危机期间,梅贻琦等学校领导,也都参加甚至主持了若干次重要的教授会。

回到陈岱孙对清华大学教授会制度的总结,以及冯友兰关于西南联大如何"内树学术自由之规模,外来民主堡垒之称号"的表彰,你会明白,一个已经消逝了半个世纪的大学,何以还能吸引那么多知识者的目光。单是"艰苦创业"或"人才辈出",似乎还不足以穷尽西南联大的魅力。

2000年6月12日于京北西三旗

(初刊2000年7月16日《新民晚报》)

# "大家"与"全集"
## ——《胡适全集》①出版感言

### "大家"与"名家"

不是每个舞文弄墨的人,都值得出版全集。这本是明摆着的事,可仔细琢磨,却也没那么简单。都是名人,谁该出"选集",谁能出"文集",谁又可以出"全集",其实没有一定之规。可读书人心里大都有杆秤,不说你也清楚,必须是"大家",方才配得上"全集"。你一定要打破禁忌,稍有点名气,便一心要弄出个全集来,也没人硬拦着,就怕不被读者接受,白白浪费了大好纸墨。

那么,什么是该出全集的大家?与"大家"相对的,不是无名鼠辈,而是同样声名显赫的"名家"。关于大家与名家的分辨,古已有之。清代诗人袁枚《随园诗话》卷一有云:"诗有大家,有名家。大家不嫌庞杂,名家必选字酌句。"清代史学家全祖望也有类似的说法:"作家"只要"瘦肥浓淡,得其一体"即可;而"大家"呢,"必有牢笼一切之观"(《文说》)。这里的"作家",约略等于袁枚所说的"名

---

① 季羡林主编:《胡适全集》,安徽教育出版社,2003年。

家"。名家有所得,大家有所失,得失之间,最该关注的,是其学问及文章的气象、境界和范围。

这样说还是有点虚。世人之谈论"大家",是有时空限定的,可能是一时一地,也可能是今生后世。换句话说,同被称为"大家",有在某一专业领域里出类拔萃的,也有影响及于整个学界乃至思想文化界的;有各领风骚三五年的,也有百年长青乃至千年不老的。专业领域里的领袖人物,固然可以出全集;更值得为其经营全集的,其实是那些思想及文章"牢笼一切",影响及于整个文化界者。这里不是分别"专家""通人"谁高谁低,而是牵涉到全集的特点,其"不嫌庞杂",巨细兼收,明显更适合于后者。

就拿胡适来说,其政治、宗教、哲学、史学、文学等方面的成就,在当时的中国,都不能说是"天下第一";可其"牢笼一切",却又是很多专门家所无法比拟的。这里有个反证,1954 年,中国科学院和全国作协联席会议上,决定开展综合性的"胡适思想批判"运动,并开列了主要内容:胡适哲学思想批判;胡适政治思想批判;胡适历史观点批判;胡适文学思想批判;胡适哲学史观点批判;胡适文学史观点批判;胡适的考据在历史和古典文学研究工作中地位和作用的批判;《红楼梦》的人民性和艺术成就,和对历来《红楼梦》研究的批判[①]。据说,对于这阵势,胡适不但不畏惧,还颇为得意。在《胡适口述自传》第十章里,有这么一段:"这张单子给我一个印象,那就是纵然迟至今日,中国共产党还认为我做了一些工作,而在上述七项工作中,每一项里,我都还留有'余毒'未清呢!"之所以说七

---

① 参见《学习》1955 年 2 月号。

项而不是九项,那是因为,古典文学本就涵盖了《红楼梦》,后三项可以合一。只是因此次运动以批胡适的《红楼梦》研究打头,方才将其单独列出。对二十世纪中国文化稍有了解者,都能掂得出这"九项(或七项)全能"的分量。这样的人物,无疑是经营全集的最佳人选。

"全集"之不同于"选集",不在篇幅,而在体例:后者可以扬长避短,前者则必须巨细无遗。人生几十年,每篇文章都可读,每则日记都无愧于天地,这样的人太少了。钱锺书生前跟人家打官司,反对校勘他的书,不准重印某些旧作,这都是基于中国文人传统:爱惜自己的羽毛。所谓"悔其少作",不是不承认,也不是刻意掩饰,而是对于那些不太精彩的"少作",如果确需重印,我要修改。对于很有自尊的学者来说,如此"改定稿",方才是我希望传给后世的东西。古人刊行文集,往往是在去世以后;因此,在世时尽量琢磨,少留遗憾。今人不一样,随写随刊,晚年清点,很可能后悔莫及。因此,对于那些特别珍惜自己羽毛的文人学者来说,后人的拼命辑佚,把他/她遗弃或有意掩埋的东西翻出来,重见天日,简直是跟他/她过不去。

正是从爱惜羽毛这一角度,全祖望认为,黄宗羲前面的文集好,是他自己编的;后面的文集不好,因生前来不及校订,弟子又不敢删改,难免玉石杂陈,可惜了。在《奉九沙先生论刻〈南雷全集〉书》中,全祖望提及黄宗羲晚年文章之"玉石并出,真赝杂糅":一来年纪大了,精力有所不济,不像中年文章那么精彩;二来晚年名气越来越大,"多应亲朋门旧之请,以谀墓掩真色"。至于同是声名远扬的大文人,为什么有人的文集非常精当,几乎篇篇可传;有的则很芜乱,夹杂很多谀墓之作?在全祖望看来,关键在于,是否有"有力高弟为之雠定"。大家都曾撰有不少应酬文章,至于入不入集、传不传世,取决于弟子的胆识与眼光。过于拘泥的弟子,一味谨守师文,反而可能糟蹋了尊师形象。

既然编全集,希望完整地呈现某一文人学者的形象,正反两方面的资料便都应该保留下来。可说实话,古往今来,经得起这么折腾的人物,不是很多。你很认真地为其辑佚、整理,不放过任何只言片语,好不容易弄出全集来,不只没加分,还减分。出全集,并非对所有的文人学者都有利,如果本身并不怎么"完美",出了全集,其光辉形象反而可能大受损伤。在这个意义上,出版全集,主要不是为了作者,而是为了读者——不是一般读者,而是那些拿着放大镜吹毛求疵的研究者。因此,对于"名家"来说,避免出全集,乃明智之举。既扬其所长,又留下无限想象的空间,何乐而不为?

## 出版"全集"的艰辛

一句"巨细无遗",说来简单,对于全集的编纂者来说,却是很要命的。像胡适这样著作等身的"大家",主干容易获得,反而是那些不太起眼的细枝末节,搜寻起来,很难有功德圆满的时候。为了那百分之十的竹头木屑,很可能花去你百分之九十以上的时间和精力。因此,评判全集编纂水平的高低,不看部头有多大,就看边角料处理得怎样。我之所以看好安徽教育出版社的《胡适全集》,不在于其皇皇四十四卷两千万言,而在于其包含大量可珍惜的"竹头木屑"。

胡适成名早、撰述多、影响大,这些都是编全集的有利条件;更何况适之先生是有"历史癖"的人,知道身后必将成为研究对象,预留了许多有用的资料。这点,看他每文必注写作时间,书信从不苟简,日记里粘贴许多参考资料,悉心保存自家草稿及朋友往来书札,就能明白。也正因为胡适的丰富与复杂,编纂全集并非易事。

最近二十年,胡适著作的出版势头很健,从《尝试集》《中国哲学史大纲》《白话文学史》《中国章回小说考证》等旧著重刊,到胡适日记、书信的整理出版,再到颇成规模的《胡适作品集》①《胡适学术文集》②《胡适精品集》③《胡适文集》④等,胡适的主要撰述,其实已经基本呈现。

这回推出的全集,除了集其大成,更重要的是拾遗补阙。具体说来,有以下几方面:第一,关于哲学、宗教、史学、文学、教育等卷,不少文章直接钩稽自胡适的手稿,作者生前并未发表;第二,对于了解胡适这样"双语写作"的作家,这回的五卷英文著述、两卷英文信函,是一大收获;第三,熟悉胡适生平者,都知道其晚年投入大量精力考辨《水经注》案,正式发表的论著虽不多,留下的未定稿或文章片断却数量惊人,如今整理出两百万字,可想而知其难度之大;第四,所有编全集的,最头疼、也最见功力的,往往是书信与日记。四卷《水经注》疑案考证、四卷书信,加上八卷日记,全集三分之一以上的篇幅,依赖的是作者的手稿,或辑录,或校勘,或补正。此前的相关出版物,比如台北胡适纪念馆1970年刊行的《胡适手稿》

---

① 《胡适作品集》:远流出版公司,1986年。
② 姜义华编:《胡适学术文集》,中华书局,1998年。
③ 胡明编:《胡适精品集》,光明日报出版社,1998年。
④ 欧阳哲生编:《胡适文集》,北京大学出版社,1998年。

(10集),台北远流出版公司1990年影印的《胡适的日记》手稿本(18册),黄山书社1994年推出的《胡适遗稿及秘藏书信》(42册),都给学界提供了很大方便。可将其分门别类,整理成文,还是需要花费很大工夫。可以说,大量使用存世的作者手稿,是《胡适全集》的一大特色,也是整理者的一大功绩。

对于研究者来说,《胡适全集》将是个蕴藏丰富的宝库,很多此前不被关注的史料逐渐浮出海面,很可能加深或改变我们对胡适的认识。这一点,我深信不疑。只是全集有全集的优势,全集也有全集的盲点,无法完全取代以前的各种专书。随便举两个例子。囿于只收胡适本人著述的体例,《胡适全集》第21卷只从《人权论集》里选收六文,而遗弃了属于罗隆基的三文、梁实秋的一文。1930年1月上海新月书店刊行的《人权论集》,乃胡适、罗隆基、梁实秋三人合撰,此书出版后曾掀起轩然大波,旋遭国民党当局查禁,甚至有"肉体解决"之类的威胁。只取胡文,且与其他文章混排,一般读者很难了解此书的整体性以及思想文献价值(北大版《胡适文集》将全书收入,有其道理)。

书信本是一种对话,可一入全集,都变成了独白。而丧失了对话者以及特定语境的书信,阅读起来总有遗憾,这是所有编纂全集者都面临的难题。书信进入全集,只能按时间顺序排列,除此之外,似乎没有更好的办法。这样一来,此前出版的若干书信集,或因其专题性,或因其保留对话者,仍然有其存在价值。比如,《胡适给赵元任的信》①《论学谈诗二十年——胡适杨联陞往来书札》②《不思量自难忘——胡适给韦莲司的信》③和《万山不许一溪奔——胡适雷震来往书信选集》④,以及研究者广泛使用的《胡适来往书信选》⑤,便都有全集不可及处。

《胡适全集》的编纂,得到许多学人的指点与参与,本身自成格局,值得大加赞许。至于说到编纂体例,因牵涉各自的学术立场,很可能见仁见智。就拿《中国古代哲学史》和《胡适留学日记》来说,也许就可以有另外一种编法。

《中国哲学史大纲》(卷上),1919年2月商务印书馆初版,到1930年共印行了15版。1931年收入"万有文库"时,经胡适提议,改题《中国古代哲学史》。1958年台北商务印书馆重印此书,胡适为其撰写《〈中国古代哲学史〉台北版自记》。此后,一书二名,同时并存,以何种面目进入各种"文集""全集",取决于编纂者的视野及趣味。比如,中华书局版《胡适学术文集》收的是《中国哲学史大纲》(卷上),北大版《胡适文集》以及这回推出的《胡适全集》,用的则是《中国古代哲学史》,三者都有版本演变的说明,对于专业研究者来说,不会产生误会。但我更倾向于前者,因其尊重这部名著的历史面貌及地位。对于此类建立新的学术范式的名著,我主张以

---

① 《胡适给赵元任的信》:萌芽出版社,1970年。
② 胡适纪念馆编:《论学谈诗二十年——胡适杨联陞往来书札》,联经出版公司,1998年。
③ 周质平:《不思量自难忘——胡适给韦莲司的信》,联经出版公司,1999年。
④ 万丽鹃编注、潘光哲校阅:《万山不许一溪奔——胡适雷震来往书信选集》,中央研究院,2001年。
⑤ 中国社会科学院近现代史研究所编:《胡适来往书信》,中华书局,1980年。

初版本为准,在校勘时注明作者日后的修订和删改。这里需要略加说明的是,胡适之所以改书名,一是其时正撰写"中国中古思想史",其体例及思路均与原先的"哲学史"不同,不想弄成"卷中"或"卷下";二是希望就此打住,让《中国古代哲学史》单独刊行,以摆脱"半部书"的心病。其实,对于"开风气"的作品来说,有没有"卷下",关系不大,胡适完全不必介意。

《胡适留学日记》乃专题性日记,起自 1910 年 8 月,终于 1917 年 7 月。1939 年,上海亚东图书馆刊行此书时,定名《藏晖室札记》;1947 年上海商务印书馆重刊,胡适作了校对并改为今题。在我看来,这种作者生前出版的"日记",属于"著述",应该与后人据手稿整理者分开。这一点,可以参照《鲁迅全集》中的《两地书》。鲁迅、许广平的通信集《两地书》,与其他书信不能混排,不只因其相对完整,更因那是一种特殊形式的"著述"。学者王得后将其与现存手稿相对照,发现鲁迅在整理时做了很多意味深长的修改[①]。上面提及的远流版《胡适的日记》手稿本和黄山书社版《胡适遗稿及秘藏书信》,保存了很多胡适日记手稿,唯独未见留学部分。因此,整理时只能以亚东本与商务本相对勘,而无法判断其是否忠实于"原本"。私心以为,即便胡适没做大的删改,既然当初将其单独刊行,便应以"著述"看待。

### 后来者的责任

十年辛苦不寻常,《胡适全集》的出版,从一个特定角度折射了

---

[①] 王得后:《〈两地书〉研究》,天津人民出版社,1982 年。

社会的进步。从1954年全国范围的"批胡",到今天为其出版全集,既说明胡适本人的永久魅力,也显示了社会的日渐宽容——不见得大家都认同胡适的主张,但承认作为历史人物,胡适值得我们认真面对。这是一个契机,倘若希望与"现代中国"展开深入的对话,借助若干"大家"的思考,无疑是一条有效的途径。在这个意义上,为现代思想文化史上的诸多"大家"编纂名副其实的"全集",对于今人来说,责无旁贷。

所谓"全集",大都是在学者/文人身后,由其弟子或后人代为编辑的。但也有例外,比如,1926年,风华正茂的郁达夫就曾自编全集,理由是:"在未死之前,出什么全集,说来原有点可笑,但是自家却觉得是应该把过去的生活结一个总账的时候了";"自家今年满了三十岁,当今年的诞生之日,把过去的污点回视回视,也未始不是洁身修行的一种妙法,这又是此际出全集的一个原因"(《〈达夫全集〉自序》)。这毕竟是特定时期的出版风气,也符合郁达夫风流倜傥的性格;一般情况下,不会出此奇招。众多文学史、学术史、思想史上的"大家",还是有赖于我辈后人代劳。

必须是"大家",方才值得出版"全集";这话翻转过来便是:倘若"大家"的"全集"没能及时整理、出版,责任在于后来者。这里可能有政治上的忌讳、学术上的困难,还包括经济上的窘迫等,但无论如何辩解,都是没有"尽责"。从《胡适全集》的出版,我隐约看到一种希望,随着社会的日渐开放,以及出版人文化承担意识的凸显,会有越来越多"大家"的"全集"面世。

我曾经设想,假如我们能为晚清一代的黄遵宪(1848—1905)、严复(1854—1921)、康有为(1858—1927)、蔡元培(1868—1940)、章炳麟(1869—1936)、梁启超(1873—1929)、王国维(1877—1927)、刘师培(1884—1919);以及"五四"一代的陈独秀(1879—1942)、鲁迅(1881—1936)、周作人(1884—1967)、陈寅恪(1890—1969)、胡适(1891—1962)、郭沫若(1892—1978)、顾颉刚(1893—1980)、茅盾(1896—1981)、郑振铎(1898—1958)等,全都出版名副其实的"全集",那么,我们讨论二十世纪中国的思想、文化、学术,将有很好的根基。这里面的某些人,可能气节有亏(比如刘师培的为清廷当密探,以及周作人抗战中的落水),但其在思想文化上的创造,依旧值得尊敬。至于三十年代以后登上历史舞台的学者及文人,也有很出色的;可我认定,理解二十世纪中国的思想文化,晚清及"五四"那两代人最为关键。

这两代人中的"大家",有出版不止一种"全集"的(如蔡元培、鲁迅),也有起了个大早,赶了个晚集,"全集"至今没能完工的(如康有为、章太炎),更有名为"全集",实则大有欠缺,需要重新打造的(如梁启超),还有至今顾虑重重,没能提上议事日程的(如周作人)。能像《蔡元培全集》《鲁迅全集》那样没有任何忌讳,有文必录,兼及书信、日记乃至部分个人签署的公文的,或者像《胡适全集》这样大量采用未刊手稿的,当然最为理想;实在不行,也希望能为上述诸君出版基本涵盖其撰述的"准全集"。

作为一个关注二十世纪中国思想文化进程的学者,在庆贺《胡适全集》出版之余,难免浮想联翩。如此"得寸进尺",但愿不算太奢侈。

2003年9月9日于京北西三旗

(初刊2003年9月17日《中华读书报》)

# 学者也诗人

## ——《钟敬文遗作诗文诵读选录》序

以百岁高龄谢世的钟敬文先生(1903—2002),无疑主要以学术著述及传道授业解惑名世;可除此之外,他还是位颇有成就的散文家与诗人。

谈论钟先生的文采风流,人们喜欢以郁达夫编《中国新文学大系·散文二集》时收录了《西湖的雪景》等四文,并称钟敬文"散文清朗绝俗,可以继周作人、冰心的后武"[1],作为最佳例证。其实,类似的评论,钟先生本人早就心领了。在《荔枝小品》的"题记"中,钟自称:"是的,我承认,我喜欢读周先生的文章,并且,我所写的,确也有些和他相像。"这是文。诗呢?钟先生晚年在中央电视台"东方之子"节目上曾自我表白,说身后的墓碑上,希望题"诗人钟敬文"五个字就够了。更有说服力的,还属2001年钟先生所撰《拟百岁自省》:

历经仄径与危滩,步履蹒跚到百年。

---

[1] 郁达夫编:《〈中国新文学大系·散文二集〉导言》,上海良友图书公司,1935年。

> 曾抱壮心奔国难,犹余微尚恋诗篇。
> 宏思峻想终何补,素食粗衣分自甘。
> 学艺事功都未了,发挥知有后来贤。

解读此诗,称颂其"囊括了上个世纪几代知识分子的情状",是"百年心声";或者推测"先生晚年归心,主要是做诗人"[①],当然都站得住脚。可我更想说的是,钟先生一生,始终在诗人与学者之间游荡、徘徊。

早岁西子湖畔的抒情散文,以及晚年奔驰南北的旅游韵语,可视为"诗人"钟敬文交给这个大时代的答卷。只是,这一诗人的"底色"如何影响了其大半生的学术选择,让我更为关心。不错,1930年版《湖上散记》的"后记"中,钟先生曾明确表示:退出文坛,专心民俗学研究。此后的五十年,钟先生不食诺言,辛勤耕耘于民俗学及民间文艺学这一特殊园地,取得了举世瞩目的成绩。我这里想追问的是,这一头一尾的"诗",是否影响了中间的"学"。

今年春天,我在巴黎讲学,业余时间,常到法兰西学院东亚图书馆读书。在那里,发现了一大批二十年代末上海北新书局赠送的图书,其中就有钟敬文编著的《荔枝小品》《鲁迅在广东》《客音情歌集》《呆女婿的故事——民间故事之一》《歌谣论集》等。在翻阅这些"乡里先贤"的著作时,突然间悟出一个道理:对于受"五四"新文化熏陶启迪的那代学者来说,研究俗文学以及民间文化、民俗学等,很可能是人世间最具有"诗意"的学问。像周作人、刘半农、顾

---

[①] 北京师范大学中文系编:《人民的学者钟敬文》,其中王得后编《世纪老人的心声》、郭预衡《犹余微尚恋诗篇》,学苑出版社,2003年。

颉刚等人之关注歌谣、笑话、民间传说等,既是考史,也希望借此为刚刚诞生的新文学寻找方向。

出于对"贵族文化"的反叛,"五四"新文化人大力表彰"民间文化",此举影响极为深远,自有其历史合理性。当然,因低估了"走向民间"的难度,高估了"俗文学"的艺术潜力,以及刻意制造贵族/民间的二元对立,也留下了不小的遗憾。但无论如何,早年喜欢谈论歌谣等俗文学的新文化人,大都兼及创作与研究,其基本理念是:文学可以而且应该从民间获得创新的原动力。

"为着民众的心声(歌谣)的剖析和宣扬,我才毅然提起学究的皮包,微笑着踏上了那征途的。"(《为了民谣的旅行》)如此蕴涵着诗意与学问的"征途",只能属于俗文学、民俗学这样特定的学科。充满瑰丽、诡异与迷茫的学术人生,就像一首诗——这样的比喻,用在钟先生身上,似乎尤为贴切。不仅仅是《羊城风景片题记》《游龙井》《碧云寺的秋色》那样优美的记游文字,也不仅仅是《南行杂诗》(1982年)、《成都杂咏》(1986年)、《广州行杂诗》(1989年)、《齐鲁行诗稿》(1990年)等晚年诗作,钟先生的"诗意"深入骨髓,更多地体现在其对于自家格外钟情的民俗学以及民间文学的不懈追求。在别人,吟诗与做学问,很可能是不相干的两回事;而在钟先生,其人生、其学问都浸透着诗。

严格说来,钟先生的抒情散文以及旧体诗,在现代文学史上不属于第一流的作品。只是因为有精彩的人生以及笃实的学问作底,这些诗文,方才显出其特有的韵味来。这是一个将人生、将学问作为"诗"来苦心经营的学者。看他九十多岁还兢兢业业地指导博士生,卧病在床还津津有味地谈论研究课题,那份认真与坚执,着实叫人感动。或许,对学问"痴迷"本身,就带有某种"圣心""童心"与"诗心"。

对于钟敬文这样注重民俗以及民间文化的学者来说,地方性知识不只是学识的根基,也是感情的寄托。可惜,钟先生的诗文中,涉及自己家乡的并不多。《我与佛寺》中谈及海丰城外那个青年时代曾经寄居的寂静清幽的佛寺,"在寺里的时候,时常也和马君谈谈新文学,或者和老和尚扯扯禅理"。六十年后,"那座县城外我曾经深深印下足迹的古寺,现在到底怎样了呢?"学者兼诗人的钟敬文先生,"搓着老眼,遥望南天,实在不禁默想和驰思了"。

面对如此情真意切的"怀乡之作",作为半个老乡,我心有戚戚焉。由于专业的缘故,我对海丰现代史上的名人,比如政治家彭湃、音乐家马思聪、文学家丘东平、民俗学家钟敬文等,大都有所了解。但我之所以关注海丰这座古城,很大程度上是因为它跟我的老家潮州一样,原本都属汕头地区。在中大念书时,同学中多来自海丰的老乡;每次回家探亲,若乘车,那更是必经之路。只可惜,我还无缘见识钟先生梦魂萦绕的那县城外的古寺。

除了半个老乡,我和钟先生都是中山大学的校友,都喜欢苏曼殊这"行云流水一孤僧"。(钟先生1987年的《丁卯浙行吟草》中有《怀苏曼殊大师》二首,其一曰:"少年耽读醉心肝,一卷清诗燕子龛。老大湖游成梦忆,胸中舌本尚余甘。")可我与钟先生其实只在公共场合见过一两面,并无直接的交往。倒是钟先生的公子少华先生,因专业相近的缘故,与我多有接触。

近日得知,少华先生为故乡年轻人编辑的《钟敬文遗作诗文诵读选录》即将出版,欣然应邀撰序,借以表达我对于这位乡里先贤的景仰。

2004年9月24日于京西圆明园花园

（此文改题《乡贤钟敬文先生》，刊2005年第4期，《文化交流》略有删节）

# 《新时期学术发展的回瞻》[①]序

谈及做学问的方法与境界,不能不想到清代大学者戴震关于"抬轿子"与"坐轿子"的妙喻。以闻道为归宿的戴震,将训诂、声韵、天象、地理四者视为"肩舆之隶";至于"乘舆之大人",非义理莫属。此说经由同时代人段玉裁、章学诚同中有异的记录,再加上后世学者胡适、傅斯年、余英时等人的引申发挥,已成经典名言。

我相信余英时先生的考辨,此说凸显了戴震与其时占主流地位的考证派之既敷衍妥协、又别有主见,是一种"紧张心情下的谈论"[②]。借助"故训明则古经明,古经明则贤人圣人之理义明"的特殊策略,兼及思想与考证的戴东原,较好地化解了内心的冲突与紧张。可脱离具体语境,马上出现一个难题:对于后世无数既想"抬轿子"、又想"坐轿子"的学者来说,一会儿跳上、一会儿跳下,能否得心应手、转化自然?

与此相类似,学术史(广义的,包括当代学术批评)与各项专门研究之间,也有类似的打格。不过,我更喜欢另一个比喻,那就是"清道夫"与"建筑工",原因是,二者之间没有高低贵贱之分,其分工合作更具协调性。实际上,在我看来,对自家所从事的研究课

---

[①] 余三定:《新时期学术发展的回瞻》,北京大学出版社,2005年。
[②] 余英时:《论戴震与章学诚》,东大图书,1996年,第121—134页。

题、所从属的学科体系、所认同的学术传统,保持足够的自我反省意识与能力,而不局限于"埋头拉车",很可能正是近二十年中国学术发展的关键。因此,我对目前中国学界已成阵势的"偏师"——学术史撰述、学人研究、学术评论、专业书评等,抱有深深的敬意。正是这些琐碎但又执着的努力,给中国学术的"自清洁",以及各专门课题的"大进军",提供了可能性。作为个体的学者,你可以注重清扫园地,也可以倾向重建高楼,还可以鱼与熊掌兼而得之。而我看重的是,"学术史眼光"目前俨然已成研究者的基本素养。

说这些,是因读余三定先生书稿《新时期学术发展的回瞻》,有感而发。自认才高八斗者,往往喜欢指点江山、激扬文字;若我辈中人,不仅对往圣先贤崇敬有加,对当世同道,也该多点体贴、理解与同情。做学术史研究的人,很容易养成一种没来由的"知识的傲慢",似乎只有自己站得高看得远,目空当下,动辄说张三不行、李四太差、王五一点没学问。余书避免了这个毛病,故值得嘉许。虽未见惊世骇俗的高论,可有三说三,有四说四,不自作聪明,也不高自标榜,如此低调、平实的姿态,自有其好处——起码说明作者不容易被时尚所左右,认准了,就一直往前走。

大约十年前,余三定先生来北大进修,那时我的印象是,此君朴实无华,好学不倦。不同于高明者之急于表现,故忽上忽下,随时沉浮,"低调"且"平实"的余君,步步为营,反而多有创获。真应了那句老话:对于学者来说,眼界、天资、基础知识等固然重要,锲而不舍的心志,更是必备条件。

2004年9月12日于京西圆明园

(序言以《"清道夫"与"建筑工"》为题,刊2005年第2期《云梦学刊》)

# 《中国民间文学研究的现代轨辙》[①]序

对于"五四"新文化人来说,大力提倡并积极尝试白话诗的写作,很大程度上是一种历史责任。因此,一旦时过境迁,这些曾经"摇旗呐喊"的新诗人,当即"金盆洗手"。比如,鲁迅就说过:"只因为那时诗坛寂寞,所以打打边鼓,凑些热闹;待到称为诗人的一出现,就洗手不作了。"(《〈集外集〉序言》)我之谈论"俗文学",扮演的也是类似的角色。不同的是,鲁迅虽不以新诗名世,其1918年在《新青年》上发表的《梦》《爱之神》《桃花》《他们的花园》《人与时》等新诗,拒绝直白的说理,追求意境的幽深,其象征手法的娴熟,以及驾御白话的能力,非同期半词半曲的"放大的小脚"可比,在文学史上仍有其地位。我之"打打边鼓,凑些热闹",连这点"实绩"都不敢企望。

此前,我已三次撰文,谈论俗文学研究;当然,全都是蜻蜓点水。2000年3月,在"学术史上的俗文学"研讨会上,我谈到:二十一世纪的中国文学史家,无法完全漠视"俗文学"的存在;而这,有赖于我们自身研究水平的迅速提高,而不是咄咄逼人的挑战姿态;

---

[①] 陈泳超:《中国民间文学研究的现代轨辙》,北京大学出版社,2005年。

学术史的清理，可以让我们获得清晰的前景，起码知道"路在何方"①。2001年10月，在"俗文学与现代中国文化进程"研讨会上，我提出突破学科藩篱，将俗文学研究与整个现代中国思想文化进程相勾连；理由是，俗文学的崛起与二十世纪中国政治、思想、文化的变迁密切相关，蕴涵思想史意义，值得格外珍惜②。2002年7月，我又为中国俗文学学会主编的《现代学术史上的俗文学》撰写序言，谈及：专门从事学术史著述者，擅长的是学术思潮的描述以及思想史路向的分梳，而很难真正深入到具体学科内部；学科史的回顾与自我反省，须依靠各学科的专家（《〈现代学术史上的俗文学〉序》）。

很可惜，三次赶考，都是不得其门而入。这回为陈泳超著作撰序，估计也难逃"提倡有心，创造无力"之讥（套用胡适谈及新诗时的自嘲）。不是认不得路，而是意识到的历史责任与实际能力之间，存在巨大缝隙，于是，只好扮演"鼓且呼"的角色。

只要稍微留心，不难发现，我关注的始终是"学术史上的俗文学"。从学术史的角度，探讨"俗文学"/"民间文学"作为一个学科的兴起与演进，而不涉足神话、传说、故事、笑话、歌谣、弹词、宝卷、鼓词等具体文类的得失。2003年之支持"民间文化青年论坛"网络会议，以及这次为陈君大作写序，同样基于这一考量——前者的论题是"中国现代学术史上的民间文学"，后者的书名则为《中国民间文学研究的现代轨辙》。之所以坚持从学术史角度不断叩问"民间

---

① 陈平原：《我看俗文学研究》，《中华读书报》，2000年4月8日。
② 陈平原：《学者呼吁加强中国俗文学研究》，《中华读书报》，2001年10月24日。

文学"/"俗文学",是意识到此学科的巨大潜力与目前的研究现状之间存在巨大落差,希望通过对学科史的深刻反省,寻找出路并召唤同道。

所谓"学术史研究",可以是学术思潮的描述、学科建制的剖析,也可以是学术传统的建构、学者著述的评判。陈著集中讨论刘半农对民歌俗曲的借鉴和研究、胡适对民间文学的发现和倡导、周作人的民间文学思想、顾颉刚围绕古史及传说的考证、郑振铎与中国俗文学研究格局的奠定、闻一多浪漫主义的神话阐释、朱自清的歌谣史论,以及钟敬文之作为民间文学研究之"世纪见证",基本思路是兼及学人与学科。在《中国文学研究现代化进程二编》[1]的"后记"中,我曾提到:比起综合性著述,"这种透过具体学者治学道路的描述及成败得失的分析,'勾勒出近百年学术史的某一侧面',气魄虽不够宏大,其细腻与深沉,却也别具风韵。对于术业有专攻的读者来说,如此'体贴入微',或许更具亲和力。"阅读陈著,更加深了我的这一印象。

作为陈泳超博士后阶段的指导教授,我对他所从事的这一课题始终抱有浓厚的兴趣。眼看其专著出版在即,遂欣然命笔,为之作序。

2004年9月13日于京西圆明园

---

[1] 陈平原:《中国文学研究现代化进程二编》,北京大学出版社,2002年。

# 《诗界革命与文学转型》[1]序

在《〈来之文录〉序》中,夏晓虹称其师季镇淮的治学以先秦两汉、中唐及近代为重心,每个时期又各有侧重点,分别为司马迁、韩愈与龚自珍。"季先生选取每段文学史中具有开风气之先、对后世影响深远的大家,作精湛的个案分析,便可以顺流直下,理清纷繁的历史发展线索。这一研究路数,以点带面,诚为研究文学史的有效方法。"真的是"有其师必有其徒",季先生指导的研究生,入手处往往也都是此等大转折时代的"关键人物"。比如孙文光的专攻龚自珍、张中的选择柳亚子、张永芳的钟情黄遵宪,以及夏晓虹的执着梁启超,便都是这一学术思路的合理延伸。

稍有研究经验者,大都晓得抓"关键人物"的合理性。问题在于,这种强调沉潜把玩的读书方法,吃力不讨好,现在已经很不时兴了。就算你有足够的聪明与勤奋,打好根基后,很快左顾右盼,上挂下联,落实"以点带面"的设想,可还是赶不上人家跑马圈地、蜻蜓点水的便捷。再说,既然是大家,研究者必众,"眼前有景道不得,崔颢题诗在上头",是再正常不过的了。还有,书读得越多,越

---

[1] 张永芳:《诗界革命与文学转型》,中国社会科学出版社,2004年。

明白学海无涯,不敢轻言著述。既然世人普遍服膺张爱玲的"出名要早",此举之不入高人眼,自在意料之中。只是看多了各种靠颠倒时论而出奇制胜、迅速崛起又迅速陨落的"成功人士",我反而怀念起季先生及其弟子们的认真与执着——从细微处做起,尽其所能,一步步往前挪,能走多远算多远。

记得永芳兄说过,各人天资不一,不能强求平等,就这个水平,只要尽了力,也就心安理得。这态度,我很喜欢,因其平淡中隐含着自信,很像季先生,也很像季先生的老师朱自清。念中国现代文学的,大都会记得朱先生撰于1922年的长诗《毁灭》,其中常被论者引述的是这么几句:"摆脱掉纠缠,还原了一个平平常常的我!从此我不再仰眼看青天,不再低头看白水,只谨慎着我双双的脚步;我要一步步踏在土泥上,打上深深的脚印!"二十年前初读这诗,也曾热泪盈眶——为了诗人那难得的平常心以及"君子以自强不息"的人生情怀。

其实,当年在西南联大,季镇淮先生跟随的是闻一多,王瑶先生的导师才是朱自清。只是那时候中文系的研究生很少,闻朱的学生一起上课,没什么门户之见。有趣的是,日后的发展,王似闻,而季则更像朱。学者的精彩表现,与师承有关,但更根源于机遇与才情。只要本人感觉得心应手,那就行了,无所谓错位不错位。对于闻一多惊鸿一瞥的怒发冲冠、壮怀激烈,世人多能欣赏;需要提醒的是,无论从政还是论学,像朱自清那样"一步步踏在土泥上,打上深深的脚印",同样值得表彰。

我认识好几位季先生的弟子,发现其大都有乃师之风——沉稳,朴实,不过分张扬,也很少显山露水,但同行都知道其内力深厚。看永芳兄锲而不舍地关注"诗界革命与文学转型",尤其是详细考察黄遵宪的大同理想、诗史风格、海外见闻、乡野民歌等,说实话,我还是很感动的。因为,这年头,愿意踏踏实实读书做学问的,不是很多。

2004年7月12日于圆明园北

# 南洋大学的故事
## ——《记忆南洋大学》[①]序

对半个世纪前创办于新加坡的南洋大学,我早就耳闻。二十年前,因研究林语堂的缘故,我稍微关注过这所大学;但那时思考的是林氏为何匆匆离去,而不曾认真体察这所大学的来龙去脉。前年秋天,应邀参加马来西亚新纪元学院举办的学术会议,接触了不少热心华文教育的新马华人,不断听他们讲述南洋大学的故事,不禁心有戚戚焉。临走时,华社研究中心的李业霖先生送我一大厚册他主编的《南洋大学走过的历史道路——南大从创办到被关闭重要文献选编》[②]。闲来翻翻,对这所创校二十五年,培养了一万两千多名学生,现已消逝在历史深处的大学,充满敬意以及好奇心。

事有凑巧,最近发生的两件小事,促使我重读这些珍贵的历史文献。一是陕西电视台的"开坛"节目,邀我当主讲嘉宾,讨论当今中国民办大学的发展趋势;一是胡兴荣博士编写《记忆南洋大学》,希望我为其写序。表面上,一海内,一海外;一现实,一历史,风马

---

[①] 胡兴荣编著:《记忆南洋大学》,广西师范大学出版社,2006年。
[②] 李业霖主编:《南洋大学走过的历史道路》,马来西亚南洋大学校友会,2002年。

牛不相及。可对我来说,将二者参照阅读,兴味无穷。

胡著分为两部分,上半部记录陈六使与新马华人共同创办海外第一所华文大学的经过(1953—1963);下半部讲述南大如何历经诸多磨难,最后并入新加坡国立大学(1964—1980)。这是一册图文书,篇幅不大,所讲述的故事却扣人心弦。我认同作者在《导言》中所说的:"毫无疑问,南洋大学是新马华人凝聚了无数心血的美丽家园,不论是银行家还是市井小贩,他们都对知识和文明充满了尊敬,并且携手创造了这个永恒的传奇。如果说事物乃经不起岁月的冲刷,但自强不息和逆境求生存的南大精神,则早已溶入了南大人的神髓。"唯一需要补充的是,欣赏并神往这种"自强不息和逆境求生存的南大精神"的,并不仅仅是南大人。换句话说,这本小书的读者,应该是所有关心教育——尤其是大学教育的专家以及普通人。

对于南洋大学的神奇历史以及精神遗产,完全可以有多种解读方式。第一,如何发展海外华文教育(包括今天中国政府设想的遍布全世界的孔子学院);第二,民间有无能力凭借自己的力量,独立自主办好大学;第三,怎样在发展中国家办好高水平的大学。所有这些,对于今日中国之大学事业,不无借鉴作用。

1953年,针对英殖民政府在新马地区奉行"英文至上"、排斥华文教育的政策,时任新加坡会馆主席及中华总商会会长的陈六使(1897—1972)振臂一呼,集资办学。此举很容易让人联想到其同乡及恩公陈嘉庚(1874—1961)之创办厦门大学。唯一不同的是,后者乃传统中国的美德,赚了钱,惠泽乡里,流芳百世;前者则因时势转移,意识到新一代华侨不再衣锦还乡,而必须尽快融入当地社会。既希望落地生根,又不忘中华文化,这就有了在海外创办华文大学的迫切需求。同是捐资办学,陈六使的艰难,在其先辈之上;经费窘迫是一个难题,但更让人头疼的,还是政府明里暗里的阻挠。正是这一点,让读史者扼腕不已。

几乎从一开始,南洋大学便被一系列的学术评鉴所困扰。作者称,前后三份专家报告书,有一共同点:"即绕过了南大创办的动机、社会背景和办学宗旨",只谈技术问题。其实未必。像"立即设立马来学系以便充分地强调国语"、中国语言文学系"改称为汉学系",使"该系的毕业生在维持国内各族和睦相处方面有所贡献"[①],所有这些建议或曰指令,是包含丰富的意识形态内涵的;而且,直接针对的,正是南大的"办学宗旨"。这从政府立意要将南大改造成一所英文大学,可以看得很清楚。这里确实有学术方面的考量,但更重要的,还是政权的稳定。李光耀总理的说法冠冕堂皇:南洋大学作为移民热爱自己的语言文化的象征,是有保存价值的;但考虑到"鼓起对中华文化和传统深感自豪的那些理想,并没有作为建立毕业生能够经得起市场考验的大学教育的实际现实",南大只能改制[②]。马华工商总会追问"新加坡是否只应拥有一间大学",并非症结所在。摆在台面上的,是华文教育的质量问题,为毕业生出路着想,非改成英文教学不可。但我相信,除了政治家信誓旦旦的表白,在冷战的大背景下,警惕华文大学可能潜藏着的"亲中""赤化"

---

① 李业霖主编:《南洋大学走过的历史道路》,王赓武等《南洋大学课程审查委员会报告书》,马来西亚南洋大学校友会,2002年,第308—322页。
② 李业霖主编:《南洋大学走过的历史道路》,马来西亚南洋大学校友会,2002年,第570页。

等危险性,维护社会秩序、民族团结以及意识形态统一,方才是政府决策的关键。

从开办到合并,二十几年间,南洋大学始终伴随着激烈的争议。其中一个重要的话题,便是南大的首要目标,是办成世界一流大学呢,还是有本土情怀,服务于本地区社会发展需要。1969年出任南洋大学校长、1972年起任香港大学首任华人校长达十四年,退休后曾协助李嘉诚筹建汕头大学的黄丽松博士(1920—),曾于1970年撰写《在发展中国家里成长的南洋大学》,提到发展中国家大学的共同特征:对本国文化缺乏认识、师资与设备不理想、经费缺乏、政府干预决策等,而南洋大学的优势则在于,"一开始就认定以东方文化为基础","同时,我们认为一间大学的教学与研究工作,不能单单着眼在物质与实用方面而忽视传统的探讨真理的精神"[1]。这段话,今天看来,仍有某种预见性。时至今日,讨论中国大学教育的,往往纠缠在办第一流大学到底需要多少钱这个问题上。办大学——尤其是民间集资办大学,需要比较丰厚的物质基础,但更需要一股气,一种精神。这种"自强不息和逆境求生存"的精神,落实在校长、落实在教授、也落实在学生身上。

1970年8月,李光耀总理应南洋大学历史学会之请,做《南大与我们的前途》专题演讲,其中提到,南大创办的最初几年,出现很多非常优秀的学生;"很矛盾的,现在南大的师资和教学水准虽已

---

[1] 李业霖主编:《南洋大学走过的历史道路》,马来西亚南洋大学校友会,2002年,第428—431页。

提高了,但特出的学生却没有从前那么多"①。教学水平上去了,学生却不见得比以前更有出息,如何解释这一矛盾? 我以为,关键在于创校初期,教授与学生全都憋着一股气,有明显的精神追求。其实,不只南洋大学如此,古今中外很多大学,都曾面临如此尴尬的情境。

这就说到了南大的首任校长林语堂。据说,南洋大学原想敦请曾任清华校长的梅贻琦出山,可阴差阳错,校长最后变成了自动请缨的林语堂。林一到新加坡,就扬言要把南大办成哈佛、牛津那样的世界一流大学;而这就需要一流的校舍,一流的教职员以及一流的薪水。如此高的期待,与民间捐资办学的实际能力,形成巨大的缝隙。因预算案与执委会闹僵,林语堂领取巨额遣散费后宣布辞职。此事的具体经过及是非曲直,可参见林语堂次女林太乙著《林语堂传》②第二十章"南洋大学校长",还有前南大秘书长潘受(1911—1999)口述、张曦娜执笔的《南大创建时的林语堂事件》③。撇开个人评价,潘的总结不无道理:"就大学校长的人选而言,我们觉得作家不如学者,学者不如教育家,教育家不如教育事业家;一些国立大学的成绩往往不如私立大学,原因就在私立大学的校长,得惨淡经营,很自然的易于成为教育事业家。"以我对民国年间诸多私立大学的了解,以及对当今中国民办高等教育的观察,林语堂

---

① 李业霖主编:《南洋大学走过的历史道路》,马来西亚南洋大学校友会,2002年,第440—444页。
② 林太乙:《林语堂传》,联经出版公司,1989年。
③ 李业霖主编:《南洋大学走过的历史道路》,马来西亚南洋大学校友会,2002年,第41—54页。

好高骛远的办学思路,确实有问题。其诸多关于南大的议论,不说哗众取宠,起码也是华而不实。办大学不是写文章,需要理想、需要才学,更需要实干与牺牲精神;而这些,非林氏所长。

在本书的《后记》中,胡兴荣博士称:"坦白说,对于南大,我没有太多的哀伤,但却对那个年代充满怀念和感动;尤其上一代人与周遭环境搏斗的意志力,让人心生敬意。"谈论历史话题,需要距离感,以便保持独立判断,不受个人情感及好恶的影响;可一旦亲临现场,你我都很难十分冷静。就像本书,既然题记"献给陈六使和他同时代的人",就不是简单的讲故事。不管作者如何辩解,我还是从中读出"悲情"与"哀伤"。

作为读者,我同样别有幽怀。比如,我会联想到晚清以降诸多仁人志士独力创办大学、为国家培育英才的感人故事,像马相伯的复旦、张伯苓的南开、陈嘉庚的厦大,还有唐文治的无锡国专、张寿镛的东华大学等。所有这些故事,都有让人荡气回肠的章节。当然,我也会联想到今日中国方兴未艾的民办高等教育。只是背景不同,思路纷繁,为避免过度阐释,就此打住。

但有一点,我坚信不移:办大学,学术质量之外,还应该有个性、精神以及文化情怀。这也是我阅读《记忆南洋大学》的最大感受。

2005年7月22日于京西圆明园花园
(序言作为《教育三题之一》,刊2005年12期《书城》)

# 《小说新论——以微篇小说为重点》[①]序

两年前的这个时候,春暖花开,邵阳学院副教授龙钢华申请到北大,随我进修"小说学"。读了他的课题报告,我一时兴起,答应日后新书完成时,为他写一则小序。转眼间,厚厚一叠书稿校样,懒洋洋地躺在我朝阳的书桌上——我当然明白,兑现诺言的时候到了。

北大一年,龙君真的是争分夺秒,不时跑来打招呼:"又写了一章";而我呢,不希望他写得太快,生怕糟蹋了这好题目。因此,老是回答:"别着急!"面对这个"带艺投师"、认真而又执着的"湖南蛮子",我的任务不是快马加鞭,而是泼冷水,让他稍微歇歇,多琢磨琢磨。如此"拖"字诀,相当见效,眼看着龙君书稿日渐成型,我颇为得意。

就像书名所表达的,龙君的"小说新论",是"以微篇小说为重点"的。选择这一论述策略,部分缘于我的建议。当初,读了此书若干章节的初稿,我感兴趣的,正是其中关于"微篇小说"的部分。于是,极力主张龙君舍弃那些面面俱到的描述,主攻"微篇小说"。

---

[①] 龙钢华:《小说新论——以微篇小说为重点》,湖南人民出版社,2006年。

现在看来,这个"战略转移",大体上是成功的。

龙君所论述的"微篇小说"(或称"小小说""超短篇""微型小说"),其引人注目,大概是最近十年的事。随着生活节奏的加快,以及现代传媒的发达,此类篇幅很短(每则不过一两千字)、结构及趣味别有洞天的"微篇小说",与我们所熟悉的"短篇小说",渐行渐远,甚至开始"分庭抗礼"起来。据说,目前全国有四千多家报刊在为"微篇小说"提供发表园地,而专收"微篇小说"的《小小说选刊》《微型小说选刊》《小小说月刊》《精选小小说》等,每期的发行量都在60万份以上。说实话,最初读到这些材料,我大吃一惊。面对如此"文学现象",学界不可能、也不应该长期保持沉默。正是在这个意义上,我鼓励龙君继续沉潜把玩此特殊文类。

龙著从整个中国小说史的发展,来论述"微篇小说"的流变,并着力描述其美学特征、叙事艺术以及创作技巧,所有这些,我没有专门研究,不好胡乱评说。我格外关注的是,这些点到即止、寸铁杀人的"小小说",与传统中国笔记的联系。

今人所熟悉的以虚构、叙事为特征的"小说"概念,其实是晚清文人在接受西学的过程中,逐渐组合起来的。编撰"中国小说史"时,我们往往将文言系统的笔记小说与白话系统的章回小说捏合在一起。而实际上,这两者在传统中国渊源不同,在现代中国更是出路迥异。经由"五四"新文化人的积极提倡,借鉴西方榜样建立起来的"现代小说"一路凯歌,至于"章回小说",虽说被挤到了文坛的边缘,但还能借张恨水的"社会言情"以及金庸的"武侠世界",为大众所津津乐道。最惨的是文言系统的笔记小说,或流入散文,或转为史著,似乎从此金盆洗手,退出江湖。直到最近十几年,因"微篇小说"的迅速崛起,我们方才恍然大悟,中国人并没有完全抛弃那延续千年的"世说"与"搜神"——文体变了,但趣味及精神依旧。

与那些动辄百数十万言、需要长期经营的长篇小说相反,只求灵光一现、别有会心的微篇小说,似乎特别适合于"业余"作者。就在这"来也匆匆,去也匆匆"的高速公路旁,隐身于"你也歌唱,我也歌唱"的网络空间,此类"爱美的"(amateur)写作,是否真能成燎原之势,就像春天里漫山遍野燃烧着的红杜鹃,这点,我不敢断言,只是饶有兴致地"拭目以待"。

2006年4月16日于京西圆明园花园

# 《茶人茶话》[①]序

平日里与烟酒无缘,勉强称得上"嗜好"的,便是吃茶了。因"吃茶"而关注茶人茶话、茶事茶文,好歹也算"水到渠成"。

按国人的思路,所谓"茶余饭后",必是"闲话"无疑。既是"闲话",很容易以"很久很久以前"起兴。我的"很久",其实也就十几年。记得是九十年代初,游学日本,访得岩波文库本《茶之书》,对冈仓天心(1862—1913)关于茶道的理想即是从日常生活的细节中悟出"伟大"这一禅的概念的产物,大为喜欢。回来后,翻阅周作人文集,方知其早已着我先鞭。在撰于1944年的《〈茶之书〉序》中,知堂感慨"中国人未尝不嗜饮茶,而茶道独发生于日本";且称谈酒论茶,"若更进而考其意义特异者,于了解民族文化上亦更有力"。我虽深好此语,惜心有余而力不足。直到两年前,指导一日本学生撰成硕士论文《周作人与日本文化——以饮食文化为中心》,着重考察周作人如何借冈仓天心接受、理解、阐发日本的茶道精神,才算圆一小小的心愿。

我之所以格外欣赏冈仓天心以及周作人之谈论茶人茶事,不

---

[①] 陈平原、凌云岚编:《茶人茶话》,三联书店,2007年。

仅仅是学问,也不仅仅是生活态度,某种意义上,更是因为文章。私心以为,茶之甘醇与文之幽深,二者之间,存在着某种神秘的联系。借用陈继儒的话来说,便是:"热肠如沸,茶不胜酒;幽韵如云,酒不胜茶。"(《茶董小序》)古往今来,嗜茶的文人很多,因茶而兴的好文章,想来当也不少。几年前,一个偶然的机缘,为百花文艺出版社编《中国散文史》,竟收入诸多谈论茶人茶事的好文章,如陆羽的《茶之源》《茶之饮》、吴自牧的《茶肆》、陈继儒的《茶董小序》、袁宏道的《惠山后记》、张岱的《闵老子茶》、田艺蘅的《宜茶》,以及近人周作人的《喝茶》、阿英的《吃茶文学论》、黄裳的《茶馆》等。并非有意为之,只能说是趣味使然;等到书出版后,闲来翻阅,自己也都大吃一惊。

几年前,在北大为中文系研究生讲"明清散文"选修课,在分析陈继儒的为人与为文时,谈到"酒和茶不只是两种性质不同的饮料,它对人的身体,对人的气质,对人的情感,对想象力的驰骋,都会有所影响";甚至表示,希望有一天能借"茶与酒"来谈论中国文化和中国文学。讲稿整理后,交三联书店出版。责任编辑郑勇君以前随我念过书,对我的生活趣味及文章风格颇有了解,于是再三催逼,希望早日兑现诺言。正为"提倡有心,创造无力"而苦恼不已,郑君又有新的主意:邀请我和以前的学生、现在中国传媒大学任教的凌云岚君合作,选编《茶人茶话》。

半个多世纪前,世界书局曾出版过作家胡山源"将古今有关茶事的文献,汇成一编,以资欣赏"的《古今茶事》。据编者称,此书材料,"统由各种丛书及笔记中采撷而来"(《古今茶事·凡例》);可实际上,该书选材,仅及于清代。毫无疑问,晚清以降诸多谈论茶人

295

茶事的好文章，也都值得"汇成一编，以资欣赏"。如此设计，有趣，且难度不大。编选工作主要由凌君负责，我只是出出主意，并撰写序言。

从八十年代末编"漫说文化"丛书，到今天奉献给读者《茶人茶话》，时光流逝，老大无成，唯一感到欣慰的是，坚信日用起居以及饮食男女中，蕴藏着大智慧、好文章，这一思路没错。卸下盔甲，抖落尘埃，清茶一壶，知己三两，于刹那间体会永恒，此乃生活的艺术，也是文章的真谛。

2006年5月17日于京北云佛山

# 不同，乃所以讲学

## ——《大家演讲争鸣录》序[1]

晚清以降，随着新教育的迅速扩张，学者们的撰述，多在专著、演说、教科书三者之间自由滑动。专著讲究深入透彻，教科书追求条分缕析，演说则突出大思路，需要的是急智、幽默、语出惊人。三者各有各的特殊功能，也各有各的论述策略，很难强分轩轾。如果用最简要的语言来描述，"演说"的特点大致是这样的：表达口语化，故倾向于畅快淋漓；说理表演化，故追求语不惊人死不休；追求现场效果，故受制于听众的趣味与能力；蔑视理论体系，需要的是丰富的高等常识；忌讳"掉书袋"，故不能过于深奥，更不能佶屈聱牙。对于那些不屑于固守书斋的学者来说，如何在政治与学术之间，保持"必要的张力"——既反对学院派的"为学术而学术"，也不希望将文学/思想/学术方面的演说，弄成纯粹的政治宣传，是个相当严峻的挑战[2]。

---

[1] 此乃作者应昆明真善美书家之邀，为其所编《大家演讲争鸣录》所撰序言，网上多有流传，但大概碰到无法克服的困难，此书未见正式刊行。

[2] 陈平原：《有声的中国——"演说"与近现代中国文章变革》，《文学评论》，2007年，第3期。

走出校园,面对公众,就自己熟悉的专业发表公开演讲,而且借用速记、录音或追忆等手段,将"口说"变成了"著述",此举既存在陷阱,也自有妙用。记得1962年,牟宗三出版演说集,题为《中国哲学的特质》,其《小序》称:因讲课时间限制,"逼迫我作一个疏略而扼要的陈述";而这样做不无好处,因为,对于著述来说,"紧严有紧严的好处,疏朗也有疏朗的好处"。推而广之,所有精彩的演说,都可作如是观。唯其篇幅短小,讲者(作者)不能不有所舍弃,故面貌清晰,锋芒也更加突出。在一个专业化成为主流、著述越来越谨严的时代,此类精神抖擞、随意挥洒、有理想、有趣味的"纸上的声音",值得人们永远怀念。

谈及在近现代中国发挥巨大作用的"演说",不妨将其视为"古树新花"。说"新花",那是因为晚清方才出现的在公众场合就某一问题发表见解、说服听众、阐明事理的"演说"乃舶来品,源于日语,意译自英语的"public speech"。至于"古树",则有高僧大德的讲说佛经,以及说书艺人的表演故事。此外,我还想引入宋明书院的"会讲"。

熟悉传统中国教育的朋友,多对宋明书院的"会讲"心有戚戚焉。这里有大师主讲,也有同学论辩,其间异说蜂起,群流竞进——如此不拘一格畅所欲言,在我看来,是思想自由、学问推进的关键所在。据说,面对"今之讲学,多有不同者如何"的提问,明人吕泾野是这样回答的:"不同乃所以讲学,既同矣,又安用讲耶?故用人以治天下,不可皆求同,求同则谀诌面谀之人至矣。"[①]从书

---

① 参见黄宗羲《明儒学案》卷八。

院的教学形式,迅速上升为治国方略,这既是一种道德承担,也是一种自我期待——即相信"学为政本",书院里的谈玄说理、寻幽探微,终将深刻地影响一时代的社会风尚乃至政治走向。

谈论现代意义上的"演说",之所以刻意将其与传统的"会讲"绾合起来,目的是凸显此举在传播知识、普及教育之外,还有交流、对话乃至辩难的可能性。某种意义上,所谓"讲学",本身就应该是"众声喧哗"——演讲者既与往圣先贤对话,也与在场或不在场的听者论辩。但在实际操作中,台上台下,地位很不平等,演讲者充分掌握着话语权,提问的最多不过是"将一军"。于是,本该唇枪舌剑的"辩难",变成了温文尔雅的"请教"。

众人合撰演说集,起码在形式上,构成了虚拟的"会讲"现场,多少弥补了上述缺失。作为个体,演说早已结束;作为读者,则争辩仍在继续。是否真能达到这种理想状态,端看演说者有无鲜明的学术立场。这正是本书的魅力所在——入选诸君,其政治立场及学术思路,有我极为赞赏的,也有我很不以为然的;但无论哪一家,全都精神饱满、棱角分明,极少乡愿语。了解中国语境者,当明白,此点殊为难得。参照阅读这些立场迥异的演说稿,如亲临"思想交锋"的现场,不仅"刀光剑影",更有"鸟语花香"。

如此五彩斑斓的"演说",无论怎么概括,都是挂一漏万。正因此,我只想说三句话。第一,"自由惨淡的人生"——将鲁迅的感叹,用在这些走出书斋,深入民间疾苦,关注国家命运的学者身上,我以为是恰当的。第二,偏重社会科学——撇开遥远而优雅的"国学",专注迫在眉睫的当下,从"主义"转到"问题",从文化/思想转为社会/实践,自有其特殊魅力。第三,多尖锐的呐喊与严苛的拷问——与此相适应,阅读这些"带刺的玫瑰"(而非"十全大补"的糖浆),其效果必定是爱恨分明。

最后,还必须谈谈策划并组织这些学术演讲的昆明真善美文化传播有限公司。我认同其基本理念——"知识要与社会实践结合,学者须为平民百姓服务",更欣赏其奋斗精神。眼看着这些刚刚走出校门的研究生,步履艰难地跋涉在"文化传播"的泥泞小路上,真是感慨遥深。十五年前,意识到商品经济大潮将对学术研究造成巨大冲击,我曾和钱理群、葛兆光以及香港学者陈国球、王宏志、陈清侨等,自己凑钱,办起了学术集刊《文学史》。当时的想法是,像1930年代的学者那样,"拿自己的钱,说自己的话"。如此"逆历史潮流而动",结局可想而知——集刊只出了三册,正所谓"一鼓作气,再而衰,三而竭"。

现在的情况,比那时好多了,年轻一代肯定能走得更远。但全靠热血沸腾的书生,来从事思想、学术、文化的传播,实在是困难重重。此举明显不符合市场经济规律,只能套用陆游的诗句,叫作"位卑未敢忘忧国"(《病起书怀》)。或许,被聪明人弃之如敝屣的"理想主义"这个词,仍然"疏影横斜"、"暗香浮动",值得今人仔细品位、珍惜、赓续。

2007年6月30日于京西圆明园花园

# 另一种学术史
## ——《传灯——当代学术师承录》[①]序

十四年前,为夏晓虹主编的"学者追忆丛书"撰写"总序",我曾提及:"作为学者而被追忆,不只是一种历史定位,更意味着进入当代人的精神生活。因为,人们总是以当下的生存处境及需求为支点,借助于与历史对话来获得思想资源与工作方向。"半个月后,意犹未尽,我又写了则短文《与学者结缘》,刊《文汇读书周报》上。文章以周作人的《结缘豆》起兴,以《风雨谈》收尾,主旨是提醒读书人,尽可能多与第一流学者"结缘":

> 并非每个文人都经得起"阅读",学者自然也不例外。在觅到一本绝妙好书的同时,遭遇值得再三品位的学者,实在是一种幸运。由于专业需要,研究者一般必须与若干在世或早已谢世的前辈学者对话。"对话"与"结缘",在我看来颇有区别,前者注重学理之是非,后者则兼及其人格魅力。大概是天性好奇,品尝过美味佳肴,意犹未尽,又悄悄溜进厨房去侦查

---

[①] 季剑青、张春田编:《传灯——当代学术师承录》,北京大学出版社,2010年。

一番,于是有了这些专业以外、不登大雅之堂的"考察报告"。

读第一流学者专深的著述,也读其色彩斑斓的人生,更读那些压在纸背的心情,这样的阅读,方才称得上"结缘"。而这种"结缘",对于具体的读书人来说,影响极为深远。不信你看看,凡读书有得者,多有几个极为心仪且经常挂在嘴上的著名学者的名字。

假如承认好学者大都"学问"背后有"情怀",而不仅仅是"著述等身",那么,最能理解其趣味与思路的,往往是及门弟子。理由很简单,亲承音旨,确实给了弟子更多就近观察的机会,使得其更能体贴师长那些学问背后的人生。因此,古往今来,弟子所撰怀想师长的文章,多得到学界及公众的珍视。

在我看来,所谓"学统",除了看得见的相关著述外,还有就是此类弟子描摹师长的好文章。在这个意义上,得好师长不易,得好弟子同样很难;师徒之间互相欣赏,相得益彰,才有所谓的"学术传承"。

编者对此类文章显然心驰神往,于是旁收博采,精心挑选,得三十二文,结为一集。一人一文,虽有遗珠之憾,却也不失为一种策略,即迅速获得一种全景式的视野,对当代中国学术有一大致印象。当然,限于篇幅,本书所收,仅限于人文学者,还是一个遗憾。或许,也可以这么理解,比起自然科学家或社会科学家来,人文学者的"学问与人生",更需要水乳交融,也更容易召唤普通人的阅读与品鉴。

借助此类关于著名学者的回忆或纪念文字,读者得以理解当代中国学术的某一面相。在这个意义上,此书可做"另一种学术史"阅读。同样是"辨章学术,考镜源流",此书与传统中国的"学案"有几分神似——虽不曾正襟危坐,可也照样意蕴宏深。

读其书,最好能知其人;反过来,知其人,是为了更好地读其书。了解前辈学者的"忧患人生",是为了更好地解读其专深著述。可你如果将此书作为"世说新语"或"治学经验"欣赏,我想编者也不会惊讶。

2009年7月17日于京西圆明园花园

## "新地文丛"第一辑

| 有无之间 | 王　蒙 |
| --- | --- |
| 品诗 | 邵燕祥 |
| 漂亮时光 | 刘心武 |
| 夜深沉 | 苏　叶 |
| 我的文学旅程 | 马　森 |
| 南洋书写与论述 | 王润华 |
| 眼界 | 严家炎 |
| 依旧相信 | 陈平原 |
| 先生素描 | 丁　帆 |
| 儒箧集 | 徐兴无 |

## 图书在版编目（CIP）数据

依旧相信 / 陈平原著. — 南京：江苏凤凰文艺出版社，2019.1
（新地文丛）
ISBN 978-7-5594-2921-6

Ⅰ.①依… Ⅱ.①陈… Ⅲ.①散文集－中国－当代 Ⅳ.①I267

中国版本图书馆 CIP 数据核字(2018)第 216672 号

| 书　　名 | 依旧相信 |
| --- | --- |
| 著　　者 | 陈平原 |
| 主　　编 | 郭　枫 |
| 责任编辑 | 王　青　黄孝阳 |
| 出版发行 | 江苏凤凰文艺出版社 |
| 出版社地址 | 南京市中央路 165 号，邮编：210009 |
| 出版社网址 | http://www.jswenyi.com |
| 印　　刷 | 苏州越洋印刷有限公司 |
| 开　　本 | 880×1230 毫米 1/32 |
| 印　　张 | 10 |
| 字　　数 | 213 千字 |
| 版　　次 | 2019 年 1 月第 1 版　2019 年 1 月第 1 次印刷 |
| 标准书号 | ISBN 978-7-5594-2921-6 |
| 定　　价 | 55.00 元 |

（江苏文艺版图书凡印刷、装订错误可随时向承印厂调换）